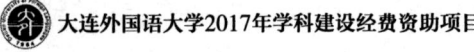 大连外国语大学2017年学科建设经费资助项目

"十三五"国家重点图书出版规划项目

西班牙语文学译丛
尹承东 主编

三段不光彩的时光

Tríptico de la infamia

〔哥伦比亚〕巴布罗·蒙托亚 著
高 羽 译

中央编译出版社
Central Compilation & Translation Press

图书在版编目 (CIP) 数据

三段不光彩的时光 /（哥伦）巴布罗·蒙托亚著；
高羽译．—北京：中央编译出版社，2019.7
ISBN 978-7-5117-3515-7

I. ①三… II. ①巴… ②高… III. ①长篇小说 - 哥伦比亚 - 现代
IV. ① I775.45

中国版本图书馆 CIP 数据核字 (2019) 第 060282 号

"Tríptico de la infamia"
©Pablo Montoya, 2014
Chinese edition copyright
©2019 Central Compilation & Translation Press.
All rights reserved.

三段不光彩的时光

出 版 人：葛海彦
出版统筹：贾宇琰
责任编辑：谭 洁 翟 桐
责任印制：刘 慧
出版发行：中央编译出版社
地　　址：北京西城区车公庄大街乙 5 号鸿儒大厦 B 座（100044）
电　　话：(010) 52612345（总编室）　(010) 52612368（编辑室）
　　　　　(010) 52612316（发行部）　(010) 52612346（馆配部）
传　　真：(010) 66515838
经　　销：全国新华书店
印　　刷：河北下花园光华印刷有限责任公司
开　　本：880 毫米 ×1230 毫米　1/32
字　　数：136 千字
印　　张：7.375
版　　次：2019 年 7 月第 1 版
印　　次：2019 年 7 月第 1 次印刷
定　　价：35.00 元

网　　址：www.cctphome.com　　邮　　箱：cctp@cctphome.com
新浪微博：@中央编译出版社　　微　　信：中央编译出版社（ID：cctphome）
淘宝店铺：中央编译出版社直销店 (http://shop108367160.taobao.com)(010) 55626985

本社常年法律顾问：北京市吴栾赵阎律师事务所律师　闫军　梁勤
凡有印装质量问题，本社负责调换，电话：(010) 55626985

献给埃内斯托·马赫勒

致《三段不光彩的时光》的中国读者

这部小说由三部分组成，结构类似于欧洲文艺复兴时期的三联画。三个部分各自独立，不分先后，但相互间又有所关联。

像我的其他作品一样，我为读者展现了文学与艺术之间的一次对话。这部作品的主题是绘画，主人公是十六世纪法国和佛兰德的三位新教画家。小说讲述的是在欧洲宗教战争和西班牙征服美洲造成土著种族灭绝的背景下所发生的三段学艺的故事。众所周知，美洲是以残酷的方式被发现的，它和欧洲之间联系始于可耻的深重伤害。《三段不光彩的时光》直击这道伤痕，并用色彩去拥抱伤痛。然而，如果说这部小说讲述的是暴力的丑行，不要忘记小说人物所追求的始终是美好的事物。这种在黑暗中的日夜徘徊从未让人忽视人类对前进之光的渴望。

这部小说是我多年来的心血之作。我阅读了大量书籍，在书上和博物馆里观赏了许多画作，穿越了欧洲和美洲的数个城市。我一边创作这些曲折辗转的情节，一边在想，自己如同行走在钢丝绳上，与此同时，绳的两头是那些历史和现实难以捉摸的虚空。我希望各位尊敬的读者穿越时空,以某种方式共同分享这些故事。

巴布罗·蒙托亚

2018 年 8 月 31 日于埃尔雷蒂罗

目 录
Contents

第一部　莱莫因　001

第二部　杜波伊斯　079

第三部　德布里　141

　　金银匠　143

　　离开家乡　144

　　两幅版画　146

　　德洛纳　147

　　计　划　149

　　依　靠　151

　　书　153

　　夏娃，亚当和诺亚　156

　　丢　勒　158

　　斯塔登　160

　　文明与野蛮　168

　　列　日　170

文　身　172

伦　敦　175

雷　利　178

约翰·怀特　179

莫尔戈斯　181

水彩画和金盏花　188

美因河畔的法兰克福　189

本佐尼　191

相　遇　194

日内瓦的木板画　199

美　洲　203

毁　灭　206

蜡　烛　222

第一部　莱莫因

远方的烛光照耀着我。

——奥古斯托·罗亚·巴斯托斯

1

他叫雅克·莱莫因[①]，矮小的身材，却有一身结实的肌肉，天蓝色的明亮双眼和那干枯如草、凌乱如麻的披肩发形成鲜明的对比。他说话的声音总是嘟嘟囔囔、含糊不清，而真正引人注意的其实是他那双手，既漂亮又结实。如若不是因为战争对国家的洗劫，他早就投身绘画事业和港口图集绘制的工作中了。可迫于形势，他虽然很不情愿，却无奈地做了一名火枪手。他没有意识到，其实在那个令人恐慌的战乱时期，对武器和如何伏击敌人的了解委实很有必要。有一段时间，莱莫因曾做过迪耶普一位老爷的卫兵，这位先生听从海军上将加斯帕德·德科利尼的领导，他总是教唆他的雇佣兵们，让他们记得瓦西的耻辱，在那次斗争中天主教士兵屠杀了毫无防备的胡格诺派教徒。可是，莱莫因用不好火枪，也不擅用戟，相反，他经常作画，画静卧的马匹，画要塞和堡垒，画那些在休息营地打牌喝酒的战友，有时为了挣点钱，画些淫秽的画给他们看，要么画拥有硕大生殖器的男人，要么画衣着暴露的村妇，她们撩起裙摆，蜷缩在那儿，尿液喷涌在身旁的树干上。每看到这画面，战友们总是哄笑。莱莫因并未感到自己的

[①] 雅克·莱莫因·莫尔戈斯（Jacques le Moyne de Morgues, 1533—1588），法国插画家、植物艺术家，"让·里巴尔远征新大陆"的成员。他对美洲原住民生活和文化以及殖民地生活和植物等的描绘具有非凡的历史意义。

激情在周而复始的敌我对峙中有所消磨，一直尽职尽责履行好雇佣兵的义务，直到一个四月的下午，突然发生了一件事儿。正在巡逻的卫队望见了一处可疑农宅，之后就有谣言说在营地边缘临时搭建的几处营寨里，藏着一个貌似间谍的神父。莱莫因离得很远，其他人如以往一样鲁莽无畏地涌上征战，他没有冲向民房，而是等到事件逐渐明朗。那些士兵在冲进民房之前朝民房发出了大声的警告，从房子里搜查完出来，他们便寻觅着树林的方向走去。火枪芯点燃，开火了。莱莫因看到他的同伴们捉住那些乞求饶命的人们，他瘫在了那里。然而，他们并没有抓到这次搜捕前所宣称的什么神父，而是对所谓的耶稣的敌人们进行了一次无情的烧杀抢掠。其实那只是一群以游牧为生的吉卜赛流浪者。那天晚上，获得允许，卫兵们喝光了一桶桶又甜又稠的鲁昂葡萄酒，请来三位乐手，吹奏着小号和大管，拍打着手鼓，来颂扬战士们的勇猛表现。莱莫因坐得远远的，躲开那喧闹。望着那燃烧的篝火，他眼前浮现着那些悲伤的面孔、惊恐的目光，还有那发黑的鲜血，从身体里涌出来。随着一个好消息传到迪耶普老爷的耳朵里，气氛更加欢乐了，说那个神父已经在突袭中死亡，毙命的还有一些随从：是可恶的信徒和情妇们。

2

菲利普·托辛在工作室接待了莱莫因。后者呈递的材料并不多：一封应他要求所写的绅士推荐信，信中突出了这位年轻人的声誉和对新宗教的坚定信仰。随信附上了莱莫因在当兵时期所作的那些最好的画。小伙子不是不明情况，他知道在这里工作，好一段时间不会付足工钱。但他却偏要在这儿学习宇宙结构学，偏要在这拮据的学徒生活中与自己的思想做艰苦的斗争。他知道自己会怀念诺曼底开阔明媚的风景，怀念他那已经开花的榉树林和苹果林；他知道在新生活中那荒原上的马队也会逐渐远去。另外，去做些明智的事情是有必要的，比如发展自己的天赋和爱好。之后呢？他应该很快和萨博结婚、组建家庭，以最佳的方式慢慢变老。作为绘制航海图和世界地图的老师，托辛已经接收了莱莫因，让他成为自己工作室的助手。那么，他或许还能去认识刚刚发现的新大陆，去了解大洋彼岸的土地。托辛老师约他在教堂门口见面，几只银鸥在楼塔周围盘旋。五月底的风仍夹着丝丝凉意，但能感受到微微的温热开始注入城市之中。年迈的托辛老师瘦骨嶙峋，驼着背，走在小巷子里，在用心寻找着各种地理信息。莱莫因看到这在孤独情境中浮现的老人，不由得心生怜悯。托辛的工作室是一个光线很暗的大阁楼，到处都是书和度量器。这种氛围一开始便令莱莫因这个新学徒兴趣陡增。在长期积攒的灰尘、奶酪和红酒的气味中，滑过一缕木头的浓浓芳香，其中夹带着墨水和染料的味道。一台望远镜，镜片朝向天窗，它凸起的样子就像一面旗帜。房间中央悬挂着巴西风格的红色挂毯。桌上摆着好多指南针，都是象牙的，倚靠在栎木制成的小匣子旁，每一个都指向不同的方向。沙钟也是一样，指示着各种不同的时间。当看到莱莫因面对那些工具都偏离正常轨道的错愕表情时，托辛说：指南针就像是这个工作室的指令，它可以停在任何地方；而时间呢，对上帝来说是完整的，是永恒的，而对他所创造的人类来说，只是变化莫测，且毫不精准。墙壁的托板上摆着厚厚的记事簿。拿起其中一个，莱莫因看到了据托辛说希腊最古老的地图，是安赫希曼德罗所绘。接着看到了《奥比斯·特拉鲁姆》，是助奥古斯都征服世界的军事征战图。还有赫里福德的地图，迪耶普的老爷曾提到，说它就像一个插图荒诞、带着恶意的资料，而非一个伟大的关于宇宙结构的作品。在另一个文件夹中发现了阿夫拉姆·克里克斯所制的《阿特拉斯·加泰罗尼亚》，克里克斯是马略卡的犹太人，他儿子是贾福达。于是我们谈到了当时可怕的西班牙基督教的迫害，以及贾福达为逃避死亡和完成父亲开启的作品而如何绝望地弃暗投明。是的，克里克斯家族知道什么才是一幅真正的世界地图，托辛评价说："就是地球上各地域和栖息于它的无尽的村镇的图像。"莱莫因看到托辛的手指指向亚洲，这是亚洲的土地第一次在羊皮纸上呈现出来。在众多的地图上面，放着那么一张在教学之初的日子里总是令工作室主人托辛笑逐颜开的地图。那便是穆拉诺僧人毛罗的世界地图，色彩鲜艳、注重细节和变形。"我的偶像毛罗从不沉睡。"托辛说。他关注到达威尼斯的水手们跟他讲的每句流言蜚语，哪怕是杜撰虚构。他尽力读完所有关于登陆线路的笔记，当他认为工作完成，也就是说，当他的世界地图根据阅读中了解到的纷乱情况改编之后，一个更炙手可热、来自更远的亚洲和非洲的新数据又再次阻碍了地图的完工。不知什么时候，在大量的数据和时而做至深夜的计量中，莱莫因发现自己被什么东西深深地吸引。他尽力地睁大眼睛，倚靠着手扶椅，借着老师递给他的油灯，走近去观察着那个小生物。在书架上面有一只鹦鹉，被一个白色木质框架保护着。它伸展翅膀、张开嘴，眼睛似在笑，哪像是一只珍禽呢。

3

莱莫因忙于各种安排给他的事务，在临港的商店里寻找来自巴黎、勒阿弗尔和翁弗勒尔的地图绘制的资料。在奔波的间隙，他与萨博相遇了。偶尔闲暇时间，他会给她画像。在那些画稿中，女孩儿时而杏眼圆睁，看着前方，表情略带惊恐；时而将脸转向后方，显现出一种性感的慵懒姿态。萨博感到很纠结，因为被画的时候她心里有股子潜在的骄傲，同时，信仰又告诉她，她犯了严重的错误，全盘接受了莱莫因献画的殷勤。可莱莫因非常坚定。有一次，他先是抚摸她的小臂，并想与她更进一步地亲热。萨博害羞极了，用责怪的眼神看着他，并推开了小伙子的身体。

由于托辛老师的手脚常常颤抖，助手莱莫因就得爬上长条椅去查阅书籍，核实那些地理数据。在这位宇宙志学者生病时，萨博闻讯而来，她带来草药和豆制的汤水，来减轻老人的不适，让他舒服地睡去。不久，莱莫因觉察到，除了工作室的管理和老师的身体，他还应照顾好老师的斗篷和四角帽。每个星期，泡脚盆里都盛满热水，混合着椴树和母菊的精华。另外，那些书占据着各个房间，不仅挤满了书柜，而且到处堆积如山，作为那些地图的倚靠，支撑起地图的边缘，那些图都是托辛受人委托所作。莱莫因学会了快速运用墨水和颜色。慢慢地，他用手指勾勒出了各个王国、岛屿和大陆的轮廓。风景就在这狭窄的羊皮纸上慢慢展开。洋流就从那些反复出现的细小波状图案中跃然纸上。小山和云朵在画面的空间里上下对话交流。莱莫因很会安置这些画卷，他在纸卷上用拉丁文写下一些描述，并用繁茂的常春藤将它们围绕起来。地图中所要求记载的家族纹章，使图上出现了框架和三角旗的标志，出现了植物和动物。他用心地去塑造风中的玫瑰，看上去就像是钢制的五角星。他学会了勾勒花瓣上的网络和用圆规画制完美的圆形。就这样，时间一点点过去，直到莱莫因完全沉浸在托辛监督之下的绘画制图工作中。在那些夜晚，一边吃着面包、奶酪，喝着当地的红酒，一边激情迸发地闲谈，老师总是饶有兴致地解答问题，徒弟则是腼腆地偶尔发问，很少插话。但热闹过后，往往又陷入沉寂，仿佛告诉人们现实就是这么难以把握，任何一种假定都在随着时间的变化而改变。于是，莱莫因等到老师睡下了，一个人在那儿静静地思索，想象着那些尚未被发现的地方和自己还叫不出名字的已有物种。

4

　　港口图集绘制了好多天。这个活儿是德科利尼上将的人托付的，使得这位宇宙志专家和他的助手忙了好一阵。他们要把已经发现的世界画在画片上。为此，两个人花了好多时间去研究其他宇宙结构专家的地图。他们穿过城区，沿着河边，走向阿尔克，在那里有皮埃尔·蒂斯利尔斯的世界地图。莱莫因面对铺满一间宫殿的巨幅画作，不禁惊愕。托辛带着满满的崇敬和羡慕不禁感叹："这是最棒的一幅地图！但是我们的一定会超越它，我们的地图可能不会如此宏伟，但会更加精确；不会那么杂乱花哨，但会更加整齐朴素；少一分虚荣浮夸，多一分实事求是。"他很快就累得气喘吁吁，坐下来，透过窗看着那在视野中伸向远方的大海。尽管这一行当很有吸引力，但是犹豫不决的态度也会使那些想达到某种目标却从未达到的人走很多弯路。

在另一边，年轻的莱莫因一边仔细观察着蒂斯利尔斯笔下的山川、河流和居民，一边惊呼："那么，地球就是这样的！"老师在一边提醒："不要弄混了。"这张地图真的是无比宏大、无比难以捉摸。后来，回到工作室，他们又重看西海大海盗纪尧姆·勒泰斯蒂的地图绘版。随后又参阅尼古拉斯·瓦拉尔德的版本，他有着充足的航行经历，在这一切总是趋向含糊不清的专业领域里，他的数据是格外精准的。在这过程中，托辛的地图集也有所进展。由于老师的手时常颤抖，莱莫因必须要负责接手老专家做不了的工作。他笔下渐渐浮现出一些生动的形象，非洲女人的宽胯、欧洲倒垂的猴子、北美的新月和亚洲怪异的鱼头。还有，在大陆之间，画有穿越白色和绿色海洋的船只，还有从海面跳起张开大嘴的鱼类。一天晚上，徒弟向老师求教如何画出美洲的居民。老师说："就画得跟我们一样，肤色略深一点，因为那里的太阳照射很强烈。可以画裸体的，也可以画裹着布料的，让人们知道他们也是亚当的后代。""那怎么画动物呢？"徒弟又问。"在这儿放一些蜥蜴目，那边画一些白色蹼足目的，这旁边一只犰狳，那旁边一只鹦鹉。"老师说。莱莫因遵照老师的布置一边画着，又突然想到了蒂斯利尔斯在地球同一坐标上所画的龙、鹰和美人鱼。

"把世界展现在地图上是为迁移做的最好准备。"托辛说。说完他便陷入了一阵沉默。莱莫因以敏锐的直觉感到，在那长时间的沉默中深藏着一个老师的挫败感。他不说话亦或是源于他自相矛盾的状况：他钢铁般不弃不移的久坐职业与始终未竟的离开这座城市的愿望交织在一起。从迪耶普的最高处能看到海,坐船也不能跨越它,那些船模糊间就像在海平面上漂浮的堡垒。从少年时代起,托辛就开始从事地理和天文的研究。他还花了好多年学习语言,在学习知识的过程中,他牺牲了爱情、冒险和融入家庭的时间。他用做布料生意的叔叔留下的遗产,买了这座房子,又转眼把他变成了工作室。从此,他就陷入了昏暗的环境当中,扎进装满书籍、动物标本、滴漏、羊皮纸和挂毯的房间。慢慢地,海洋、沙漠、河流和平原成为他工作中词汇的主线。当莱莫因听到这些词,感觉就像一个梦,一个用摇摆不定的刻苦劲头去描绘的梦。托辛只是从迪耶普这个范围认识世界的。他通过大量阅读和核对所获的认识与在不断的实地考察活动中所做的调查是有所不同的。带着工作数小时的疲惫,托辛睡下了。莱莫因问自己,到底托辛老师设计的山系版图,为什么像一些大窟窿,像山坡的洼地,像旅行者眼前出现的峡谷?居住在美洲的印第安人和托辛这样的智者在工作室里所设想和描绘的人一样吗?就是那些分散地画在世界地图上,带着弓箭和羽毛,穿着三角裤的形象吗?一知半解却又停滞不前的人们所画的地图,它的真实可信度到底有多少呢?一天,这些担忧一下子向莱莫因袭来,于是他决定把最近几个礼拜画的图拿给老师看看。

外面吹过十一月的风。托辛坐在炉旁的椅子上,很舒适,肩披羊皮大衣,看着手里的画。莱莫因在每个怪异形象下面都标注了名字和起源。当尊者贝达所描述的稀有物种,托马斯·德坎丁伯提及的大自然中的离奇怪闻，和编年史作者纽伦博格叙述的那些有生命的其他存在物种、那些令人印象深刻的奇形怪状的东西等一一出现时，这位宇宙志专家便一边露出微笑，一边摇着头，那表情不知是肯定还是否定。托辛看到了哥伦布在西班牙岛亲眼所见的美人鱼，安德烈·泰韦在去过南法兰西岛后所讲的女战士；看到了长着狗耳朵的人吃着人肉，无头的可怕怪物为了呕吐把箭插进喉咙，还有飞鱼和游走的树。托辛停了一下，他不知道自己的徒弟是否好好利用时间去读书，还是说那些阅读不可救药地毒害了他。看完这些形象，紧接着呈现的是那些人间的天堂，青春的乐园，金色的王国。在画中，那些地方被不可翻越的山区、湍流的河水以及难以穿过的丛林包围着。看完这些图，托辛老师问莱莫因是否相信那些可怜的生物和那些不可能之地的存在。莱莫因用一个问题回答了老师："那老师您相信老者布利尼奥、伊西多罗·德塞维利亚和马可波罗所说的话吗？"托辛长出了一口气，说自己只要相信他们的好奇心和他们想更好地认识人类的意愿就够了。老师的含糊回答使年轻人很泄气。"他们描述的那些乡村地区呢？"他用略显无礼的语气问，"那些美好的城市呢？他们讲述的人类的迁徙旋风呢？"托辛说："应该相信他们的想象，但他们讲的未必全都是事实。我相信有迁移，因为没有移动，我们在这闭塞的工作室所做的一切都是脆弱无力的。我们以得天独厚的伊卡洛斯方式，是从上面俯瞰世界的，我们是有远见的神；而实地考察的人，他们是带着偏见去认识外部复杂世界的，而且他们的很多次尝试都未能取得成功。"于是，莱莫因提起和迪耶普大臣梅因的交谈。他也看过莱莫因的画，他说那些怪物形象都是被诺亚诅咒的迦南的后代。莱莫因说："您知道梅因说什么吗，老师？他说这些物种的存在就是为了告诉我们，如果我们不再做基督的兄弟姐妹，我们就可以改变自己。"托辛长叹一声，认为这句话包含的威胁性太大了，他反驳道："所有这些生物只不过是头脑发热的产物。"莱莫因回答说："他们是怪物，而世界充满了这些怪物。"托辛澄清道："是类人化的怪物。"于是，小伙子拿起自己的画，看着那个女战士，她的箭囊，她仅有的一个乳房，她结实的臀部，看着那仿佛神秘幻境的从她脚下流淌过的伊甸园之水。然后，看看自己沾满墨水的双手，回答说"最好是可以为了相信而看"。托辛点头赞同并朝着小伙子的一侧肩膀温柔地拍了一下。晚些时候，他们起床吃晚餐，莱莫因端来红酒，切开面包，地图家托辛老师在找从巴黎来的地图。

7

地图上的签名是雷内·卢杜涅，他是位绅士，也是水手，是托辛的亲密同事之一。他们在那个迪耶普转型的年代里一起成长，在那一时期，迪耶普从一个平静的小渔村成为一座被繁忙的海洋远征震动的城市。年少时，他们带着好奇一起聆听维拉萨诺兄弟去新大陆探索的见闻，他们的舰队正是在国王弗朗索瓦一世的指令下离开港口的。他们激情满满地参加船主让·安戈的聚会，他是城里的富商，在那些聚会上他们扮成女巫、侏儒和精灵，搞得沸沸扬扬。但是抚慰这群人的最大惊喜不是随着鼓点和琴声蹦跳的面具人，而是那些巴西土著。凄凉而傲慢的土著人冲向街头，头上插着羽毛，手臂上缠着爬行动物，带着小花束和鸣禽。卢杜涅从很小的时候开始，便以比他的地图家朋友更加坚定的态度倾向于基督教的教导，但他在自己的宗教习惯上从不激进。他觉得穿黑色的衣服显得太压抑郁闷，他喜欢穿着装饰有精细花边的服饰，系着腰带，带着美丽羽冠的帽子，喜欢展现这份优雅高贵。卢杜涅和托辛常常在一起诵读书中所描绘的美景。他们对维尔吉利奥和奥维迪奥有着特殊的偏爱，常在一起回忆他们歌颂美好爱情和地区安宁的诗歌。借着酒劲儿，他们热血沸腾，带着坏笑和邪恶的表情，他俩一起朗诵博略那些抒写性感女人圆润臀部的诗句。然而，是龙萨使他们彻夜思考关于情感的表达，他们读了所有龙萨给卡桑德拉的爱情诗句。她没有一丝不挂，没有为新婚之夜的来袭做好准备，就好像她早已准备好要这样。那次，瓦西屠杀事件的消息传到迪耶普时，他俩正在聊着那些红色染料的品质，它们是巴西木材中提取出来染布用的。圣雅克的钟声不停地响起，他俩闻声跑到街上。在一片愤怒的吵闹声中，形成了混乱的人群，他们为了报复天主教派准备抢掠教堂。人们口口相传，卢杜涅和托辛渐渐听清了凌辱事件的细节。弗朗瓦索·洛林是吉斯的伯爵，他的手下在辖区内的一个小村镇捉住了一伙胡格诺派教徒，正在宗教集会。在一个粮仓，这群新教徒犯了法，法令禁止他们聚在一起举行仪式。他们中间有一名学校教师、众多商人、几个带着妻儿的木匠和鞋匠。一个叫莫雷尔的牧师斗志昂扬，在人群中慷慨陈词。吉斯的士兵包围了他们。从粮仓里扔出石块并传来谩骂，伯爵本人也受到诅咒和攻击。于是，进攻开始了。一些胡格诺教徒试图从房顶逃出，但是被击中。有人怒目而视，大声呼喊说五十个死者中有怀孕的妇女和吃奶的孩子。心怀复仇之志，人们快速聚集在教堂门口。托辛不喜欢这突如其来的混乱，也害怕那庞大的人群，他走了回去，躲回工作室。卢杜涅说他要留下来安抚人们的情绪，要制止暴行。托辛没有坚持让他跟自己一起走。当他转头时，看见卢杜涅那插着羽毛的帽子在空中飞起,那位绅士的双手在那一片嘈杂中绝望地挥动,人们谩骂天主教的污秽,推倒了教堂的门。

得到查理九世的批准,加斯帕德·德科利尼上将挑选了雷内·卢杜涅,让他统领下一次去新大陆的远征。他们的目的地被西班牙人称做"百花盛开的土地"。为了明年春天的起航,一切已准备就绪,地图绘制也是一项重要工作。他们怀着尊重和敬仰之情,邀请了菲利普·托辛作为宇宙学专家加入他们的事业。托辛一阵胃空的感觉,一只手拿着的酒杯掉到地上。他知道如果不加入这项工作,就没有更好的机会离开迪耶普,并亲眼目睹那个时代的巨变。卢杜涅告诉托辛,他们的目标是在美洲大地建立一个法国新教徒的殖民地,必须要实现那些地区在温度、肥力、河流、海湾和居民方面的平衡。信函上写道:"您是一位杰出人才,您最新画制的港口地图集和为此付出的心血值得全国各地称颂。"这样的颂扬使托辛更加不安。莱莫因走上前去,捡起了酒杯,把地面打扫干净,并问老师是否安好。托辛感到愈发强烈的头昏,眼前的世界模糊没有轮廓,他需要扶着墙或者立即坐下来。他感到周围都是闪烁的星星,脉搏加速,接着是一阵突来的乏力,一阵热流从胸前涌向头顶。他试图站起来喘口气,可是被书绊了一下,又倒在椅子上。这次,莱莫因扶着他站了起来。老师紧紧地抓着他的手臂,看着他,提议说到外面走走。徒弟顺从了他的意思,给他拿了披风和帽子。两人在小巷里散步,这么晚了,路上静悄悄的几乎没有行人,不知不觉走到了海边。海平面压着一片灰色的云彩,呈船形。托辛用颤抖的手指向乌云说:"你看,这也许就是诺亚的方舟。"莱莫因微笑,脑海中勾勒着那片云浮现的所有可能的动物形象,在船头的地方逐渐散开,形成深色的虹彩。天色渐晚,尽管风吹得更加猛烈,但他们继续走向坐落在悬崖高处的城堡。为了托辛能顺畅呼吸,他们时而停下来休息一下,慢慢来到一个视野宽广的地方。莱莫因突然蹲下,捡起一个石子,准备投向远方。老师阻止了他,并请他把石子递给自己。卵石仿佛展现着地图的某种巧合,它就像一个绘图者为了绘制地球而停在它的表面,绿色的是陆地,蓝色的地方是海洋。面对着无名绘图的巧夺天工,两人不禁困惑。莱莫因说:"造物者在闲暇时间,或许就是眨眼之间,就完成了我们数辈人才能做到的事情。"托辛又一次深呼吸,仿佛要吞掉空气。他咳嗽两声说对石头的观察有不同看法。他辩解道:"这块卵石是多长时间积累的成果,花费了大量的、无以计数的时间。尽管你说的有道理,但是上面的图画好像刚刚完成。无论如何,它是一个偶然意图的成果,或者说那种引领一切的神秘不会被揭开。"托辛把石子递回莱莫因的手里。"你看,这就像是墨卡托画的。"徒弟回答说:"但是他的作者是上帝。""面对这样的情形,我们显得多么渺小,"他补充道。托辛说:"由于在大海面前我们就是这般微小,所以它越来越强烈地召唤我去穿越它,只是我从来不敢去做这件事。"一只银鸥滑过海平面,《圣经》里的小舟不见了。徒弟问师傅是否要收藏这块卵石。托辛回答说:"你来保存吧,它也许是你去美洲的护身符,给你带来好运。"莱莫因瞪大眼睛,不明白老师的话。他的手张开好一会儿,卵石开始具有了一种神奇古迹的价值,直到托辛确定地将他的手攥起。就是在那时,托辛老师跟他谈到了卢杜涅的航海远征。

9

时间来到四月，一群人聚集在勒阿弗尔港，送别那三艘即将远征的船。当天，天空明亮，风很凉。不合时宜的是，一阵阵凉风拍在脸上就像是在打耳光。为船员祈求上帝保佑的宗教仪式结束了。去探险的士兵、带着虚荣教冠的贵族、手艺人、铁匠、药剂师和木匠走在人群里，还有一位医生、三位新教的牧师、一位天文学家和几位面包师。很多人携妻子和孩子在满怀期待地等候登船。码头上和船上迎风招展的旗帜中，带蓝色百合花的白旗最出众，它们代表了法国改革派的英勇意志。老人们紧紧握着他们的手臂，即将远行的他们不知道要在外多久。是的，雷内·卢杜涅的确承诺要在六个月内返回。但大家知道此行充满凶险，很多人可能有去无回。不仅海上有难以预测的暴风雨，陆地上还会有难以征服的荒蛮和天主教西班牙人的卑劣行径。人们互赠祝福，再次简短热情地祷告，再次亲吻和拥抱。留下来的人在哭泣，要出发的人则尽量用许诺未来的誓言劝慰他们，断断续续地说着。莱莫因一个人站在那里。他早就对亲人说了，不必去港口送他，做痛苦的道别。他还许诺说自己会回来。他反复说过多次，这次远征将是一次探索之旅，他要去描画，要去记录气候和自然情况。他说他们不会以战争的方式征伐，将掩藏任何征服的企图。萨博听说这次出航的消息很难过。就在他们的关系更加亲密，她接受了在他面前穿着轻佻，任他均匀地亲吻自己的脸颊的时候，这个消息使她万分痛苦，甚至说了一些刻薄的话。当她意识到莱莫因不会带她一起去时，萨博提醒了他可能会发生的事儿，对黄金的贪婪会让原本和平的考察变质，最终血流成河。莱莫因匆忙地向萨博承诺他必定会履行的诺言：回来娶她。相反，托辛用慈父般的温情帮莱莫因收拾行李：装着墨水的小瓶、五颜六色的羽毛、多张羊皮纸、笔记本、一个圆规、一个指南针和一个星盘，一本拉丁语法书和他的字典，一本地图绘制的著作。在离别之时，托辛请徒弟给他带回几包雪茄。以前他抽过一次那种烟叶，尽管苦味和头晕的感觉让人不舒服，但吸后留下一种让人着迷的余味。此外，老师还建议他带回一只猴子或者蜥蜴来陪伴墙壁托板上那只始终微笑的大鹦鹉。老师最后一次紧紧地握住莱莫因的手，眼里饱含泪水，他对徒弟说一定要小心所有的危险和不测。莱莫因还带上了自己以前的作战武器，尽管他不情愿，但这是卢杜涅的命令。此时，他站在码头上，装着画家和地图家行头的箱子放在缆柱旁，火枪、匕首和剑带在身上，装点着他的服饰，他的心跳得很厉害。他努力地感受所有的味道、颜色和声音，这是那个早上独一无二的。最终，出发的时间到了，前往美洲的梦想开始变为现实。卢杜涅用一种愉悦的微笑招呼了他，把他介绍给随行的官员：两个副手奥蒂格尼和瓦索，阿拉赫是主舰的中尉，团队的司务长叫凯尔，他负责翻译，他懂得外语。所有的人看起来都是海洋方面的专家。相反，他却是个新手，他最开始的晕船反应还给人添了麻烦。莱莫因原本就喜欢他现在要登上的那条船，它是三条船中最大的一艘，载重三百吨，实木的船体减小了大家对它应对暴风雨的担忧，这艘船叫萨博，和迪耶普的女孩同名。然而，在临出发的最后时刻，有人把他派到了那艘最小的船上，名叫佩蒂特顿的小船。

10

根据卢杜涅的计算,他们很快就能望见安的列斯群岛了。在水上航行的日子里,莱莫因一直迷离地坐在那儿。连续数小时里,他望着万里无云的苍穹和漫无边际的大海,最后难以分辨是天还是海。他认为这是一道难以用语言形容的光照射的结果,这些天它慢慢地变换着色调。三条船只不过是真实样子的一个奇特投影;而船员呢,是可能随时挥发散去的幻影,一旦融化在圆形的耀眼光辉中,便不留下痕迹。然而,当风吹得更加猛烈时,他想,也许自己终于要成为预想中暴风雨的见证者了。这次征程对他来说已经糟透了。由于颠簸,他的心脏开始麻痹,头部开始充血,胃里开始翻江倒海。莱莫因突然胃部痉挛,他想撑到船头的厕所再吐,但是呕吐物已经无法控制地喷出。他倒在地上,没人去护一下他的头。一群海员在他的脸旁放声大笑,说这种情况真是少见,大海这是在考验他。他的身体逐渐适应了,也不知从哪一段开始,旅程不可思议地走上了正轨。在这浩瀚的大海中一切都很平静。莱莫因心想:也许他们永远都不会到达陆地,作为惩罚,他们将航行到时间的尽头。当然,有时也有一些事打破了他失去方向、失去存在感的困惑和疑虑。他目睹了船员之间的肉体交易,那种快乐让他觉得邪恶无比。但更让他无可奈何的是,在寝舱的隐蔽处,他看到了俄南之罪。有时候,卢杜涅穿着色彩鲜艳的华服请他去给自己画像,莱莫因很乐意效劳,他也因此获得了特殊的待遇。结果,船长自我陶醉地欣赏完,把这些小画像都收藏了起来。一天晚上,海浪的巨响令莱莫因痛苦难耐,使他又陷入起初的头昏脑涨。这种感觉反反复复,很顽固,就像一个人无节制的抱怨。这使他眼前浮现出很多不同的面孔,时而是模糊不清的脸庞,有他的父母、菲利普·托辛、萨博,还有那些在一个四月的下午他帮助下葬的穷苦吉卜赛人;时而是一条黑腹的鱼,一种眼睛长在胸前,不时转动的单乳房生物。莱莫因对这些幽灵鬼怪的突袭感到忍无可忍。他穿上衣服,浑身汗淋淋地走出去,上了甲板,去呼吸夜晚的宁静。天空布满了星星,他从没看见过一个如此星光闪闪的上空。面对这番让人不忍破坏的景色,他疲惫地喘了口气。但是,突然他的心脏一震。在他听海的时候,一缕寒意涌入血液,他感觉到海浪声停下来了,海水平静了。就在那时,他在船头的艏楼甲板看到了几个影子,就在第一斜桅的旁边。他隐约看见了前面有些什么人。他以为是大副和他的助手,便走上前去,想和他们交谈,同时也驱散心中的惶恐。然而,刹那间他发现有很多人,他无法确认是谁,模模糊糊看不清楚。那些人用布遮住或者用帽子挡着半个脸。在远处那边,蹿起了一条火舌,把整个天空都照耀成黄色。从烟雾当中脱落出一个巨大的十字架的形状。莱莫因呆在那儿,看着它。他就这样困惑不解地站在那儿,直到有人拍了他的肩膀一下。那个人是值班的见习水手,来还他沙钟的。莱莫因给他倒了点葡萄酒,并向他询问还有多久可以到达陆地。

11

接近多米尼加岛时,船员们远远地望见了印第安人。在甲板上,他们看见两个土著人,划着一条满载菠萝的小舟,正在靠近。其他的印第安人留在岸上,说着些什么,声音时而被猛烈的海风吹断。其中一人看起来更激动一些,当确认了开船的人是谁,他带着惊慌的表情跳进了水里。卢杜涅捉住了这两个人，命令他们上船，给了他们一块布来遮羞。两个印第安人一边说话，一边用手比划。胆子更小的那个人，气喘吁吁，声音似在埋怨，似在吟唱，又似在责备。就这样，他倒在了士兵的脚下。然后，他呼吸困难，拼命寻找佩蒂特顿船的舷梯，想要跳海。为了稳住他，在对付蛮人方面有些经验的卢杜涅给了他一把小匕首，被他扔在地上。这是个壮年的男人，头发扎成一个粗粗的黑辫子。莱莫因听不懂他说的话，也不相信倒在地上的那个是存在于他无数假想中的人种。另一个印第安人很年轻，长得很结实，看似对他同伴的喊叫漠不关心，而是像一个讨人厌的小贩，在推销他的菠萝。为了证实自己的好意，也因为发现大家谨慎小心地观察这种果实，这个印第安人挑了一个显眼的菠萝，麻利地削了皮，并吞了下去。后来，船员们一边品尝着这些热带果实的酸甜美味，一边明白了另一个土著人疑心和恐惧的原因。不仅如此，这也是三艘船没有靠岸的原因，那片沿岸地区第一眼看上去就是西班牙人的孤岛。事实上，他们在那里拥有定居权。卢杜涅知道费利佩二世的命令是在新大陆消灭胡格诺异教。的确，在整个世界上没有什么是比信仰更根本的敌人了。前段时间，那个印第安人曾被一伙西班牙人抓去，身上还有被虐待的伤痕。莱莫因目睹了他如何脱下遮羞布给大家看他剃去汗毛的耻骨之间的瘢疤，心生同情又夹杂恶心。他又用手比比划划，仿佛在讲述他们的生殖器官如何被割下。然而，除了看到这般折磨和听到他的倾诉，船员们还对他那刺耳且不停顿的说话声音留下深刻印象，可他们还是想不通为什么要阉割土著印第安人。

12

六月的一个清晨,船队第一次望见了陆地的轮廓。空气中弥漫着快要腐烂的果汁味儿,仿佛有人到处散播了发酵的精油。一阵阵潮湿的微风吹来,缓解了接下来几个小时的难熬酷热。在船上,船员们在期待中看到了摆动的树枝,枝叶随着咸咸的水蒸气摇晃。从天空的某个角落闪现出一道光,就像是天空中缓慢出现的一道伤口,虽然在黎明时分,但它更像是夜晚的样子。在海滩的那头,呈现出一片混乱和潦倒。卢杜涅为了这一时刻,穿上了胭脂红色的长袍,戴上了插有大雁羽毛的帽子,他非常激动。像这样无关歹意的登陆实属稀有。因此,当他认为靠岸的影响已经过去,并意识到船员们已经准备好听从指令时,他站上一个衣箱,对他的士兵们喊话,介绍这片他们即将进发的土地。他说:"这将是法国新教徒急需的庇护所。我们的任务就是建立一个新的人居社区支柱,在这里,人们可以在上帝的旨意下和平生存。我们的口号是理智和尊重,杜绝欺骗和诡计。除非我们被侵犯,否则我们没理由向印第安人发起战争。我们是令人尊敬的法国人,是国王查理九世体面的臣民,服从加斯帕德·德科利尼上将的意志,听从卡尔维诺的教导,我们与放荡的、对当地人施暴的西班牙人毫无关系。"他说前几天的任务是对上次远征所发现的地方进行确认,上次出海是让·里巴尔率领的,他是卢杜涅的朋友。卢杜涅一行将走遍整个海岸,钻研各个河流的河口。他确定说这些河流已经命名,分别叫:梅奥河、洛伊拉河、塞纳河和迦罗娜河。在这期间,他们和印第安人会保持很友好的关系,这样,据点的建立也就不会出什么问题。然后呢,当一切进展顺利,他们要进行深入内陆的航行。卢杜涅听权贵们说过，在以前的征程中，他们到过沿着海岸矗立着的阿巴拉契亚山脉，那里埋藏着黄金和白银。一听到从船长嘴里说出这些话，船员们都热烈鼓掌和欢呼。远离喧闹，莱莫因正在油灯下画这一场景：卢杜涅戴着他有趣的帽子，加上他伸开手臂似在发表演说的姿势，他在队伍中十分突出。他身后是铁架，再往后是船的后桅杆和展开的船帆。绘画停歇的时候，莱莫因望着海滩，渐渐地海滩从黑暗中隐约出现，开始露出白色的表面。

13

莱莫因请求船长，让他和妇女、儿童一起最后下船。这样，他就可以从右舷的船帆那个角度，画出第一幅美洲的风景图。他解开衬衫，头发迎风飞扬，莱莫因完全沉浸在画稿当中。一会儿有时间他会给画上色，现在他先用石墨勾勒线条，他画船和船员、平静的波浪、港湾的边界。船员们在船上待久了，能再次踏上陆地感到格外高兴。他们坚持不懈地划着船，随着身体的移动，渐渐地传出了充满节奏和力量的歌声，还有嬉笑声。他们先唱起感谢上帝和许诺福运的宗教赞歌，接下来是与权利和荣誉的梦想相关的歌曲，几乎全部人性的欲望都由最初的谦卑演变而来。卢杜涅站在船头，用手指向登陆的地方。莱莫因不停地睁大眼睛，尽管没有停止画画，但他正思索着那道光，使他感到一种极度的神志不清。他从没看见过如此散开在天空、水面、树冠的光芒。他想如果在新法兰西的每天都像从今天开始的日子一样，他可能会失掉对这种闪光的好感。莱莫因设想，如果自己是上帝，在造物的时候，他会吹灭熊熊的火焰，触及那些东西而不焚烧他们,让他们看起来是静止的。但是他搞错了,光线并没有散开,而是在它每个侧面折射的空间中聚集,它的高密度使人感觉它不可能在夜晚的黑暗中消失。莱莫因有种感觉,想要看到光,他必须一直睁着眼睛。有种确信使他不安,他认定只要闭上眼睛,哪怕眨一下,可能就会不可挽回地错过被发现的世界的某个事物。一个士兵的呼喊把他从闲散的思绪中唤醒。画家意识到他应该下船了。他的双腿一直在颤抖。他感觉身体很沉,他已经适应了船上的生活。他把一只手放进水里,感到又冷又热,他不明白为什么两种感觉同时涌来。他也不知道为什么,他的眼前浮现出一条长了翅膀的巨龙,就像在梦里。那是皮埃尔·蒂斯利尔斯在迪耶普附近看到后,画在港口地图集里的。这个形象的出现令莱莫因一阵惊愕。慢慢地,这个神话般的生物逐渐消散。莱莫因试图留住它,留住它轻盈的飞翔,留住远离他双眼的光辉,留住它张开大口的咆哮,仿佛它就是未来日子的护身符。

14

两只小船停在那里。船帆完美地收起,使牵板的造型清晰可见。在画中,因为远景的要求,两只船画得很小。海水有种使人着魔的感觉。天空显现着珍珠的颜色,看上去给人海天相接的错觉。岸上有印第安人,他们热情地跟卢杜涅和他的手下打招呼。在这两条船旁边、紧靠着沙滩的地方,两只海豚在浪花里愉快地跳跃。一踏上陆地,船长便抬起眼睛,望向天空,刚说了一句感谢的话,就被土著人的到来打断了。当地人又高又胖,身上涂着某种类似油膏的东西,闪闪发亮。他们的长发向上梳起,好像头上竖起炮塔。皮制的三角裤遮住他们的隐私部位。但是，他们的臀部和腹股沟都能被清楚地看到。身上的弓和箭囊都装满了箭。然而，他们脸上丝毫没有惧怕的表情。他们当中最高的那个走近卢杜涅，说了一些友好的话，给了他一张鹿皮和一筐新鲜的口粮。他的问候对大家来说是一种安慰。为了更好地观察话语和表情的交流，莱莫因远离了人群。但是，不知是什么将他捉住，又让他重新靠过来，原来是人们身上绚丽的色彩。

15

最初的日子里，船队忙于了解这片土地。他们记录河流及其众多支流的入海口，他们测量海湾，并找到了适合他们建设登陆港口的那个。为了建起堡垒、实施殖民计划，他们勘察地形地貌，深入到秀美的湖泊和雪松林。莱莫因总是随身携带他的装备，搜集数据，为绘制佛罗里达的地图做准备。探访当地村庄的时候，他们获得家宴的招待，并收到了编织品和一筐筐的水果。有时候，在这些礼物中，还有金、银项链，它们刺激了来访者的贪欲。反过来，客人会留给印第安人装饰手镯、圆形的云母、标有百合花的小军旗。在一片有胡桃树、月桂树，还有棕榈树的植被中，天气异常炎热。太阳在微微的清凉中，黎明即现；随着上午的来临，温度逐渐开始迅猛地升起，尽管在下午，也有强风不断袭来，阻止了一切出行。一群鸽子在飞越枝条，鹿儿在树林的空地上吃着草，一些成年鹿的鹿角看起来非常像是桅杆。有一些用石子仔细铺建的小路，把小茅屋和像迷宫一样的丛林连接起来。这些充满激情的法国人在最初的游历中看到了小猫、臭鼬和石鸡。航行于一个个小岛之间的时候，他们看到一群群鳄鱼，在不可遏制的暴烈阳光下，泡在水里或者瘫在烂泥当中。一次，当地的一个叫阿瑟瑞的国王，带他们去参观了石碑，那是两年前让·里巴尔远征时留下的。卢杜涅带着他的主要部下去了那里。船长一边观察遗迹，一边请莱莫因画下这一场景。莱莫因找到一个角度，可以把所有的人物都画在版面上。他们看到的是一块大理石，上面盖着花环。石碑上还镶有印着德科利尼将军名字的勋章。装满食物的篮子在平整的草地上铺开。装着黏土、木材和圣水的器皿整齐有序地放在那里。晚些时候，莱莫因在寝舱里完成了箩筐草绳的完美描画，用最生动的色彩——红、黄、蓝——展现了这片土地的丰裕富足。然而画面中最显眼的还要数阿瑟瑞。他魁梧健壮，穿着一条蓝色棉质的三角裤，他边上挂着一条绿色种子做成的薄帘，随着他的一个手势，画面尽头的那些印第安人开始唱歌和跪拜。卢杜涅穿着十分鲜艳夺目，头戴插着紫色羽毛的帽子，脖子上系着丝巾，上面有法国南特精细手工编织的花朵，椴木制成的衣袖和短裤，长袜配着亮蓝色的手帕系到膝盖的高度，他用赞同的表情观看着这个仪式。船长的身后站着一些士兵，他们带着金属头盔，火枪斜挂在肩部。其中一个士兵把粉色的手轻轻放到了剑柄上。其他人的脚不再牢固地踩在地上，而是有意识地开始舞动，比起炫耀成功，更像是一种宫廷舞蹈。所有人用一种傲慢的表情观看着这个仪式，它是向胡格诺法兰西的伟大致敬。

16

建设堡垒的日子里人们群情振奋。号角吹响后，卢杜涅很早就加入到劳动当中，他的坚毅也激发了手下们的热情。修建地点具有战略意义。它背靠着山，面对绿色的大草原，面向大海的广阔视野，这些理由足以说服卢杜涅在那里安扎。那里临靠复杂交错的溪流，风景更加赏心悦目。那一地区有名的国王萨图里那为他们提供了部落支持。有一天，他们建起了一座别墅来安放军需物资，用棕榈叶做了房顶，叶子是土著人运来的，他们就像是勤劳的蚂蚁。堡垒呈现三角形，莱莫因画了好多张它的图。这里，他画在锯雪松的士兵，那里，他画在钉房顶的木匠；在庆祝丈夫事业的歌唱中，女人们在为休息时间的餐食和酒水忙活着。朝西的一边，在和陆地接壤处修起一道警戒墙和一扇用于战时撤离的门。朝向梅尔河，在停船的地方，围起用筐箩竹条编成的栅栏，用作堡垒。朝南的一边，卢杜涅命令再建一个军火库。堡垒的出口也开在这个方向，是拱形的，上面悬挂着德科利尼将军的徽章。再往那边一点，在堡垒外面筑起了窑炉和锻炉，以防交火伤到住房。在北边和栅栏旁边建完两个储备粮仓后，卢杜涅下令修建他的住处。他的房子建在堡垒中心，宽敞且四周带有阳台。士兵们用铲锹和尖镐修建了一片场地，用作广场和宗教演说的露天会场。最后，在各个拱门旁设立守卫岗亭，并架起大炮。建筑工事结束之后，他们举行了一个宗教仪式，船长表达了对上帝的感恩，感谢主让他们成为在新发现的伟大世界进行一种罕见殖民的创始者；他又再次感谢了德科利尼将军和国王查理九世。为纪念他，卢杜涅决定给堡垒取名叫卡罗琳[①]。晚上，大家吹奏高音笛并弹起诗琴来庆祝。当然，红酒和啤酒的助兴也是必不可少的。船长的家里到处装点着蜡烛，精美的装饰出自他的女佣人之手，船长的亲信们受邀而来。卢杜涅用橄榄油

[①] 卡洛斯（Carlos）为男名，其对应女名为卡罗琳（Carolina）。

炸鱼、南特红酒调味的晚餐招待了客人。莱莫因也在受邀之列。围绕面对萨图里那和其他邻国国王之争应持的态度,他们进行交谈,谈话间歇,司务长凯尔先生站起来,朗诵了几首他最喜爱的诗。听众们随之激动,当他朗诵到那句"无论是贫穷还是富有,博学还是无知,教士还是俗人,尊贵还是卑微,慷慨还是吝啬,渺小还是伟大,美丽还是丑陋,无论带着闪亮围脖或是其他装扮的贵妇,还是戴着饰品和戒指的妇人,死亡都一视同仁"时,人们鼓起掌来。随后,在上司的鼓励下,迪耶普的画家莱莫因向大家展示了描绘堡垒建设的画板。大家都很赞赏他对这些奋发日子的描绘。但是最为他感到高兴的是那个女仆,她投来满意的眼神,带着小心的微笑。莱莫因待到很晚,直到黑夜来临,其他人都离开了。当卢杜涅在酣睡中为他完成的功绩而骄傲时,莱莫因和那个女人来到广场,感受七月微风的清凉。实际上,很多天前起他们俩就窃窃私语、暗送情话。那天晚上,莱莫因终于吻到了她。分手的时候,他对她说自己为堡垒的名字而高兴,不是因为它和国王名字的关联,而是因为她叫卡罗琳。

17

卢杜涅同意了莱莫因的请求,给他派了两个人,陪同他进入萨图里那的村庄。后来,莱莫因对船长说他其实可以自己去的,因为那些印第安人看到他都很平静,相反,对军人的出现感到惶恐。而且,那些士兵很不稳重,极为贪恋那些赤身裸体的小姑娘,很冒失地围着她们转来转去。没有他们的话,莱莫因就可以更好地集中精力去观察,尽力去理解展现在他眼前的那些绘图的新颖之处。他的第一个结论是，印第安人的身体就像一块很大的布，依他看，可以分成很多不同的空间。他们后背和前胸画的图案与耳唇和手指肚上画的看起来不是一样的。在持续的困惑中，莱莫因的思考越来越复杂。他看到一个印第安人，赤裸着，身上有各种线形、圆形和菱形的图案，活像一只大火鸡。这位法国画家想：这就是躯体的意义吧，这个人的存在是为了用巡游流动的方式来展示作品。每次欧洲人来探索旅行的时候，都会对印第安人皮肤图案感到好奇。它们多彩混杂的色调和丰富的成因都极富吸引力，莱莫因真想拥有所有的皮肤文身图案，做一套收藏，带回迪耶普，把其中一种连同老师要的蜥蜴、雪茄一并送给托辛老师。然而，每种文身的由来是不一样的，在身体上呈现着不同的象征意义。在广阔的树荫下，在一条小溪旁，印第安人用这里的水制作染料，一边看着这些图画，莱莫因对大自然的感悟油然而生，觉得自己正是活在这成千上万的明快线条所组成的随性图画之中。不同的线条貌似渴望融入到那些形象中，那些在一些人的身体上一模一样而在其他身体上有所区别的形象。显露和神秘并现，奔放却克制、深奥又透明。死亡与出生、曙光与阴暗、隔绝与开放的情节混合在一幅幅画面当中。因为莱莫因意识到不能永生的人类有一个愿望，就是能掌握一片永恒、无限的地区。文身使皮肤成为一幅画，一幅独特且多变的画，面对它，这位迪耶普的冒险家只能用"美丽"二字来形容它了。

18

有一个印第安人叫库涂图卡。他对莱莫因来说，这个名字就意味着画者。他们常常交谈，聊他们的画，聊在户外手绘的特征，他们的一段段对话常常被两个人交替的笑声打断。库涂图卡看到自己被塑造在纸上的形象时,满不在乎地耸耸肩。当莱莫因递给他画本,让他在上面重新修改时,他毫不犹豫。这个印第安人什么事都放声大笑,而法国人在激昂的旋律中也会无精打采,在印第安人的喧闹和法国人的瞌睡中,两人逐渐建立起深厚的友情。有一次,莱莫因受邀郊游,去寻找蜗牛,从它身上提取一种深黑色。然后他学会了制作一种打底油,涂好它之后在皮肤上绘画,同时,这种油还可以用来防止蚊虫的叮咬。然而,在这之前,他还见证了土著人的脱毛过程。他们毫不畏惧,借助于指甲或者牡蛎壳,或者把猫的牙齿当做锋利的刀刃使用。刮掉全身的毛,除了头上坠着辫子的部位,这个程序需要做数小时。又一天,库涂图卡教莱莫因混合颜料,一部分原料来自金龟子,其他的出自海龟脂肪,还有一些来自地下菌类。从一些叶子、根部和果实中也可以提取一些颜色。小剂量的水可以提升或者降低这些材料的光泽。有时候,不单单用部落法规所要求的河水,唾液口水也是可用的。这种调制出的混合物需要先用嘴过一下,然后唾到一个容器内,莱莫因觉得它非常苦。不过,如果那是获得那些颜色的浓度和亮度的途径,他随时准备这么做,需要做多少次都可以。

19

尽管对印第安人的兴趣越来越浓厚,但是莱莫因并没有忘记卡罗琳。有时候,两个人走出堡垒,到邻近的小山丘散步。他们喜欢看海,在那些炎热的下午,海水呈现一片玉绿色。他们享受着这种自由自在的感觉,望着大海,什么都不想,又似乎在思索着一切。"经过宗教战争的洗礼，你的国家什么时候能够给予宽容大度呢？"卡罗琳问道，她已经沉浸在幸福当中。不知什么时候，两人躺在了草地上，亲吻着，嬉闹着。莱莫因起初对她有些回避，心里还挂念着留在迪耶普的那个女孩儿。但是，面对他的忠诚和怀旧，卡罗琳总是狡猾地一笑。"谁说我愿意和一个穷画家许下一生？"她对莱莫因说莱莫因威胁她，假装用手指扣动着一把看不见的滑膛枪的扳机。在这样的外出中，卢杜涅的侍女愉快地望着钻石般闪亮的地平面，享受着阳光和小溪的流水。卡罗琳厨艺很好，她准备了一些小麦饼干，制作了一只石鸡，配着一种蒜油，石鸡是前段时间他的同伴打来的。他们俩第一次钻进了树丛，莱莫因被这个女人的投怀送抱惊到了。没有很多前奏，当他们发现周边没人，她就脱光了衣服，寻找水域，就像一个妓女。莱莫因想起了那个古代的女神，从海水中浮出，支撑在一只漂浮的贝壳上。然而和那位女神不同，卡罗琳的臀部和胸部虽然不大，但是非常丰满，看上去很圆润，她的发缕是黑色的，长度及腰。莱莫因顾不上欣赏她深色的私密部位，提醒她防备那些当地的偷窥狂和堡垒的守卫。莱莫因对她喊，说据印第安人讲有一只公鳄鱼，追随那些妇女，然后会一口吃掉她们。卡罗琳对他勇敢地大笑，对他说："你危言耸听！"她说莱莫因要是不过来跟她一起游泳，她就请那只鳄鱼顷刻间把他吞掉。有一次外出，卡罗琳正在采浆果来喂一只松鼠，莱莫因躺在了一片空地上，愉快地望着天上的云彩。刚才，卡罗琳对他讲她的父亲和哥哥是新教徒，参加了围困法国奥尔良，德科利尼将军的部队在那里取得了胜利。然而，莱莫因的脑海逐渐从战争的画面中抽离出来，眼神停留在天空中那些变成碎片状的云彩上，很快自己就仿佛回到了迪耶普的工作室，并正在和托辛老师交谈。老师的脚泡在温和的草药水中，无法控制双手的颤抖，他提到了一张地图，在上面可以画出那些转瞬即逝的变化，那些云的运动、雪的降落、暴风雨的动向。"小雅克，当你去那片未知的土地时，我就会投入到一张地图的制作，它就像是我毕生最后的任务，地图上最重要的是确定那些瞬间即逝的现象。因为，在再现了陆地和岛屿、山地和湖泊之后，除了让我们了解真实的存在之外，人们期待去认识那些不大可能掌握的东西。如果古埃及人做到了，他们在自己的坟墓中放入阴间的地图，那么我们为什么做不到呢？我要去观察天象，测量雨水，测算风向，用这些数据去开启这种地图的设计。"莱莫因看了看老师，对他说："老师，您这种想法总有一天将促使我去确定一种梦想中的地图绘制法。""我们不会是最先创造它的人，"托辛反驳说，"除了埃及的智者，我知道在很多世纪之前，有一群人发明了它，用于确定星星在天空的方位。我还有一个证人，是一个航海驾驶员，他跟我提到一个地区，在那里那些地图的尺寸和所复制的地区一样大小，只可惜现在已经损毁。航行者发誓已经走遍了印象中那张巨大地图的所有地方。"莱莫因正在自问自答，但这在海天之间的神奇对话被卡罗琳打断了，她正在喊莱莫因，让他看松鼠那聪敏的眼睛。莱莫因想知道，是否所有这些活着的东西都只不过是那张被一个强大力量撕碎的地图的一块儿呢。托辛的话又来了，他说："你不要忘了，不管怎样，一旦绘制地图我们就在建立比喻，建设一些在难以捉住的时间中试图幸存的转瞬即逝的片段。我们制作地图，画圆圈和方形，画点和线，但事实上我们在描绘的是权力的关系、等级的划分、社会的欲望，还有梦境，特别是那些勾画在想象空间里的梦，就像是在授粉空气中做梦的花粉。"莱莫因想要起身，卡罗琳不停地在叫他，这时他突然想起了那块石头。那是托辛在迪耶普给他的，他在口袋里找了找，在光线下他想去领会石头上面的线条。然而，它们在石头的表面，看上去不是很清晰。

20

卢杜涅的政策很清楚：尽管部落之间有持续的争端，但军队要和周围所有的部落建立联盟；以对话来保证和平体系，用欧洲的糖果零食来交换美洲的粮食；加固堡垒，然后着手征服内陆土地；卡罗琳堡垒会变成营地，成为进攻和防御的地方；所有人都应始终牢记，他们任务的主要目标就是支持、扶植在这世界边际的法国新教徒的未来；要控制对财富的渴望，把它当做一种可能，但是现在对它的获取应该是次要的。上层军官严格地遵照这些命令，而大多数士兵执行起来有些困难。奥蒂格尼和瓦索是船长非常信任的人，他们的出行是为了寻找印第安人的支持，以应对可能的西班牙人的到来，这些殖民者在古巴和新西班牙建立了堡垒。卡罗琳堡垒的附近发生了爆炸，所有的盟友集合在了一起。爆炸就像一声闹铃，惊醒了所有的居民。卢杜涅以为是数支天主教军队准备进攻。妇女和老人进入他们的小木屋中，惊恐万状。卫兵们就位瞭望哨，大炮也立即准备就绪。发生爆炸的时候，莱莫因正在堡垒附近散步，在寻找种子，从里面提取一种琥珀色颜料。不久，印第安人向上举起手臂，人们发现原来是一道闪电引起了火灾。卢杜涅和他的人登上房顶。他们看到大火，便陷入惊愕中，一时鸦雀无声，只听见飓风般的风声震颤着树林。经历了红沙的暴虐侵袭，那些树木像受了伤的巨大怪物一样倒了下去。每时每刻，从爆炸的巨响中，都有被火焰吞噬的动物的嘶吼声传出。但是，卡罗琳堡垒拉响的警报声使他们惊醒。于是,他们拿上水桶、饭锅和砂锅,跑出去灭火。从刚刚开始,列队的印第安人就在急忙运水。站在莱莫因和库涂图卡身边的司务长凯尔先生目睹了大火如何变成一个巨大的旋涡。惊恐的他,用但丁的话来表达自己的情绪:"沙土燃烧就如同导火索被引燃,痛苦加倍。"他瞪着红红的眼睛肯定地说,这片土地和它的非永久居民展现了地狱的真实模样。

21

花了三天时间大火才被熄灭。当大家看到最后一点炭火变成稀薄的烟雾时,堡垒里的人和印第安人才得以休息。现场残留着令人难以忍受的惨状:烧焦的鸟儿,烧成岩石般样貌的鹿和狐狸。幸好大火没有波及堡垒附近的整片草原,因为它被溪流淹没了。牧师们举行了感恩活动,祈求上帝保佑,使仁慈后变得狂怒的大自然可以庇护人类。在那些美好的地方,原本炎热而平静的风变得暴躁,它掀起屋顶和岗哨,人们甚至连预言天气如何发疯的机会都没有。就在眼睛一闭一睁的短暂时间里大家意识到了,人类的秩序与平衡在强劲大风到来时什么都不是。相反,土著印第安人仿佛更了解那些自然存在的脉搏,那些暴虐而诡谲的自然存在,它们在刹那间吸收了所有的一切,因为它们总是远离你的脚步所及。那道闪电降临后的日子里充满了格外明媚的阳光,天气炎热夹带着潮湿,令人难以忍受。蚊子肆虐,以至于卡罗琳堡垒里的人们接受了印第安人的精油,把它涂在身上。然而,面对蚊子凶狠的嘴,不被叮咬那是做梦,蚊子依然毫不怜悯地吸血。人们好像整天在那里发呆,从一边走到另一边,用手掌向脸上拍水。一天晚上，卫兵们听到梅尔河的翻滚沸腾声。第二天，水面上浮起了死亡的鱼类和禽类。牧师们想起了古代那段极其痛苦的日子，河流里滋生瘟疫，传染给了人类。然而，卢杜涅认为这些事情一部分源于对新的自然规律的不了解，他下令拾起这些动物。鱼装满了一百多车，尽管这些鳞状物还没有发出任何腐烂的气味，但是没有人敢去吃它们。于是，空气令人窒息。一个接着一个，欧洲人身体开始变得虚弱。尼古拉斯·巴尔是古时远征巴西大地的幸存者，那次航行是维尔加格诺统领的。他抬抬肩膀说没有必要做无用功，他们只不过是发烧了。他说发烧了需要忍受并服用野生的草药。

22

与此同时，经历了第一阶段的学习，莱莫因开始了解各个颜色的含义。在印第安人的色板中，红色是主打色，常用于涂抹眼睑，抬高鼻梁，加宽额头，让耳朵变得更加坚实，让嘴唇看起来更加诱人，还可调制印第安人的肤色，他们本身的肤色往往是黄色或青黄色的。红色仿佛代表着吸引和保护，代表着愤怒、爱的激情和威望，它和生命与死亡息息相关。然而，尽管对颜色的这些内涵日渐领悟，莱莫因却感到自己的理解力与印第安人文身的精髓所在仍然相距甚远。比如说，有人去世了，所画图案要看服丧人的身份。然而参加葬礼的人纷乱复杂，让人觉得眼花缭乱。各位悼念者对于亲人离去的悲痛程度是有所不同的，所以画制的图案要反映出悲伤的复杂区别。逝者的妻子和子女要用黑色从头画到脚；他的父母只画腿部；兄弟姐妹画在胳膊上。然后，有一些哀悼人身上的图案可以说出乎意料的小，小到了一定的限度，几个来参加葬礼的人在鬓角画了一些几乎看不见的圆圈。其他人身上的图案则因年龄而异。年轻的女子在脸上画三个月亮或三颗星星，一个画在额头另两个画在两侧脸颊。在鼻子上，用白色向下勾画点线，一直画到下唇和下颌之间的窝部，制造柔和的效果。脸上的图案也被画到手臂和尚未发育的胸前。那么，这些白色星体在她们身上熠熠发光，说明宇宙的回响开启或激发了女人的心绪。但是还有一些人，他们身上的图案分不清年龄段，或者与他们的年龄不符。他们仿佛想要说明，人类不论在哪个生命阶段都是不同时间的一个一闪而过的缩影。莱莫因认同一个简单的理由，即人们通过色彩的运用变换年龄，是源于怀念或者幻想，老人画成孩子，孩子画成老人模样。如果说剪短头发在欧洲司法中标志着堕落和声名扫地，印第安人则用图案表现自由还是奴役的身份。他们在下巴和耳朵上、手臂和胸前画花瓣或者种子，这代表自己是自由的；而奴隶们则在额头和脸颊上画骸骨。令莱莫因惊奇的是，他发现，土著人不是因为直接的生理原因，而仅仅是由于身上涂抹了阳光的颜色，就会惊慌失措，准备发动性欲的进攻。还有人最终爱上了这种颜色并将它涂遍全身，用一种物质从头发涂到脚趾甲，让他们看起来模糊难辨。那些人原本是一种边缘的存在，但由于他们所画色彩的勇猛，后来成为部落其他人崇拜的对象。前一天这些男男女女还是部落日常忙碌工作的普通一员，就因为身体涂抹的深色而被其他人疯狂崇拜，陷入到了一片恐怖的疯癫氛围中。

23

　　每次看到印第安人,莱莫因都会想,他们赤裸的样子是否与低级、卑贱和兽性相关。凯尔提到最早的人类,依据赫西俄德的"黄金时代",他想到的是起初的亚当和夏娃。他博学的言辞中,始终在道德、清白和堕落、罪恶之间的对抗中保持一种平衡。有的观点倾向于一种天真的同情,卢杜涅的想法正在于此;还有些人倾向于这是可以改正的不端举止,那些牧师持这样的态度,在他们的说教中,提出必须通过唱圣歌进行传教。莱莫因通过参与身体彩绘的工作,渐渐摒弃了这些偏见。不会有卑贱,那些都不懂这个概念的相对性的人不会卑贱。说他们兽性未泯也是不合适的,因为印第安人恰恰会给身体脱毛,并在身体上画画等等,这都是与动物有明显区别的。什么牲畜能够用脚夹着蘸水的树根,用他们的颜料在同类的脊背上作画?当莱莫因得知,印第安人用来把牙齿涂黑的混合剂有效地保护了他们,而欧洲人则是带着高傲的表情从嘴里喷出一连串的腐烂哈气,在他心中低级这个概念也开始颤动。几乎所有人,有学问的也好,平庸的人也罢,言谈话语中都提到印第安人低级,而让莱莫因消除这种偏见的决定性因素是艺术。印第安人在愉快的闲暇时光利用在树木、粗石和动物身上提取的物质所作的画具有深奥复杂的意义,这是莱莫因一直试图去领会的精神。当莱莫因看到他们嘴唇上画的那些黑点,腿上画的向上爬的一群蝗虫,腹部画的紫红色盛开的花朵,他的心情就如同看到大教堂那画满《创世记》中的一幕一幕的墙面一样。

24

牧师莱弼更明确地说:"裸体强有力地证明这些可怜人的未开化程度。"但是,"您真的认为他们没穿衣服吗?"莱莫因反问他。牧师看了看他,弓起眉毛,在堡垒的广场上走了一步,以示确定。莱莫因先表示敬意,然后进行了反驳,让这位教士也感到惶惑。他认为那是一种精巧且复杂的服饰,作为具有象征性的服装,各部间有着神秘的交互关联。每当一个人面对那些印第安人时,实际上参与了印第安人某种形式的对话,他们和外部世界之间的对话,他们和部落核心的对话,他们和他们如何看待部落其他成员的对话。而且,因为佛罗里达的土著人不认识纸张,不会用石头(当然不是所有石头)、毛皮和纺织品来表达,莱莫因认为他们的身体彩绘便是一种小心仔细的写作。凯尔先生听到这位画家的用心之谈,觉得他说的很美,但缺乏逻辑。这位司务长辨别不出这些画的用意何在。当然,莱莫因也不能,但是至少他可以提出具有一定可能性的解释,其中一个就是,从身体上的绘图中,印第安人找到了破解时间之谜,也或许是靠近时间那些深邃秘密之一的有效途径。那就像是一种消遣,部落的成员都加入其中,为了在存在面前、在他们自己面前、在祖先面前,证明自己和否定自己。他们面对的是一个有神或什么也没有的世界……就在这时候,莱莫因想找这两位继续交谈,给他们讲蒂穆夸人创作的神话,那个他一直想弄明白的故事。可惜,他很难过,他发现凯尔和莱弼又各自忙各自的去了。司务长去写他的长诗《佛罗里达》;牧师呢,则读起了他的福音书。

25

　　副舰长奥蒂格尼和阿拉赫先生被派往了巫蒂那国王的领地，有二十多位士兵随从，莱莫因也跟他们一起去了。此行的目的在于加强与巫蒂那国的友谊，以应对在去阿巴拉契亚的计划行程中可能出现的意外事件。卢杜涅为保证堡垒的安定，使出了一个奸诈的策略。他要求萨图里那把巫蒂那的俘虏交给他，那些人是萨图里那的部队在和巫蒂那的一次交战中俘获的。萨图里那说那对一个同盟来说不是合适的方式，但卢杜涅执意坚持并威胁他同意，他只好交了俘虏。雅克·莱莫因出发的时候心中纠缠着对立的两种感受。一方面，与新部落的接触对他很有吸引力，虽然说他看过的所有佛罗里达的印第安人都长得很像。他们语言接近，他们的服饰和饮食也只有细微的差别。从根本上说，很明显这些村落都有着同样的根源。另一方面，想到卢杜涅的阴谋，莱莫因知道这种冒险可能会演变成悲剧。另外，他来美洲不是为了终结土著人，也从来没有过要像一个豁达高尚的胡格诺教徒在这片土地扎根的念头。这些方面，卢杜涅都跟莱莫因澄清过，他说他对国王有承诺，而且在这片土地上工作的这些日子里，他们获取了一系列对他的行当和航海远征有价值的数据。于是，他们开始沿河向上，朝南航行，到了一个叫玛雅尔卡的地方，在那里受到巫蒂那国王的盟友热情的接待。接着，他们继续沿一条宽阔的河道在一片风平浪静的水域里航行。两岸围绕的是茂密的植被，偶尔，从中探出一个个披有光亮苔藓的树干。河流在有些拐弯处沉积了细沙层，从远处看上去就像带着会移动的花环。这些法国人以为是花儿，但到了跟前，只看见成千上万在空中飞舞的金龟子，形成了一个旋涡。天气的炎热弄皱了士兵的衣服，在航行中奥蒂格尼批准大家赤裸上半身。他们在河边过了一夜，可因为野兽的吼叫他们无法入睡。在树木枝叶的交接处出现一道红色的曙光，这让大家提起了精神。到了中午，他们携带的人质开始发声，他们在熙攘的鹦鹉掠过的空气中挥舞双手。在河两岸，巫蒂那人正在等着他们。国王出现了，很高大，身上装饰着羽毛，对他们表示了欢迎。他感谢奥蒂格尼交回战俘，并立即安排这些人上战场，因为就在他们到达的时候，国王正在准备对波塔维发动进攻，这是他们临近地区的宿敌。在和来访者一番愉快地交谈并为他们提供了简单的餐食后，巫蒂那请求支援。奥蒂格尼起初是拒绝的，但后来和阿拉赫商量后，他接受了。对莱莫因来说，看到土著人的军队，他非常激动。最吸引他的是国王。在他身上各种画面发生一种神奇的凝聚。在腿部和手臂、胸部和腹部，一系列的线条构成错综的画面。巫蒂那不仅不停地发出野兽般的嘶吼声，眯着眼睛像要发疯，手在空气中击打，而且皮肤上聚集的红色增加了他的兴奋。士兵们充满了巨大的能量，将领每说一句，他们都会高喊口号，挥舞棍棒、长矛和弓箭。他们传递着一个酒桶，坚定地喝下去，仿佛这种液体就能让他们在接下来的日子里保持清醒和激昂，而不需要任何食物。巫蒂那就像萨图里那，没有他高，但穿着形式一模一样。唯一的区别是巫蒂那胸前挂着一个大大的黄金板，中间贴着一小撮羽毛。"太特别了，"莱莫因这样想，"这一定让他在之前的战斗中看起来无比令人畏惧。"士兵们也戴着和国王相同的饰物，他们还戴着长长的耳环，是用彩色的石子制作的，这使耳朵看起来很夸张。同样夸张的还有他们嘴唇上涂的颜料，是蓝色的，很浓很光亮。

突然，一片寂静，巫蒂那从一个密封盒中取出液体放在手上，将手举向天空，向太阳祈求胜利。用一个快速的动作，他把液体抛出空中，水落在士兵身上。他用铿锵有力的声音说他刚刚所做的在未来他会用波塔维的血来完成。随后，他拿出更多的水，并洒入篝火中。他补充说他会以类似的方式熄灭敌人的生活。奥蒂格尼和他的手下们倾听了这些训话的翻译。他们跟在印第安人后面，背朝河流，以便进入丛林。第一天，一路还算顺利，尽管印第安人的步伐节奏极其迅速，莱莫因总是落在后面。第二天非常艰苦，因为出现了沼泽地，而且一路荆棘丛生。在这段路线上，法国人接受了帮助，他们在印第安人的肩膀上被运送过去。然而，第三天高温继续上升，莱莫因昏了过去。幸好，他们已经到了波塔维领地的边界上了。部队停了下来，巫蒂那叫来了他众多法师中的一个。那些印第安人总是小声嘀咕，说他已经一百二十岁了。他的皮肤都是皱纹。开始，他的脚步缓慢、颤抖，但是知道了大家都在注视他，便又精神抖擞了。他头戴绿帽，身披战袍，问候了国王。然后走向奥蒂格尼，他知道法师是来向他要徽章的。副统帅先生不太自在，亲眼看着法师是如何几乎把徽章抢走的。啐了一口徽章后，他在奥蒂格尼面前停下来，在无法控制的惊惧中开始用手比比划划做起怪相。根据这个老人所说，精神守护神建议延后发动进攻，因为波塔维在人数上有优势。奥蒂格尼对此凌辱很生气，也疲于在这不安全的土地上跋山涉水，于是他对巫蒂那说如果不进攻，他们就离开并不会再回来援助。国王看了看渴望战斗的军队，又看了看法师，他年老体弱、昏昏欲睡的样子简直跟刚刚又蹦又跳，预言对他的人不测的那个人判若两人。然后，国王勇猛无畏地面对着法国人的眼神说"马上进攻"。

26

莱莫因躲开了这些战士。战斗空间的划定没有给画作的完成制造困难。幸好，印第安人为互相厮杀，通常去草原、毗邻河流的山谷，去那些能见度好的地方。最远处，云朵卷曲，近一点有一团积云，连接在一起的样子像手镯的形状。积云的下面，白色的线条勾勒出地平线，大海似乎就在那里。一座座小山丘，虽然不算光秃但植被稀疏，这凸起的地貌依据莱莫因的视角在画中展现出来。实际上，在这幅美洲的战争画面上没有一丝残暴。巫蒂那的战士在莱莫因视线中的左面。他们一个挨着一个，显现出一种纯朴和原生态，让莱莫因想起去年意大利大师们画的在宗教仪式中的拥挤人群。战士们的中间是国王，他手持长矛并指向右侧敌军的方向。莱莫因把弓箭涂成红色，三角裤从靛蓝到黑色、从橘红到黄色。三个胡格诺士兵站在战场中间，构成第一道景。他们身后还有三个人，正在开动火枪。他们的行头和印第安人的赤裸上阵形成鲜明对比：他们身穿皮革紧身背心，用金色锦缎穿起，齐膝的肥腿裤，还有塞在护腿中的袜子。奥蒂格尼手持剑和盾，而一个波塔维的士兵举起了一根全身都是刺的棍棒，他们俩引起了莱莫因的注意。他施展天分，用力刻画这两个形象。奥蒂格尼用盾牌保护自己，两条腿牢牢地抓住地面。他的胡须发红，鹰钩鼻子，全神贯注的眼睛正在寻找攻击者的弱点。那个印第安人有一条乌黑的狐狸尾巴，从后面躲开奥蒂格尼，膝盖上戴着两个白色串铃，正要给对方一击。但是，在奥蒂格尼背后，阿拉赫正在一座小山上支援他，开枪射击。面对枪火，印第安人一个接着一个地倒下了。他们的脸上带着一种莫名但却不可遏制的死亡的困惑。此外，似乎可以看出印第安人的队伍是有节奏地行进的。他们的头儿，那些大块头儿们，大声地喊应该什么时候放箭，那些配备棍棒的人应该什么时候抢先去大量杀伤敌人。因为莱莫因站在灌木丛中，看见很多花儿，于是他决定把它们放在战斗场景画的开篇页。在这一页，和花儿一起，画一个倒下的、被火药打伤额头的印第安人。

27

莱莫因对她说："巫蒂那人虽已知道胜利了，但还是做了更残忍的事。"卡罗琳皱了皱眉头，没听懂他的话，莱莫因继续复述他的奇遇："首先，他们攻入波塔维的村落，杀掉了藏在那儿的男人，抓了妇女儿童做俘虏。在一片哭声与笑声的交织中，他们开始肢解尸体。我走上前去观察巫蒂那人对他们的敌人都做了什么。如果人还活着他们就用木槌敲打致死，然后给尸体脱毛。他们小心地使用削尖的甘蔗杆剃去头发，这工具就像我们最好的匕首一样锋利。剃过的尸体显现出高大的架势，卡罗琳，我不是指高尚，而是说他们被抛在地上，看上去真的很硕大。死者的头部有时会渗出一股股的血，每当这时，同伙就会责备刮毛的人笨手笨脚，他们嬉皮笑脸地停顿一下来表达不满。剪下的头发是一条条粗粗的辫子，他们放在一边。同时，还有一些人负责切断肢体，他们用棍击分割腿部，从大腿或腹股沟的位置分开，把胳膊从肩部连根拔除。分割完的断肢储存不住血液，他们就任由血液在绿色的草地上漫溢。有人把血抹在身上很多地方，并骄傲地炫耀。然后，他们挖了一些小坑，点燃篝火，用烟熏那些剔下的头发，用火烤硬割下部位的薄皮，烘干在袭击中被打碎的骨头。长矛上挑着头发、腿和胳膊，胜利者满载着骄傲准备返回，但是令我更加毛骨悚然的是，"莱莫因说，"他们在离开这交战地前做的最后一件事儿。守卫军围在一起，其中一个人拿出一支箭，扎进了对方的屁股，从死者身上放出一个屁来，惹得全体大笑。这个死人排光身体里的脏污，然后被抛到了某个地方。"就在这时，卡罗琳一阵恶心，拒绝看莱莫因要递给他的画。莱莫因解释说："还有一些充满慈爱的画，画的是照顾伤员。"可他的坚持是没有用的，因为卡罗琳正忙着给卢杜涅做一些饼，她说："如果那边下雨了，那么这边会一样不停地打雷。"

28

　　第一个起义的是罗凯特。一天天亮，他带着曾为一个魔术师的自信，开始发声。他声音激昂，说服了他原来队伍中的很多战友。罗凯特来自佩里戈尔，在登陆美洲之前，他曾经在鲁昂和迪耶普干过很多临时工作，干过农活，在镇子里的小酒馆用扑克变过戏法。他讲话滔滔不绝，但比较空泛，引用了很多句子，他保证是米歇尔·诺查丹玛斯手稿中的原话。和他的很多战友一样，他不接受就这样返回法国的想法，他认为应该积累财富，作为未来富足生活的保障。那个早上，罗凯特坦言他梦到了一座金矿。在梦里，从天而来的一个清晰的声音告诉他，金矿位于河流上游，在一棵刻着三个字母"Y"的椰枣树所在的地方。他承诺给每个人一万个埃斯库多[①]，除了给查理九世的五十万个。在他的臣服者中有一个叫让的，是个光头，大腹便便，一

[①] 埃斯库多，16世纪西班牙金币。

直挣扎在贪婪的欲望中，对卢杜涅憎恶颇深。由于在萨博接到命令，要求向德科利尼将军报告航海的发现时，船长没有批准他返回法国，所以让搞了一场毁坏上司名声的运动。船长不支持大家寻找黄金，而是让他们待在堡垒里做一些徒劳无获的工作。同时，他对士兵们很吝啬，只让大家看着自己碗里的饭，而给予那个废物画家特殊的待遇，允许他走近印第安人，画一些愚蠢的画，和那个下流无比的女佣人在树林中消遣、作乐。"问题已经再清楚不过了，"让对罗凯特说，如果卢杜涅不同意他们去寻找金矿，就应该消灭他，让一个有勇气并和他们目标一致的人坐上这个位置。就这样，一群士兵最终叛变了，他们要求船长批准前去寻金。卢杜涅警告大家说城堡失守，多疑而不讲信义的印第安人可能随时在背后发动进攻。而且，他还提醒反叛者说，他们的行为是忤逆国王的罪行。国王雇佣他们来不是为了让他们听从一个挑拨离间的刺儿头的唆使，而是服从他们的首领。通过这番说教，卢杜涅制止了他们。不过，几天后，卢杜涅病倒了。煽动叛乱者利用了这个时机。让担任了几天暴动的指挥，罗凯特根据自己幻觉中的地理情况去寻找金矿。他回来的时候，两手空空，人也被高烧击垮了。同时，让曾试图了结卢杜涅，但因受到了堡垒中忠诚和服从于船长的人的阻挡，计划最终落空。他想收买卢杜涅身边不同的人，承诺分给他们拉罗谢拉郊外的土地。首先，是给他配药治疗体虚的药剂师。让跟他要一剂腐蚀性的砷或汞，准备放到生病的卢杜涅每晚服用的药里。面对医生的拒绝，他又想到了一个烟火工。这次，他的计划是把一个能引爆的油桶放在卢杜涅的行军床下。烟火工断然拒绝了。但是让得到了制作这个爆炸物的原料，在多次尝试后，终于把它放在了那里。第二天，卡罗琳在打扫房间的时候，识破了这个计划，油桶被及时扔掉了。卢杜涅义愤填膺,在奥蒂格尼和他的手下从巫蒂那回来之际,他尽自己最大的努力召集了堡垒所有的居民,带着高烧,吃力地站起来,用喊破嗓子的声音揭发了让的过分行为。他指向一所房子,在那里,萎靡不振的罗凯特还在谵妄不休,幻想着那永远找不到的金矿。他让尼古拉斯·巴莱站在身边作为证明人,追忆起维尔加格诺率领的在瓜纳巴拉海湾航海的悲剧,一系列内部争执挫败了法国人殖民巴西的梦想。他说现在发生的事就像当年的一样,他作为这支冒险军团的统帅,不能让悲剧重演。他强调说维尔加格诺很有抱负但他的宗教信仰混乱。在灵魂深处,动摇他精神的是粗陋的天主教,他转向新教的弃旧图新是虚假的。由于这些原因,那次远征落得令人羞愧地收场。卢杜涅申明,他与维尔加格诺不同,他坚持诚实的原则,做有智慧的决定。比如说,如果用蚕豆和蒂穆夸人做的发酵的玉米饮料替换宗教仪式上的红酒和没发酵的面包合适的话,他永远不会和牧师去为此争辩。卢杜涅认为那是偶然的,这样便服从了卡尔维诺的原则,卢杜涅相信美洲的产品也好,欧洲的产品也罢,里面都汇集着耶稣的精华。而且,他明确说如果让和罗凯特的事件再有发生,将予以重罚。让得知奥蒂格尼回来的消息,在前一天就逃到雨林里去了。

29

然而,野心又一次在士兵当中生根了。时间来到十月下旬,口粮的减少让人忧心,卢杜涅增加了和相邻土著部落的交易以保证食品供应。萨图里那恼于法国人与敌对的巫蒂那结为盟友,削减了粮食的供给。的确,这个危机在冬天里会加剧,但卢杜涅坚信法国的援助很快就会到来。他着了魔似地反复询问哨兵,是否在海平面看见烛火,每当在城堡临近的海边散步时,就让他的护卫爬到树上去,望一望远方。不满的情绪在一群士兵中逐渐散开,他们为自己的前景担忧、为搁浅在这前不着村后不着店的堡垒中感到焦虑不安,他们相信这种稳定随时有可能被土著人的变化莫测所终结。受发财野心的驱使,分歧的气焰甚嚣尘上,难以扑灭。这次策划骚乱的是艾蒂安,日内瓦人。他高大粗壮,差不多有两米高,一只眼睛用一块儿皮革遮着,另一只在浓密的睫毛后透出轻蔑的目光。他的法语有点难懂,夹带着德语和英语的词句。他冲进去起义的时候,稀疏的胡须打了一个结。他带着预知者的信念挑起那只独眼,说这样在美洲生活是一件愚蠢至极的事儿,砍树、锯木,最后完成一个总也不能完全完成的堡垒。"那些工作曾是决定性的,而当古巴和新西班牙离得不是很远的时候,财富已经离我们不能更近了,"他高声喊,"况且在佛罗里达只有蛮荒,只能给我们淡而无味的玉米干儿和毫无价值的羽毛项链。"很快,大量士兵聚集了过来,艾蒂安要求当权者给他们拿出一份准确的食品储备报告。病未痊愈的卢杜涅承诺仍可维持再有四个月的温饱,但是他拒绝交出战舰的指挥权。他说他们的使命不能和西班牙的殖民地牵涉起来,这也是查理九世下达的命令。去菲利普二世的地盘上寻找黄金白银,那意味着引来危险。由于船长一直坚持让他们保持有序,这个日内瓦人暴怒了。他吐着唾沫,下令让他的人控制武器。他们囚禁了卢杜涅,把他关在了堡垒的一个粮仓里。谁也无法阻止他们。奥蒂格尼和瓦索想要反抗,但害怕会引起部下间的大屠杀,他们保持了缄默。艾蒂安高高举起手中的剑,向天空鸣枪几声,带着他的人奔向福孔,跳进了海里。在船头,他们嬉笑着,说着下流的话告别了。罗凯特和让就在这帮人中间。两个人终于解放了,张开双臂拥抱着蔚蓝的海平面,海风慷慨地吹向他们。凯尔站在堡垒的高处看着船驶向了安蒂拉斯群岛。他在记忆里搜寻一首诗中的景象,那首诗描述的是船的起锚和永不返航,但不知是什么又让他沉默不语了。当他的眼睛已经看不到任何船只的时候,他断定说那群垃圾不如的人不会再回来了。

30

叛徒的离开带来的第一个好处就是让大家终于松了一口气。各项工作有序地进行。木匠们继续和木料打交道,士兵们稳固好经常被风吹破的房顶,其他人修理小船,佩蒂特顿号已经做好了返航的准备。卢杜涅恢复了原来的刚毅,决定筹划和印第安人进行一系列的交易,毕竟食品储备还是要靠他们的。另外,由于担心萨图里那报复他们和巫蒂那建立同盟的行为,船长强调要对堡垒严加守卫。有时,卢杜涅会设想,艾蒂安和那些暴乱分子有可能落到西班牙人的手里,一想到他的胸口便一阵绞痛。卢杜涅为了忘记他的苦恼,经常去找莱莫因,询问他深入相邻部落领地的情况。在堡垒当中,大家都知道莱莫因是和野蛮世界关系相处最好的人。他抓住船长的好奇心,畅所欲言自己对印第安人身体彩绘的见解。他说:"但愿您有足够的洞察力去欣赏蒂穆夸人画在身上的图画。从某种方式来说,它们有必要被传承下去。这些彩绘所具有的想象力为我在绘画世界中带来灵感,它们告诉我哪种图案更让人感到震撼,是我们富丽堂皇的墙壁上画的教堂和寓言故事中的人,还是他们身上神秘莫测的图画。"莱莫因指向那些印第安人,他继续解释道,"虽然他们把画在同种人脸上和身体上的东西画在我的纸上是完全没有问题的，但是印第安人不喜欢被画在纸上，因为他们觉得那样不够重视。"于是，船长仔细看起莱莫因的画本来。上面画满了各种几何图形，螺旋形、圆形和方形不断相交。结果，一系列的图形在这里、在那里反复出现，但是永远不会出现两幅相似的图画。"但是，为什么，"卢杜涅问，"他们有这等闲暇？他们似乎忘记了真实世界，忘记了他们的主业。"实际上，莱莫因已经给他解释过，当印第安人彩绘的时候，他们完全陷入一种愉快的失智中。他们如此便和日常义务分离开来，进入到一种尽管很神秘，但却能让他们去直面和感受生命的开始和终结的活动中。卡罗琳想或许他们做这个是为了忘记战争和苦难。她的想法很可能是对的。但是莱弼认为图案代表着那些蛮人愚弄自己和愚弄大自然的灾难效应的能力。当然，也是让他们更加远离我们宗教道路的欺骗。"如果是这样，"卢杜涅说，"那值得我们的同情。""那么，好，"莱莫因打断说，"我认为他们身上的画是一种庆祝性的行为。但他们在庆祝什么呢？我猜想他们所有画画的时刻都是为了庆祝，庆祝他们在灾害周期轮回的大自然中成为优胜者，能力非凡者，是频发混乱和布满深渊的现实存在的支撑点。用一个词来说，他们是真正的文明开化者。"

31

利用堡垒内恢复的平静时光，莱莫因又投身到印第安人当中去了。这次他试图解决一个一直困扰他的问题。他发现出现了一些做女人活儿的男人，有时候行为举止看起来就是真正的女人。他们不藏着掖着，好像他们意味着部落的羞耻。相反，他们无处不在，到处承担着特殊的角色。他们只是被禁止直接参加战争。在那里他们可以做食品搬运工和护士。战斗结束后,这些两性人前去用草药和植物、模板和绳子救助伤员,减轻他们的病痛。那时,法国人称呼他们两性人。当凯尔第一次看见他们时,想起了一个杜撰的故事版本,里面谈到第一个具有双重性别的亚当。在巫蒂那和波塔维之间的战斗中,莱莫因看到他们一直忙到最后,他认为他们的表现是一个精诚团结的范例。他们乐于助人,并且展现了丰富的医学知识,他们背起伤员,或者用他们自己设计的担架运送伤员。运送伤员的路途很长,而且布满沼泽。莱莫因在拜访过的村子里见过那些两性人,尽管同族人对他们有非议,他还是认为这些两性人是部落运作的基础。他们的角色可以从一个性别自如地过渡到另一个,没有罪恶感,也不感到难为情。当她们忙于播种、收获和维护家庭的工作时,她们是女人。当运输重物和干粗活的时候,他们就是男人,甚至比那些战士还强壮。莱莫因画了他们很多次。他们留着长发,和女人不同,他们不在河水里洗头,而是把一种植物精华涂在头发上,也抹在肩膀和背部。但是,和部落的其他成员一样,他们每天都洗澡,身体看上去很干净很健壮。卡罗琳喜欢开玩笑说她觉得印第安人比其他人更美丽。"遗憾的是,"她补充道,"他们陷入极坏的罪恶中。""你像一个西班牙天主教徒,"莱莫因反驳说他不认为这些习惯是遗憾,是任何过错。这些两性人穿着浅绿色的三角裤,和女人们穿的一样,他们卷曲和浸湿的头发用一条带子绑着,黄色或红色,用以区分。他们就像服从祖先的命令一样做着自己的工作。因此,莱莫因认为指责他们是不可救赎的罪恶者是不合适的。借此说法,牧师莱弱要求,接下来开展基于法语和新教教义的教育工作。他举例说:"没有宗教洗礼,没有强压给他们的十字架,没有魔幻风格的典礼仪式,只实行理智的宗教信仰,唱圣歌,这样才能救赎他们。还有什么样的景色能让他们如此地靠近天堂呢?这里,圣歌在树荫下回响,阳光照耀着树林,鸟儿在林中飞翔。"而凯尔呢,他则带着博学的视角来看这些人。在那些酒后兴起的夜晚,他常和莱莫因谈及一本未收入教经的书,在托马斯·摩尔的《乌托邦》的传说中,人们的幸福被放置在新大陆的一个两性人群体中。凯尔说:"故事讲了一群蛮人,住在大陆的最南端,没接受过任何慷慨的教育,他们只靠自己就可以获得性的快感并繁衍生息。"莱莫因听到朋友这露骨的言辞,总是不禁微微一笑,喝下一大口酒,继续听。"住在寒冷地方的居民,粗布护体,为了获得食物要付出极大的努力。这是他们唯一要躲避的困难。因为在他们心中没有忧郁,在他们记忆中没有因爱的距离带来的欺骗,在他们喜好中没有毁灭他人的愿望。亲爱的雅克,你设想一下,在一个村落,已经克服了战争和男权或女权统治的周期交替。你想想,在一个地区,住在那儿的人都想要得到一个既做父亲又做母亲的幸福感。"伴着这个离奇故事的回响,在同伴库涂图卡的帮助下,莱莫因试图揭示两性人这个词在印第安人人体结构中的内涵。他问自己:"他们真的具有两个性别吗?有双性,他们会感到比部落其他人快乐吗?如果更快乐,那么难道是虚假的奴隶身份?奴隶们在服从和卑贱的生活中真的深感幸福吗?当然,在性的自我满足方面,他们会有快感。"然而,关于两性人的隐秘观察了这么多——如果有什么比一个印第安人的两性关系更私密,那就是一个印第安双性人的私生活——莱莫因总结道,那些魁梧的"双性人"只是很女性化的男人而已。而且,尽管他很兴奋地遇到了一个偶然发现,那些佣人当中就有一个在阴茎和睾丸下面长着一条特殊的缝隙来接受男性的

"攻击"，然而他认为只不过是又找到了一个存在的事实，只是这次有点邪恶，它是随着人类的世代繁衍而产生的，会不可避免地使普通的两性感到吃惊的例外。

32

莱莫因的这个愿望日渐强烈。对他来说，那就像是一个具有深厚意义的行为。第一个意义在于，实现它，他能证明自己被印第安人激发的兴趣。人类的这种表达方式，在和欧洲征服者的碰撞中，可能很快会消失于地球。第二个意义在于它不会唤起违背社会的念头，而是更好地提出一个自由意志的不同范例。当然，他没有跟任何人说过这个决定，连对卡罗琳都没提起。和她，莱莫因总是说一些自己对印第安人生活的沉迷。就连卡罗琳对他的评价都是古怪，看他像宫廷里畸形的小丑，或者是巡回游艺会上吐火的丑角。另外，如果这个想法让船长和他的同伴们知道了，他们会当面笑他，或者作出一副仿佛看见怪物的样子。甚至，他很可能会被驱逐出堡垒，因为这样的怪相是对堡垒士气稳定的危险信号。莱莫因知道，如果是这样，让印第安人给自己的身体彩绘等于以某种形式证明自己迈出了冒险的一步，而且殖民运动的意义也在于此，那就是让人们真正走上正确、理智的道路。尽管一开始，这个法国画家一想到要裸体，并在身上画满迷宫和星星、树木和动物，也嘲笑自己，但是，他逐步说服自己，整个旅程若想难忘，它必须是一种充分的冒险体验。一次这样的冒险，不应该像一阵温柔的风或一缕洒落身上的美妙的阳光，而该像一次轻微地震，暴烈地把身体推向新的状态。是的，他，雅克·莱莫因，生于迪耶普，宇宙绘图艺术的天才画家，菲利普·托辛的徒弟，他是要回到欧洲的。因为他是属于那里的，永远不能彻头彻尾地成为印第安人。但是，他要带着印记回去，不仅印在记忆中，而且印在身体上。

33

卢杜涅让他跟着印第安人走。在冬季的月份里，印第安人离开海湾和牧场，向内地方向迁移。他们建立一些临时小村庄，由一个个筑在水上的小茅屋组成。他们平静地住在那儿的几个月标志着一个休战期，在一年当中的剩余月份里则是长期的纷争。莱莫因每个工作日都参与其中，没有疏忽跟随库涂图卡和搞人体绘图的那些印第安人。有时，他跟着一伙印第安人，用削尖的木棒捕获鳄鱼。还有时，他藏在灌木中观察扮成鹿的印第安人如何靠近河水缓流处，那里有一群真鹿在饮水。每个人分发一个带耳筐，里面装满了蔬菜、水果、鱼和爬行动物，这阻止了任何饥饿的苗头。在画家的眼里，这一幕让他想起了平均主义分配，耶稣和使徒们制作的面包和鱼的平均分配。但是，这些新大陆的土著人从不缺乏精神，既不哭，也不被迫害，也不渴求公平正义。对于所有这些人，好像不太适合去接受上帝的教义。他们驯顺地生活，内心纯净，在那几个月和平相处。在这个世界上他们的使命就是为族群的安逸而操劳，一种朴素却又满足的安逸。他们无瑕疵地践行着这一使命。那些两性人背上背着箩筐，娴熟地肢解捕获的蜥蜴。在那段时间，一些人生病了，但通过特殊的疗法得到治愈。好像并没有指定的医生，每个印第安人都是神医在世，他们有自己的医学知识。他们让病人躺在一张席子上，用竹竿在病人额头处开一个口，其中一个人俯下身，用嘴吸额头的开口，然后把吸出的血吐到地上一个罐子里，喂奶的妈妈们来这里喝。还有给病人吹入烟草的疗法，用木制的烟卷吹进病人的鼻子里，烟草的粉末可以清除淤血，随后可让病人吐出来。莱莫因画着这一幕幕的草图。他笔下的印第安女性，拥有精美的臀部，高耸、圆润和小小的胸部，腹部则让人想起地中海的少女。穿着三角裤也能看到她们诱人大腿的轮廓。波浪卷发，乌黑浓密，在后背披散着，很宽，很亮，华丽得就像动物的皮毛。然而，从莱莫因的视角来看，男人、女人都是同一种生物。他们之间没有太大的区别。男人，梳着漏斗形的发髻，总是一样地划着满载鱼儿的小船。唯独在莱莫因的画册中，当被近距离地刻画时，一家家去湖里游泳或者吃一些自制的零食，就是那时候他们获得了某种不同的特点。母亲则是浸在清凉的水中，一只胳膊挑着装满食物的筐，另一只照顾着骑在肩上的最小的孩子。另一个孩子在吃着她的奶，还有一个则挂在她的后背。如同一个慈祥的圣母，她带着红色的耳环，眼睛注视着她的丈夫。这个男人就像危地马拉著名作家米盖尔·安赫尔讲到的亚当，一丝不挂，一只手在水下伸向女人的一条大腿。男人用另一只手把弓和箭举在头上，防止它们浸在湖水中。虽然，仿佛任何一种情况都无法拨乱这种家庭的和谐场景，但是蒂穆夸人始终警惕着灾难的突然降临。

34

莱莫因跟库涂图卡提议，两个人互相身体彩绘，他点头同意并哈哈大笑。他们在一起喝了卡西奈，充满力量地准备开工。虽然这种苦苦的果汁是用来为战斗打气的，但他们不是要上战场，而是急需长时间集中精力，他们要着手的事情毕竟不是容易的事。莱莫因在浓密的树枝下坐好，与一个印第安人的裸体面对面有些怪怪的。库涂图卡一动不动，眼睛望向天空，任画笔慢慢地在他身体上轻拂。刚开始，笔毛在他身上刷过，很痒，他笑出声来。但是，看到另一位在工作中如此投入，他镇定了下来。莱莫因总括了自己的想象世界。他建立了一座桥梁，连接着美洲闪闪发光的幻想和欧洲的旧梦。他在库涂图卡额头上画了一个罗盘，和托辛老师教他的类似；跟脸颊相连接，画了十字架、船锚、徽章，脸上突出的是三叶草、钻石、长矛和心形的图案；耳朵上画着摆动的旗帜，脖子上则是张开的船帆，两个图案有些分辨不清。库涂图卡的下巴成了狭窄的土地，在上面三朵百合花组成一个三角形。这为下面的画做了铺垫，在锁骨和肩部画上了其他花朵。玫瑰、郁金香、向日葵编织成一张精细的花网，在胸前铺开。接下来，画的是水果：葡萄、苹果、西番莲，在手臂上垂挂着。一些茛芳花叶从花茎中弯曲地伸出，就像第一棵树和第一条蛇。围绕印第安人的肚脐莱莫因画了各种各样的枝条，让迅猛生长的常春藤缠绕全身。于是，整个背部都涂满了颜色。到了生殖器官的部位，他有些犹豫。难为情的法国画家越过了这些部位，没有碰触阴囊也没碰包皮。相反，他从耻骨出发到接近肚脐的地方画了一张龙的面孔，张开尖牙，正在吐火。他在臀部上画了螺旋形图案，那是以前他在某些教堂的地面看见过的画。最后，带着一个金银匠的精细，他在腿上和脚上给燕子画上了蓝色和黑色的翅膀。就是这最后一部分令观看库涂图卡在村庄小路上走过的人们激动地惊呼。接下来轮到了这位印第安人。莱莫因请求保留头发的原貌，对方接受了他的请求。另外，他还决定要穿一条三角裤来遮羞，有些妇女在协助这位蒂穆夸人的杰作。在这之前不久，莱莫因长满汗毛的白色身体已经用干贝壳和猫牙剃干净了。他的眉毛和睫毛也剃掉了。透过镜子，莱莫因看到在自己的目光中恐惧与欢乐交加。然后，根据人体彩绘的要求，印第安人给他身上涂抹了一层油脂，它的味道使人产生一种酒醉的感觉。印第安画家和他的助手们沉浸在了一片宁静中，直到对方也成为一幅移动的画。他们用白色和红色的颜料画了很多抽象的斑点，不是把身体置于某个特定坐标上，而是抛到一个空地，在那儿试图不完整地表现一种神秘。然而，库涂图卡给他的伙伴找到一个可以感知的部位，在他的后背画了一系列弯曲的线条，和连在一起的沼泽组成错综的网络。在他脸上画的是一个日晷，在它每一端都画了一些同心圆，有蜗牛、猎物的触角和战斗的徽章。如果观察者为了更好地欣赏这些几何图形的复杂而走开一些，就会发现四只斜眼，既能看着万象，又仿佛没看任何方向。这种制造出模棱两可效果的面孔也许和密码有关，这是莱莫因永远接近不了的。但是知道自己被画成这样，莱莫因觉得他自己就像一个未知生命的象征。一画完，他们就让他在村落里走一走，就像库涂图卡做的一样。莱莫因非常高兴去感受那个地方，那个用笑声化解了奇怪的地方。最终，他彻底掺杂在了色彩当中。最终，他成为了一幅画。他想象自己面对着菲利普·托辛。老地图师围着这幅奇幻的、双足的、没有羽毛的画踱来踱去，带着他固有的好奇心，询问每一块儿的含义："这些东西是什么意思，小雅克？"徒弟耸耸肩，回答说这些代表了一切，但归根到底又什么都不是，"亲爱的老师，这就像有必要达到完全裸体，达到含义原本的缺失，越过谵妄、增殖和无度"。

35

艾蒂安辱骂了用枪瞄准他的士兵。他浑身脏兮兮的，还在颤抖。但是，狂躁使他的眼睛里露出野性。他握紧被捆在背后的双手，想用喊叫声震动同伴的不清醒。他可能就这样不公平地死去，但是当他们穷困潦倒、沮丧地回到法国时，会记起他的话，如果某一天老天还让他们返回的话。在那边，艾蒂安歪着头指向古巴所在的大致方向，那个世界财富闪烁，只要去找它们就够了。"我们，"他喊道，"已经触碰到那些财富了。"但是由于缺乏兵力和武器，在哈瓦那附近，一批装在三桅船上即将驶向塞维利亚的金银财宝就这样逃出了他们的手心。艾蒂安身旁，罗凯特和让也被捆绑在那里。罗凯特沉浸在自言自语中，不知说些什么，眼睛盯在一处不动，在他的目光落点上一只信天翁落在了海平面。卢杜涅一直总结说这是一个不安分的疯子，最好离开他，他的放纵来源于一只过度贪婪的手。让和罗凯特正相反，他绝望地哭泣。他请求宽恕，说他的家人还在罗谢拉的家里等着他。令人惊奇的是，早前，他还说那座房子里没人并且把它当做贿赂，想跟船长做交易。他博取怜悯的哭诉使卢杜涅改变了判决的命令，取消对三个叛乱者的绞刑，而是先执行枪决，然后把尸体拿去喂鸟。然而，艾蒂安所说的话中部分内容是假的。是的，的确有财宝，但不是唾手可得。大副特朗沙特和小号手莱玛特在那里可以证明。艾蒂安的航行历时四个月，他们穿越了卢卡亚群岛，靠近了古巴，甚至到达了牙买加。他们换了很多次船，抛弃了福孔，转乘一艘双桅船，船上有面包、红酒和大蒜，他们带着似乎永远填不饱的饥饿迅速吞掉食物。没过几天，船开始进水，他们不得不在圣玛利亚角下船修补。因为不太知道该走哪个方向,他们迷失在一片西班牙人占领的小岛中,特朗沙特给他们指了朝巴拉库的方向。艾蒂安兴奋极了,他们看到一艘轻快三桅船停泊在港口。船是空的,看起来非常符合他们的愿望,他们决定带着可怜的辎重和残缺不全的武器装备上这艘船。但是就在港湾的出口,他们遇到了两艘大帆船。船主是西班牙人,他们发现自己的船被偷了,于是开始追踪他们,追了数小时,朝他们开炮但没有击中。艾蒂安和他的手下庆祝了这次胜利,带着出征告捷的信心,他们命特朗沙特开船挺近古巴海岸。他们企图侵入当地村庄,杀戮居民,夺取金银财宝。然后返回意大利,欧洲那些野心勃勃的卑鄙之徒都去那里。在那儿,他们享受这些掠夺来的财富,并会加入某支雇佣军。过了圣安东尼奥角,他们在远方看见了哈瓦那的灯火,也就是在那个时候,大副特朗沙特在同样被迫与叛乱者同行的人支持下,暗中策划了圈套。自从出逃以来,艾蒂安总是醉醺醺的,特朗沙特趁他睡意正浓,没有带他们去古巴,而是借助突起大风的助推,将船驶入巴哈马海峡。就这样,不久之后,特朗沙特和莱玛特远远望到了佛罗里达的土地。卢杜涅相信这两人讲的故事,他们还提醒他,西班牙人在未来随时可能出现。奥蒂格尼负责下令开枪,他摇着头,咒骂这个满口谎言的日内瓦人艾蒂安,他的热情只是用来唤醒了一头可能随时吞掉他们的猛兽。所以,面对艾蒂安的言语攻击,没有人回应,任他的胡须被横飞的唾沫吹乱。那个三月的早晨,雾蒙蒙的,在艾蒂安冗长演说的间歇和让忧伤的啜泣中,可以听到风在吹动。罗凯特似乎在全神贯注地诠释一些来自他昏迷状态中的古怪信息。不知何时,梅尔河水流的声音变小了。再远点儿,和破损的船一起,其他参与叛乱的水手在监视下列队站立着。在卢杜涅看来,他们不至于像那三个要被处决的人一样罪不可赦。因此,他留下了这些人的命,并向他们不停地指出自己的宽宏大量。而对艾蒂安、罗凯特和让则相反,必须要杀一儆百,以防未来可能发生的暴乱。当奥蒂格尼的中队开枪时,枪响的回声停住了,爆炸声仿佛被放大。但是声音很快散去了,因为风声再次加剧,水流声又找回了自己的节奏,带着他惯有的响声融汇到了大海母亲的怀抱。

36

饥饿在四月末开始爆发,并在五月恶化到难以承受的地步。卢杜涅削减了每人的口粮。一段时间之前,红酒就已喝光,碗里也极少出现鱼肉和石鸡。动物们跟随着印第安人的脚步,也突然走掉,去内陆了。相邻部落在艰难交易中提供的粮食也明显地缩减了。土著人懂得恶意而为,当他们意识到了卡罗琳堡垒的举步维艰时,便开始为黍子、蚕豆和玉米开出更高的价码。当他们发现这些穷鬼矫揉造作,拒绝支付索要的价格时,便爆发出侮辱性的哄堂大笑。法国人发誓要报复这种嘲弄,但最终只能接受了交换的条件。迫于饥饿,他们在河边用帽子、衬衫、腰带来换印第安人带来的一小捧鱼。人们过着这般难以忍受的日子,盼望着补充兵力可以带着耐久的食粮到达,然而他们看到这些人垂头丧气地,扛着那么一点儿可怜的树根和野生果子回来了。卢杜涅下令,到五月中旬,宰食掉堡垒里剩下的最后这些母鸡。这样,新法兰西未来殖民者的幻想便逐渐破灭了,他们曾幻想这些动物可以成为富庶家业的支柱。那些夜晚,冷风习习,常伴降水,细雨不断,这让看雨者心情压抑。他不禁想象,在满载希望的梦境,这些绵绵细雨也许会带来某种极好的食物。面对着沮丧的气氛，也为了避免手下士兵的精神彻底萎靡不振，卢杜涅提出了一个计划。的确，自从叛乱者被处决之后，他们的情绪变得阴郁起来。在卢杜涅的内心深处，他怀疑来自宗主国的救援可能永远不会到达了。而且每当那个援助在他思绪中闪现，他也只立即产生一个念头，那就是为时已晚。大家都同意造一艘两层甲板的新船，因为佩蒂莱顿装不下所有的人，而且艾蒂安和他的人带回的那艘三桅船在西班牙人的进攻中已经严重受损。这样，返回法国的希望就变得更加可信。和木工探讨后，木工答复说如果能保证必要材料的供应，八月初新船就可以下水了。在这个承诺带来的兴奋笼罩之下，他们开始组织人手。奥蒂格尼的人负责提供所有需要的木材。阿拉赫的人马负责砍树和锯木，把它们制成建筑所用的木板。凯尔和他的部队制作骨架。军备保管员和炮手们找到了橡胶，用它们来填塞两条船体的缝隙。工作的节奏快速地推进，因为谁劳动谁就会享有更好的温饱。然而，三个星期过后，卢杜涅船长和莱莫因为劳动者配备食物的出访以失败告终。印第安人消失了。新船被弃置，并且很快变成一个大肚怪物的形状，既奇怪又无法使用。新一轮的灰心泄气在欧洲人当中扎根了。士兵们已经到了不起身工作的地步，不管那些船长副手们怎么命令，那些瞭望塔还是经常无人守卫。然而，黎明和黄昏时分，士兵们会短暂地外出，一个又一个的卫兵登高上树，去瞭望大海。但大海回馈给他们的是一片始终不变的、波光闪烁的镜面，没有任何人出现。

37

尽管在看不到未来的环境中，人们的肉体仍不停地展现出隐秘的欲望。一缕希望在萌生，欲穿越虚弱的界限。在宿舍里，一对对夫妇急迫地互相慰藉，那些没有随行伴侣来宽慰的人找到了一个捷径，能引领他们进入单身的惬意之中。莱莫因和卡罗琳也许从未相爱得如此之深，在那些漫漫长夜，他们就像相互激烈追赶的猛兽。然而身体在短暂的骚动后无法掩藏难忍的饥饿。吞食内脏是件肮脏的事儿。有时，有人会对着离他近的或者面前人的耳边大喊，说自己很饿，很想喝牛奶，吃肉，猛劲儿地吃奶酪、喝葡萄酒。最后，他用手握紧柔软的内脏，拼命瞪大双眼。然而，他不应如此绝望，神志清醒的人建议，应以镇定的精神去面对那些焦虑。一些士兵离开堡垒，向天空放枪，去打那些根本看不清楚的鸽子。然而，跟法国人做对的好像不只是空气，还有陆地和水源。为获得食物，他们用尽了所有的办法：将切好的木材煮沸，制成柔软的粉末状；回收饭后扔掉的鱼刺，把它们晾干，同样研磨成粉末，用来制作类似面包的食物。有时，他们被草卡住了，吵嚷着反胃、呕吐、腹泻。这种情况下，一些人便借机兜售他们在艰难的树林穿越中采来的橡实和蘑菇。卢杜涅得知此事，非常愤慨他们的小气，可也无力去斥责他们。更有甚者极不理智地放火焚烧偶遇的印第安人的茅屋，囚禁土著人来换取一些食物。面对这些饥荒的情形，就连牧师的话语也苍白无力了。也许诗琴或直笛的音乐能使这焦躁惶恐平息下来。当乐声逐渐散去，会出现一阵平静，但在这平静中满满的都是绝望。莱莫因想走回去，去寻找在那些不寻常的日子里走过的那个小村子，可每当他设想着离开的时候，都拦住了自己，总觉得那是对同伴的背信弃义。他正在全神贯注地思考着不可能出现的繁盛前景时，听到了必须把人们从饥饿中解救出去的提议。

38

卢杜涅听说这个新消息，十分气愤。他曾打出的旗帜就是保持对土著人的友好。直到这时，此次远征还没搅乱这种友谊。现在，饥饿成了唯一的担忧，并愈发地成为实现他目标的最糟糕的障碍。但是，依他看来，绑架佛罗里达某一个国王似乎是一种军事上的愚蠢行为和道义上的不敬。凯尔支持这个计谋，他说他理解船长的话也欣赏他这种善良，某种程度上可能赢得真诚的回报。但他引用本世纪一位伟大的人文主义者的话断言，没有哪个社会在饥饿危机面前从道义上得到守护。"那么，您愿意看到我们最终一个吃一个吗？"一个叫查勒的绅士加强了语气，他也支持绑架巫蒂那国王这条路。"可为什么偏偏是巫蒂那王呢？在那些酋长中，他是给予我们帮助最多的。"卢杜涅反驳道。查勒说："因为他是其中最有权势的，可以出面协调各代理人势力。"自从莱莫因结束在印第安人那儿的停留归来，他身上没有完全消失的一些彩绘的痕迹使他变得或多或少有些不受待见。尽管没有人让莱莫因去思考对策，但当他得知了卢杜涅此行的目标时，糟糕的心情令他挣扎不已。他一直孤僻，很多天不和人往来，只有卡罗琳成为他的出气筒，倾听他疯狂地抨击这个计划。于是，两艘小船下了梅尔河。上船的有船长卢杜涅、奥蒂格尼和他的精兵强将。一路上，卢杜涅不错过任何一个机会提醒大家，一定要和平抓捕巫蒂那，禁止使用任何武器。只有当国王的属下发动进攻时，他们才可以动武。此外,如何对待巫蒂那,要视他的情况而定。他指出我们没有任何理由对一个处于这种心绪下的国王使用西班牙人对人质惯用的伎俩。船长回忆起阿塔瓦尔帕在弗朗西斯科·皮萨罗手中的命运,他的声音呈现出诗歌般的音调。他声明自己不是一个没有灵魂的昏官,而是一个谦逊、懂得尊重、通情达理之人,他心中的唯一信念是:受法国国王的批准,并在加斯帕德·德科利尼将军的保护下,在这片新大陆成为新教殖民的创始者。皮萨罗和他的部队已经屠杀了数以万计的印第安人,这些印第安人在他们太阳神君的庇佑下,以和平的姿态去赴西班牙人的局,当然了,哪有什么战争可以声称和平的。中了贪婪之毒的皮萨罗要求阿塔瓦尔帕的下属们凑集黄金来赎人,这些印第安人还天真地相信他们的国王会被释放。"绝不会,"卢杜涅又强调说,"他和他的手下会陷入对这种施予的谴责之中,这样他们也会死于饥饿。"他看着暗中策划此次绑架的奥蒂格尼,断然确定地说,赎金一付,立即释放巫蒂那国王。巫蒂那热情地接待了法国人一行。带着令自己反感的想法和情绪,卢杜涅和国王径直来到了河边的一处空地。卢杜涅拿着插有羽毛的帽子和一把精美的短剑,想和对方交易,而巫蒂那果真对此很感兴趣。这时,奥蒂格尼和他的帮手们来了,实施了他们该做的事情。国王被捆住了双手,更多的是惊讶而不是恐惧,但始终保持着他这一级别的人该有的矜持。他们走向船的同时,巫蒂那向太阳献了礼并保证他的人一定会来支付赎金。

39

然而,赎金没有顺利支付。巫蒂那部落得知国王被抓的消息,认定他肯定活不了了，这激发了他们发起战争的斗志。对巫蒂那人来说，没有比国王被俘更糟糕的打击了。他们在慌乱和愤怒之下，决定选举一位新的国王。在毫无结论的争吵中，很多天过去了，直到巫蒂那发来了一条消息。巫蒂那对他的臣民说自己没有死，也不会死。他命大家保持镇定并收集几船食物，再把船开到河口。在那里，有一些留着胡子的人等着接应。这样，他就可以健康地、安然无恙地回到他原来的位置上。但是，印第安人对消息的可靠性表示怀疑，并袭击了奥蒂格尼的军队。在一次持续数小时的对战中，法国人开了枪，一大群印第安人倒下了。最后一批巫蒂那人重整装备，试图用弓箭再次进攻，但没能射中。他们把树放倒在河沟里，本想拦截卢杜涅的船，可这些手段都没能阻止船长和巫蒂那国王的通过。同时，警报声也散播到了四周毗邻的村庄。由于与被俘国王关系亲密，与巫蒂那联盟的各村尽最大可能汇集了大量的食物。他们打开用作粮仓的大茅屋，拿出乌龟和鬣蜥蛋，成段的兔肉，还有一筐筐的水果和蔬菜。如果储备不足，每个家庭就从私有财产中拿出一小部分。面对自己臣民的反应，巫蒂那很不舒服，他希望他们保持冷静，相信自己的信息，集凑索要的食物，不要抱怨在法国人堡垒中的遭遇。卢杜涅亲自督办此事。首先，他向巫蒂那详细地介绍了自己部队的饥荒状况，令巫蒂那信服此次阴谋是不得已而为之，并借机给他展示了住宅的内部情况：战士在哪里睡觉，在什么区域进行宗教礼拜，厨房和洗衣池都在什么地方。有些人认为这不是对待俘虏的方式，尤其他还是袭击过他们的那些土著的国王。然而，船长却证明这是最好的方式，他已经预见到绑架这样一个人质的最终结果。坏事已经做完了，现在只能厚待这个国王，最后，国王才永远不会把对方视为敌人。根据卢杜涅的指令，卡罗琳负责巫蒂那国王的饮食和生活起居。巫蒂那睡在一张尚好的草垫上，尽管削减了每人的口粮，但对他却慷慨给予。另外，莱莫因和国王共处了数小时。他可以向巫蒂那询问他身上绘图的含义。莱莫因给他看了库涂图卡在他胳膊和胸前画的一些抹不去的图画。如此，他很快获得了国王的信任。借此机会，莱莫因还给巫蒂那王画了很多不同姿势的画像：侧身的、正面的、背面的、躺在席子上的、停在宿舍中间的，还画了他和船长、和卡罗琳交谈的场景。面对这个法国人的眼神，巫蒂那丝毫没感到不适。相反，他觉得很不一样，在软禁中的那些日子里，他感到自己是更加真实的人，而不是一个王。而事实上，他看到自己映在画纸上的样子有点大惊小怪，他觉得很滑稽。故事的最后，巫蒂那与他的臣民分离，被一群奇怪的并且带着武器的人围绕着。为了试图不让他陷入无聊和绝望，卢杜涅叫来了三位乐师为他解闷。就这样，一台诗琴，一个长鼓和一支长笛演奏了萨尔塔雷洛舞曲、孔雀舞曲和回旋曲，巫蒂那国王一边拍着手、一边脚踩着这个舞曲的节拍。伴着船长对象棋游戏的讲解，囚禁的日子结束了。当巫蒂那赢了自己一盘棋的时候，他感到很满足。在游戏中，法国人的棋子上是百合雕花，而印第安人的则刻有玉米。

40

一时间热情涌动，各地送来的粮食已经充足。他们能够投入到弃船的修造工作中了，船建造好，就可以带他们回到法国。奥蒂格尼不愿参加卢杜涅为巫蒂那王举行的送别仪式，因为在与巫蒂那战士的对战中他失去了众多手下，其中包括两个造船所需的木匠，他感到深受其辱。送别时，鼓号声连续不停，充满对这位特别来客的敬意。巫蒂那与他的人在河边汇合。他跟大家打招呼的时候，向他们展示了手里的一串云母和一个可以装项链和手镯的首饰盒，这是卡罗琳送给巫蒂那夫人的礼物。船长的心情很不错。的确，一些法国人在饥荒中虚弱而死，还有一些在外出觅食的日子里，误入敌对部落，被印第安人所杀。但是，和往次探索佛罗里达的远征相比，死亡率并不高，之前很多次航行失事，仅有的幸存者最后也死了。此次从勒阿弗尔出发时有三百人，历经叛乱和饥荒，回到法国时一队人马在萨博又与当地一些部落不幸遭遇，最后剩下来接近二百人。最后，七月份马上要过去了，没几天和顺的清风就要吹来了。卢杜涅不能抱怨这个结果。如果在法国有人要责备他带着船员返回，他有充足的理由来解释这个决定。他宁愿拯救他手下的人而不是把他们抛弃在世界的这些角落，即便有上帝的恩赐，却要面对西班牙人的残暴。返程的东风刮起来了。让·德海斯，堡垒里剩下的唯一一个木匠，他没有说错，八月中旬的确有可能出发。而当人人口中都念叨着出发这个词的时候，卢杜涅感到一种莫名的沮丧降临。在桌上吃饭时，他对凯尔、莱莫因和卡罗琳说，离开这里让他心痛，希望自己永远不要忘记这些日子里的美好与坎坷。而印第安人呢，纵有固有的多疑和祖传的暴力倾向，他们还是称法国人为难忘的伙伴。卢杜涅也不认为自己作为此次航行的统领方方面面都值得称赞。或许再来一个更加精明周全的人，能做更多他做不到的事情。凯尔回想起一本他喜爱的书，书里提到，这片海岸留给你的是无边的苍穹和在一片辽阔的蓝色之下感到的渺小。借此对比所抒发的热情，他还朗读了自己诗歌《佛罗里蒂亚娜》的几个片段，诗中讲到长寿的树木、桀骜不驯的暴风雨和一大堆不可思议的东西，他想表达却发现用自己的语言不能准确形容。然而，这几个有限的听众在听而且激动地鼓掌。由于造船工程需要木料，堡垒里的人们拆了大部分房屋，为登船回国而绝望的他们还冲向了堡垒的主要围栏。卢杜涅想阻止他们，但害怕导致更大的不满，就让他们做了，因为他已经开始深感疲倦，而且他已经决定在回国之前毁掉城堡，放火烧掉它。确定的是，如果不这么做，西班牙人会在将来的战役中把它据为己有。

41

打包之前，莱莫因闻了闻那捆要带给托辛老师的烟叶。他请让·德海斯做了两个笼子，一只装着小鳄鱼，另一只装着乌龟，龟壳上的图案像是奇妙的地图。他给萨博带了用海螺壳和珍珠、金粒儿串起的项链和耳环。莱莫因一直想象着和这个女孩儿的重逢，但他又感到惆怅。虽然一直深深地怀念着她，但她曾对他说过想搬到巴黎去，那里有一份在家庭作坊做裁缝的工作。尽管卡罗琳是一个很不错的伴侣，她的热情照顾令莱莫因心怀感激，但他却无法忘记身在迪耶普的未婚妻。跟库涂图卡学画时收集的染料成为他最大财富中的一部分，某种种子中提取的红色、黑色和黄色的染料装满了一个个印第安人编织的袋子。他一张张地把画放好，装在一个安放绘制地图工具的箱子里，把它们压在一个个本子里并铺展在宽大的羊皮纸封中。放进去之前，莱莫因都要快速扫一眼。这些画再现了蒂穆夸人生活的众多场景：狩猎、务农、劳动间歇时的活动——男人们向篮子里投掷蓝色的球，祭奠太阳神；每年母亲们向国王祭献长子的仪式；还有那些部落首领的游行，他们被抬在花环装饰的坐架上。还有一个系列的画，画的都是死去的人,既有土著人又有法国人。那些叛乱者的尸体被悬挂在堡垒正门旁,被鸟儿一口口地啄食。他看的最后一幅展现的是那些当地哨兵被处以的极刑,由于疏忽或者疲劳,他们被敌人突如其来的进攻吓傻了。这些没有思想准备的守卫被夺下武器,剃光头发,夺去饰品,让他们在小村庄当地的领袖面前接受审判。然后,刽子手让他们弯下身体,把脚踩在他们的背上,拖拽绞扎在头颅上的绳子。尽管这些残暴的习惯连欧洲所执行的最小的刑罚都比不上,但是莱莫因还是要带着他的忧伤离开这片土地了。外面,在堡垒的广场上,大家正在准备着出行的口粮,玉米饼干、备用水和腌制的肉类正在装船。卢杜涅在最后一刻,改变了卡罗琳城堡的命运。他不摧毁它了,而是决定留给萨图里那,以此作为感谢,因为他法国人最终才得以克服了挫折。而且,一时心血来潮,卢杜涅还承诺,十个月之后会带着同样的军事力量来帮他战胜包括巫蒂那在内的敌对部落。然而,卢杜涅已经太累了,他知道如果继续这样发烧和打颤,他可能回不到自己的家乡南特了。那是八月末的一个中午,风猛烈地吹来。奥蒂格尼拜祭了上帝后,抬起锚链,正当他准备入海之时,传来了桅楼瞭望员的喊声。远处望见了数艘大船扬起的风帆。

42

让·雷布出现了,他留着直垂的胡须,这是德科利尼将军在他的圈子里引领起来的时尚。雷布不仅是出身于诺曼底名门的贵族,而且他在作战方面的才能,也很少有人可以企及。他既精于海战又擅长陆战,而且勤于身体训练。他能流畅地讲法语和布列塔尼语,能很好地听懂拉丁语，自如地说他们交战敌人的语言——英语和西班牙语。他指挥的舰队由七艘船和七百个船员组成。这些人不全是来自法国。很多护卫来自佛兰德地区和德国。除了大量日内瓦工作室印刷的《圣经》之外，他们还带来了路德和卡尔维诺的书。随着雷布和他的部队的到达，城堡中又热闹了起来。货物、器具和食品再次运入卡罗琳。那些牲畜——马、驴、牛、羊也都有了修建的畜栏和棚屋。一展展新教教旗也重新插在了重建的围栏上。卢杜涅从奥蒂格尼那里得知了援军的到来后，举行了正式的欢迎仪式。他们从船上卸下一台大炮，并在欢呼声中鸣响。当雷布和他的随从走进堡垒时，卢杜涅下令枪手们鸣礼炮迎接。两个朋友热情地相互问候。在庄严的氛围中，卢杜涅开玩笑说胡子给了新来的人。而雷布则问他是什么坏事让他如此烦心。然后，他们举行了一个朴素而简短的宗教仪式，来感谢顺利到达美洲大地。之后，不知不觉地两个人又分开去处理新的事项了。雷布展示了官方信函，信中宣布现在他成为新法兰西的长官。函件上盖着加斯帕德·德科利尼将军的大印，以此为他证明。卢杜涅接过将军写给他的信。信中命他卸任旧职，并返回法国，对他的所作所为作详细的汇报，他的事在国内议论纷纷。卢杜涅对此决定感到措手不及。他的双腿发软，胸闷气短。雷布理解朋友的难过，很得体地劝他推迟出发。他可以待在卡罗琳城堡里，同时，雷布将在几英里外修建一座新堡垒。两个人有信心共同管理新法兰西，直到两个人都觉得在这片新领土安全了。就是在那时，雷布向卢杜涅表明了此次委派给他的军事任务。他的责任是应对一支正在赶来的路上的西班牙舰队，根据费利佩二世的命令，他们的目标就是消灭在佛罗里达出现的异教徒，"所有这些人都是为这而来，船长先生。他们全副武装，但我们也一定会捍卫我们的信念,我们一定会胜利。"面对雷布毫不遮掩的豪言壮语,卢杜涅再次发现这个人对自己的信心似乎坚不可摧。的确,在卢杜涅的人生中从未与这样一个如此笃定自己功绩之人有过交集。船长想:或许这样一个人正是我们所需要的。马上,他又看了看这个浮躁的却又给城堡带来一丝兴奋的人,掂量了一下自己几乎耗尽的能量。尽管朋友是一番好意,但卢杜涅想他自己也将只是雷布的下级,于是他说他宁愿带着他的人回国。雷布用他那灰色的眼睛看了一眼卢杜涅,紧紧地拥抱了他,并对他说什么时候想回来,他就可以回来。

43

佩德罗·梅南德斯·迪阿维莱斯皮肤发黄,身材纤瘦,就像一根谷穗。犀利的眼神给人很凶的印象。浓密整齐的胡须显得脸色发亮。他的声音很尖,很容易在空旷的地方听见。他出生在阿维莱斯一个有钱有势的天主教家庭。幼年时期就显现出桀骜不驯的性格,多次离家出走。他热爱海洋,并且特别仇视一切和法国相关的事物。他年轻的时候,就曾组织过一次五十人的远征,去抓捕那个被异教徒充斥的国度中的海盗。大多数人被他处决了,而他们的财物也被缴获,成为君王的储备。随着年龄的增长,他更加威武,坎塔布里亚和加利西亚海岸边的拦路强盗被他肃清。他坚定信念,消灭敌人,其勇气之大和速度之快引起了卡洛斯五世的注意,最终任命他为护卫官,在佛兰德国入侵的战斗中保护自己。但是以前,因为出身贵族,他不得不与一位十岁的王族小姐结婚。就在新婚之夜,正逢她月经初潮,他带了一条银念珠在胸前。正是在费利佩二世的命令下,他开始行遍美洲的大地，认识了墨西哥、巴拿马和哈瓦那。他横渡这片海洋的能力堪称典范，被称作"圣地亚哥骑士"，"圣克鲁斯·德卡尔萨指挥官"和"印第安舰队总司令"。由于非法致富等丑闻，塞维利亚航海贸易部下令逮捕了他。他在狱中度过了一段羞辱的时光，直到他支付了一笔巨资，证明了自己的清白，重获自由。他有一个儿子，叫胡安，跟他一样，深爱航海。然而，这个年轻人的船在巴哈马那边失事，儿子就这样遇难。胡安经常出现在他的梦里和不眠之夜，用无声的手势呼唤着他。很多证人，还有那没有声音、不停比划的手势一直在梦里冲击着他，使他认为儿子还有活着的希望，他的孩子一定就在佛罗里达的荒野当中。他去那里，一方面是因为他必须要找到幸存的儿子，抱一抱他，也或者找到儿子的尸体，给他安葬；另一方面也是因为费利佩二世想派一支西班牙舰队，去消灭建立在他的热带领地上的法国胡格诺教徒。佩德罗·梅南德斯·迪阿维莱斯奉命前往并承担了大部分开销的财力支持。国王跟他一样干瘦，穿着黑色的衣服，在埃斯科里亚尔宫接见了他，宫殿的墙上挂着绿色和洋红色挂毯，还有一幅海欧纳莫斯·博世的画像，这让佩德罗觉得是人类所有不端的终结，在这样的氛围中，他们提出了报复计划。

44

梅南德斯·迪阿维莱斯从圣佩拉约就看到了敌人的大帆船。四只面对卡罗琳城堡停靠，朝着大海的一边。其他小一点的船只浮在河里。以如此不足的兵力和残损的战船去进攻并不合适。在穿越大西洋、靠近安蒂拉斯群岛的时候，迪阿维莱斯由三十四艘船和两千多人组成的远征舰队遇到了飓风，船队被风吹散。迪阿维莱斯最先到达了波多黎各的海岸，随后又有六艘船到达。带着这样的部队，他驶向佛罗里达。这样做很冒险，但迪阿维莱斯总是固执己见，从不听参谋们的看法。他拿一些小玩意儿从陆地上的土著人那里买来一些情报，他们说再往前几英里就有法国人的行迹。另外，他们还报告称在那片海滩有西班牙的海难幸存者。迪阿维莱斯在印第安人的指引下，没有找到儿子的任何踪迹，这更激发了他的斗志。他的船长们都坚持说最好等到舰队的主力都到达，才能保证胜利。现在这种状况下贸然进攻，意味着面对更强大的敌人。迪阿维莱斯的手下都已筋疲力尽，在长达六个月的旅途后需要时间来恢复体力。而迪阿维莱斯很固执，他手下的人都无力反驳他，心有不服，却也只能遗憾地听命于他。另外，在那个压抑的雨夜，有人建议他采取突袭进攻的方式。火把被熄灭了，载重量九百吨的圣佩拉约悄悄地划过。迪阿维莱斯的计划是从船和城堡中间进入，以防止对方两线人马互相增援。当西班牙人的战船驶向雷布的旗舰，西班牙人点亮了火把，吹响了号角。迪阿维莱斯用法语问那些战船的来历及其掌管者的宗教信仰，他的声音清晰地回荡着。听到回答，他立即亮明自己的身份和所有头衔，作为费利佩二世的使者，他的使命就是把他们驱逐出西班牙人的领地。迪阿维莱斯给法国人的期限是在黎明之前，如果到时他们不投降，就会杀了他们，他不会对任何人手软。法国人当面嘲笑了他，笑他讲法语的口音，让他去学学说话，然后，责骂他，冲着他比划手指和手臂，最后，提醒他说没必要等到天亮。**警报声扩散开来**，一发现胡格诺派的四条船被西班牙船队封锁，他们就剪断锚链，进入海水中。迪阿维莱斯很气愤，他下令开炮。这毫无用处，反而使堡垒里的人们都警惕起来。雷布召集他的手下准备予以还击。但是他们发现天主舰队向着南部海豚湾的方向渐行渐远。他们在卡罗琳城堡中成立了应急委员会。由于那天清晨阴雨蒙蒙，发烧得很虚弱的卢杜涅提到了在这样天气下追赶西班牙人的危险，他认为最好是守住堡垒并从陆地抵御进攻。雷布坚决反对，他认为必须通过海战，且要立即进攻，在西班牙舰队的其余兵力到达增援之前消灭他们。他从迪耶普出发起便知道，敌人的数目是巨大的。卢杜涅没有力气专注于争论。然而，他提到了疾风，他说当下正是南风强劲的季节。雷布坚持己见，下令他的士兵们登船。卢杜涅请求不要把他独自留在堡垒中，"至少把我的人留下"。雷布回答说，他不能把比任何人都了解这些地方的人们留在卡罗琳里。卢杜涅哀求他，哪怕只留下凯尔和他的部队也好。可这位司务长却插嘴道："我宁愿去参加对那些狂妄西班牙人的进攻。"鉴于此，迫于他的苦苦央求，卢杜涅终于留下了十八个他的手下，配备武器，守卫堡垒。雷布向他承诺，他会在三天后回来。卢杜涅见证了堡垒如何变为空城，如何再一次陷入到预示着灾难的死寂当中。雨下大了，法国舰队渐渐远离了河口。天空中，乌云更加黑暗。"我们希望他们活着回来"，卢杜涅说。站在他身边的莱莫因想要应答，但却一个字都说不出来。司务长凯尔甚至连跟同伴告别的时间都没有。

45

迪阿维莱斯进行了周密部署。战争给了他再次利用现状的机会，当前形势在他人看来极其可怕，而在他眼中却十分有利。他无法摆脱固执的念头，这一想法令他感到既兴奋，又烦恼。当他远远地望见宽阔的海豚湾，便下令登陆。和他们一起来的还有一群黑人大力士，他们用轻木临时搭建了一个堡垒。卫兵们必须协助他们，完成住宅建造和建立一座新城的各种事项。接下来，迪阿维莱斯下令其余三条船也下船开工。他们卸下粮食储备、武器弹药和农耕工具。因为担心雷布的舰队追来，进攻他们的船，这位西班牙将领又发出新的命令。他派其中一人返回西班牙，另一人去圣多明戈，等候舰队中尚未到达的其余船只。然后，迪阿维莱斯穿上丝绒衣服，佩戴好勋章和首饰，带着他的船长们和教士从一条船上岸。岸上鸣礼炮，隆重地迎接他们。有跪拜，有祈福，还举行了用拉丁语唱诗的弥撒。"这个地方名叫圣阿古斯丁，从今以后，这里将永远地成为西班牙国王的领地。"迪阿维莱斯郑重地说。一伙印第安人出席了仪式，他们是巫蒂那的盟友，大声地喊叫并指向大海。法国人的六艘船出现在海湾那边，四只大帆船和两艘方艉纵帆艇，正准备进攻。但是，突然掀起一阵暴风，雷布想起了卢杜涅的预言。在风暴中雷布下令寻找藏身处来避一避。他们登上堡垒的一个碉堡，迪阿维莱斯目睹了敌人的船是如何溃逃向卡罗琳的方向的。面对这种恶劣的天气他毫不犹豫，他知道这反而是他的盟友。当敌船消失在闪光的地平线上时，他开始着手实施自己的计划。他召集来他的手下，大概有五百人，给每个人分了一份维持一周的食物——硬饼干和一壶葡萄酒，让他们把吃的和武器一起带在身上。依靠着有足够理由蔑视法国人的印第安人的指引，他们在暴风雨中踏上了行程，就好像走在一只满是泥泞的怪物身上，雨水使陆地变成了一片无法穿越的沼泽地。整个路程犹如地狱般艰难，他们却始终持续向前。迪阿维莱斯在歼灭战中反对停息，他和二十多个比斯开人冲在前面，他们拿着火把在密闭的热带丛林里开路。命令是不准休息。他们在漫过膝盖的泥水中走了近六十个小时,有时候,在某些漫长的路段,他们必须抬起胳膊,以防火药浸水被废掉。有些人累死了。其他人把华丽的盔甲背在身后拖着走,但盔甲仍可以保护他们防止被害兽咬伤。更有人掉了队,永远地迷失在了那片有害人体的烂泥当中。在队伍最为怯懦的时刻,迪阿维莱斯用他那尖尖的嗓音大声疾呼,他说他们是上帝和世界伟大国王的最好的士兵。最后,在一个阴雨连绵的黎明,他们终于到了,他们埋伏在一片离卡罗琳堡垒很近的雪松林中。一个士兵把潮湿的树叶比作了大奶牛的乳房,引起一阵笑声。然而,海雾很大,他们看不清在栅栏旁边是否有哨兵在守卫卡罗琳城堡。迪阿维莱斯下达在天亮第一时间发起进攻的号令时,战士们暗自抗议。他们希望能睡一会,恢复精力,让身上的衣服干一干。但是,迪阿维莱斯制止了他们的抱怨并且威胁说不听命者斩首。一个个都站了起来,精神麻木且体力耗尽,在逐渐清晰的黎明中开始前进。那是1565年9月20日。一个昏昏欲睡的胡格诺士兵去河边撒尿,正在他晃动来沥干最后几滴尿液的时候被割了头。没有人守在卡罗琳的瞭望塔,没人能听到他挣扎的呻吟声。

46

莱莫因彻夜难眠。来自恶劣天气的声响和他的千头万绪令他难以入睡。他不停地在床上辗转反侧,不时起身向外望。忽然,他听到广场上有脚步声。他又走了出来,看到那些卫兵的衣服已被雨浸湿,他们已经放弃了港口的监视。拉维涅军官认为,在那样的天气里不会发生任何危险,于是他下令让士兵休息。莱莫因很惊慌,但他也不太想去打搅卢杜涅，告知他这将会酿成大祸的举动。船长病得萎靡不振，长久高烧不退，最好还是让他安心休息。在清晨的这个时间，卡罗琳也睡不着，卢杜涅的咳嗽声扰乱了她任何睡意。这个女人已经接受了画家的意见，一旦形势恶化，便去投奔萨图里那国王的村庄。在那里，他们可以找到临时避难所。莱莫因脑子里充满了不祥的预感，甚至，他在让·雷布决定去追击西班牙人的那一刻就想要离开。卡罗琳让他等一等，说他们得试图去说服卢杜涅和他们一起走。而以卢杜涅的身体状况，搬动他是很危险的。况且外面还在下雨，这更加剧了转移的复杂性。当第一声鸡鸣响起，莱莫因便决定爬到围栏上去。那些鸡是雷布领来的那些诺曼底家庭带到这里的。莱莫因甚至来不及登梯子，小号声已从外面传来。在堡垒入口处，出现了第一面西班牙军旗，顷刻间，场面一片混乱。喊杀声、哀鸣声此起彼伏。那些还在睡梦中的人们，从屋里冲出来，还不太知道发生了什么。当听到了排枪齐射的声音时，莱莫因从最初的麻痹中回过神来。仿佛是有人刺痛了他本能的神经，他像猫一样飞奔向卢杜涅的房子。莱莫因需要去向他禀报，帮助他起身，给他披上绒毯，带着他和他的女佣朝着堡垒的后方逃跑。然而就在这短暂的路程中，他目睹了一幕幕惨烈的场面。牧师莱弼遭手枪射口，含弹而亡，倒在鸡群中，吓得鸡惊恐逃散。拉维涅被两剑刺穿胸口。再往那边，有人用长矛将高音笛手的腹部开膛，并举起他的肠子，就像挥舞旗帜一样。正当这位乐师面对自己的肠子犹疑困惑，欲大声呼救之时，被一剑砍掉了脑袋。一头牛犊匆忙寻找出口，而在那里遇到了几个孩子。年轻的身体就像碎布一样卷进了牛蹄子当中。莱莫因欲进入卢杜涅的房间，他感到一边肩膀被撕扯了一下，摸了摸，看见了血。看到浓浓的红色，嗅到那甜腻的味道，他惊恐万分。他进入房间里，却没有找到任何人的踪迹。他想起了那些画，于是离开。一阵绝望令他双腿不听使唤。"可恶的战争毁了一切。"他喊道。然而，他并没有逃走，而是走向回自己房间的路。穿过这段路等于从地狱的中心通过。凡是被抓住的人都被西班牙人立即斩首。当看到他们把两个女人悬挂在围栏的一个堡垒上，用长矛刺向她们的阴道时，莱莫因满腔愤怒，整个人瘫在那里。他想冲上去直面耻辱，为那些被凌辱的女性报仇，如果可能的话，可以为之去死。然而，他又想起了那些画，想到了他的老师托辛。头晕目眩的他，回忆起自己做雇工的日子。他是为了画画来美洲的，不是为了用别人的鲜血搅乱自己的人生。在一片喊叫声中，眼里满含泪水的莱莫因，拼了命杀出一条通向自己画作的路，无论怎样他都不能失去那些画，画作浓缩了他在新大陆日子的全部精华。只有那些画板能够在法国展出，还有别的东西吗？他鼓足勇气，扑向了厮杀的中心。然而，就在毁灭与死亡的那边，他看到有人在向他做手势。在硝烟和嘈杂中，他分辨不清到底是谁。一瞬间，他以为是萨博，他努力清醒过来，试图摆脱那种幻觉。然而，在那边，那个女人还在不停地用手比划，并指着朝向西边的出口。一个声音命令他站住，并用火枪朝他射击。枪声响了，莱莫因回过了神，倒在了地上。就差几步便是出口。他闭上了眼睛，咬紧牙齿，蜷起了身体。

47

逐渐地，逃出来的人在森林里汇合了。他们就像被追逐的困兽，慌忙地逃到丛林深处，只剩下停下脚步的那一点力气，然后上气不接下气地说话，中断了哽咽的悲泣声。他们试图祷告，但是身体不停的颤抖打断了他们有些混乱的简短祷告词。他们的身体都被雨水打湿，雨一直没有退去。子弹还在从堡垒那边不停地袭来，消灭着胡格诺派的残余势力。卢杜涅一直在咳嗽，吐出发绿的痰，他把痰吐在一个杯子里，很难理解他为什么把这个带在身上。他低声地呻吟，牙齿不停颤动，打卷的头发上顶着一个类似礼帽的东西。他是在木匠德海思和小号手莱玛特的帮助下逃出来的。而他只是感谢上帝让他们这些逃到堡垒临近土地上的不幸的人们能够幸存下来。雅克·莱莫因的整个后背一直疼痛难忍，但是卡罗琳给他系上了绷带，止住了血。当卡罗琳衣衫褴褛地出现在这群胡格诺人当中时，莱莫因亲吻了她。除了她满是泥水的脸庞，莱莫因最先看到的就是斜挎在她身上的那个画袋。这位画家一下子热泪盈眶。他不停地拥抱她，亲吻她以拭去她脸上的污渍。然而，所有画上的颜色都已夭折。或许有一二幅画看起来未受损伤。卡罗琳说她本想背起装着地图绘制工具、染料袋和当地人设计图画册的箱子，可那重量完全超出了她的能力，她背不动。莱莫因非常感动，说她就是奇迹，并再次亲吻了她带着泥水的头发。有一个幸存者叫做巴塞洛缪，脖子上缠着一块橙黄色纱布，他说在河口附近停着一条雷布的船。于是，人们决定穿过这片沼泽地去确定它的存在。再一次夜幕降临，大风呼啸，难以躲避。他们浸在水中，水没到肩膀，可必须等到下一个黎明，等到那暗淡的光线再次到来。莱莫因一直举着双臂，为了手中的画不全部毁掉。当他身体僵硬麻木的时候，卡罗琳和其他人轮流接替他。一抵达目标河岸，巴塞洛缪就跳进了河里。两艘小艇被他从船上解下来，开始救援这些幸存者。卢杜涅克服自己的虚弱，负责领导对堡垒附近其他逃生者的救援工作。最后一个获救的人是出纳员勒博。他半裸着，身体到处浮肿，一边颧骨上露出一处还在流血的结痂，他的眼里颤动着满满的恐惧。毫无疑问，他是世界上最可怜的出纳员了，莱莫因这样想。从船头，可以看到飘荡在卡罗琳城堡里的西班牙军旗，旗上有红色的狮子和黄色的城堡。黑鸟嗅到垂死的气息，一下子飞上天空。船长瓦诺和卢杜涅交谈了一会，决定返回法国。除此之外，他们无路可退。雷布舰队的其他船只已经在这连雨天里彻底迷失，剩下的也许只有在这悬崖峭壁中留下的他们的遗迹。留在此地就意味着落入天主教恶魔的手中。带着难过的眼神，船长一边起锚，一边顽强地、节奏有力地重复着一句话："啊！远征啊远征，你们是抛到人类面前的灾祸！"在电塔旁边，靠近一处小火炉，莱莫因正在给脚取暖。他白白地在口袋里翻了半天迪耶普的卵石，那块上面惊人地浮现出世界地图的圆形石子。然而，在他的一个手指上，他看到了库涂图卡给他画的一只小壁虎。它代表着地久天长的友谊。那是他能带给菲利普·托辛的唯一一只蜥蜴了。

第二部　杜波伊斯

我们的传统就是遗弃。

——雷纳尔多·阿里纳斯

我叫弗朗索瓦·杜波依斯①，公元1529年出生在亚眠。我一直生活在这座城市，直到青春期的到来令我对这个世界充满了好奇，而这个世界就是巴黎。如果没记错的话我在那个城市一直住到1572年的夏天。然而，在我内心深处我却怀疑自己是否算得上一个画家，因为很久以来，我已不能画出任何东西。也许曾把自己当成我想看到的和想彻底重塑的那个人，而我现在却是一片荒芜的土地，一片努力展现自己灵魂却从未成功的不毛之地。

前不久，我读了拉伯雷写的文章，是关于我们的时代。这个僧人非常骄傲自己生在一个充满光明的世纪。我多么想分享他那种精神状态。他的思想多么有助于打消我对于生活在昏暗年代的想法。面对开始全面扩散的战争，我倾向伊拉斯谟的说法，在人类事物中只看到黑暗。在巴黎的日子里，我听很多文化人说过和拉伯雷类似的话。多特，总是信心满满，当我们慢慢地浏览着他用希腊语和拉丁语所写的书时，他对我说我们这样的人有能力分辨好与坏。他把光明的思想强加到我们早已拥有的那种认知自我的能力之中。我很相信多特到死都是这么天真。然而，在这个日内瓦郊区的房子里，我，一个坚定的怀疑主义者，在默默的抵抗中，走向死亡。

但我知道，应该信任人类，信任那些健忘有余、个性不足的人，

---

① 弗朗索瓦·杜波依斯（François Dubois, 1529—1584），又译弗朗索瓦·杜布瓦，一位出生在亚眠的法国胡格诺派画家。他唯一幸存的作品是描述1572年圣巴托洛缪大屠杀的木板画。当时，法国天主教徒在巴黎杀害法国新教徒。

借助维尔吉利奥的几句诗来说,他们排着队,等候自己的次序并进入到他们生存的纷乱时代。有时候我看到那些人,他们向往光明,并对重生充满了渴望。我倾听他们的呼吸和内心的预感,就好像是一个巨大的蜂群,即将踏上他们虚幻的征途。我想念那些偏向理智和追求美好的人。于是,我有一个愿望,就是相信人类的善行。我振奋了起来,因为我知道有些人会写出感人至深的诗歌,另一些人能画出非凡的图画,还有人将谱写出可以和上帝优美的脸庞相媲美的乐曲。我赶忙得出结论:人类是一部杰出的作品,具有高尚的特性,他们的能力不可限量。人类是陆地上生物的奇迹和典范。正如红衣主教会的牧师们提出的,人类需要不断地获得重生,未来他们才会更加慈善。但是,我必须承认,对于还不得而知的子孙后代的品德盲目乐观,这种念头在我心中是非常薄弱的,就仿佛在试图每天培养自己的乐观主义精神。

从很早开始,我就意识到了自己怀疑主义的倾向。我知道它的魔爪慢慢地把我拽入疑病症的深渊。我今天比以往都更加强烈地认为自己病了,这是我的胡思乱想造成的,但它也是我生存的现实。只有两只猫,一只毛色混杂的母猫和一只洁白无瑕的公猫,它们是我痛苦时候的慰藉,那种苦是睡梦都无法缓解的。有我亲爱的画家和玻璃匠杰罗姆·戴巴拉,他努力用亲切的方式和那滔滔不绝的口才说服我再拿起画笔、油彩、蛋彩,去做也许我本该做的事。有我另一个朋友让·佩蒂特的孩子们,佩蒂特擅长冬日风景画,我必须要谢谢他,他的画以高超的技艺和对猫的温柔冲淡了时光的苦闷。

我妈妈常说她不理解为什么在她怀孕的时候会有突如其来、莫名其妙的沮丧。特别在黎明来临之时,在一缕晨光开启的尘世的喊杀声中，妈妈感到胸闷，少有的惶恐拦截了她的勇气。据她说，我是乐于听她的声音的胎儿，她说唯一能让她从恐惧中走出来的办法就是哭出来，同时坐在椅子上摇晃。一把椅子就如同它所承载的两个身体一样恍惚。但我的确夸张了点，任由自己闲适地遐想。因为那仅仅是我的恐慌，而完全不属于我的母亲。

我出生后的前几个月不是傍晚哭几声，而好像是哭起来就不会停止。所以必须要去亚眠郊区的一个巫医那里求助。在检查中没有找到我惊恐的原因，她给我配了苦苦的汤药，还亲自给我唱了歌。母亲说，仅仅是看她的眼睛和听她的声音就使我的焦躁平静了下来，使我闭上了嘴，而我对那个女巫医已经没有记忆了。然而，当孩子慢慢长大，眼泪日渐零星，另一个毛病又顽固得难以解决。在我儿时的记忆中深深地刻着便秘引起的反复的痛苦。只有一个水果的方子能够有效地给我宽肠，而那些水果很难在城市的其他地方买到。在那些年，我必须要依赖一剂芳香的草药和简单的饮食来平衡我的消化功能。虽然我认为我的哭泣病又猛烈地回头了，但现在它发生在身体内部，什么都无法中断。而它的印记止于在我的前额刻下的深深的皱纹。

实际上，我妈妈是一个性情温和的人。她信仰上帝，并在各种圣母和耶稣受难等圣像前祷告，在别的女人身上很少见到这种虔诚。她每天吟诵玫瑰经，念着不变的万福玛利亚和天主经。对那些愉快的、痛苦的或者辉煌的经文段落的沉思都有严格的时间划定。跟那个年代所有的母亲一样，她教育我要虔诚和信仰上帝，而这些在我心里很快就消磨殆尽了。也许这不是她的过错，也不是因为我生活在一个父亲始终是虚幻存在的单亲家庭。我的怀疑主义应该归咎于这些动荡的年头，在这些年失智之态已经钻进了耶稣追随者的内心。

我妈妈认为生活就是一次伟大的尝试，我清晰地记得那就是她的教育理念。她笃定除了通过朝圣来平息挑衅和欺诈、邪念和罪过，没有其他的救赎方式，她的顺从可谓典范，而她的儿子却反对这种逆来顺受。然而，尽管母亲在精神上自愿地服从上帝，但她积极、阳光而且不偏激。每当在春天的清晨回想起她，一个已逝的小巧、勤劳的形象就浮现在眼前，她的眼睛又黑又大，她唱着歌，那优美动听的曲调我还清晰记得，但歌词我完全记不起来了。有时，我用双唇发出的一个"m"哼着那首曲子，那是由提前到来的老年所赐予的又一种慰藉方式。

我想知道，如果她还活着，得知我的变化，她会怎么想呢？如果看到我对她无比崇敬的圣像漠不关心，她会怎么斥责我呢？当她得知指引我求索的思想是路德和卡尔维诺的，而不属于天主教的首领，她的眼神会是怎样的呢？甚至，如果我向她坦言我对整个宗教不满而感到无比痛苦的那些时刻，坦言我们的不幸都是她造成的，她会对我说什么呢？我肯定她会平静地倾听，而不会谴责我，因为血缘的包容大于矛盾的争执。一个母亲和一个儿子之间永恒的爱是超越神和人的公正的。

我记得，当她意识到我绘画方面的天分时所表现出的那份欣喜。那是一个秋天的晚上。我们俩刚刚做完祷告，祈祷好梦。她送我祝福，我递给了她我的画。那是一棵树，一棵长在我们宅院窗前的枫树。树枝用赭石色涂得火红，由于枝叶不能伸进墙里，它就顺势向上爬，来寻找自由成长的空间。妈妈发自内心的赞美使我的梦破茧而出，并且使我在余生都坚信绘画就是我的天赋。我很喜欢画母亲做针线活，这是她谋生的手段之一。我刻画了她编织花边和紧身上衣的仔细和小心。我还画过她面对公众的祭坛跪着。而当她拿起篮子要去大教堂附近的市场买菜时，我便撒开妈妈的手，朝教堂的门走去，进入中殿。我的眼前是发光的水晶，在那里耶稣雕像被天使围绕，后面是柱子和圆拱顶起的一个神秘的空洞。一种莫名的情感使血流加速，于是，我，这个小男孩儿跑了起来，也许他渴望着可以从后背长出一副闪光的翅膀，来助推自己的步伐。然而，就是这座教堂使我明白，我的目的地是陆地。有一次，在中殿的中心，我发现一位老人在那绕着圈，专心地看着地面上铸造的一个图案。我走上前去，问他在干什么。我记得那个老人弯下身子，看着我的眼睛，回答说："这是一个迷宫。我试着到达它的中心，那里就是上帝所在的地方，但是我没能做到。"从那以后很多次，我趁着妈妈去市场的时候，就跑到教堂。不去看棚顶绚丽的色彩，而是像做游戏一样，投入地沿着刻在地上的线路方向走。然而，如同那位老者，我总是迷失，从来没有到达过它的中心。

在那些年里，母亲和大教堂是我的最爱。然而，我又对树木产生了越来越浓厚的兴趣，画我窗前那随温和气候与肆虐天气而摇曳多姿的枫树。这样，就在这些画中，我似乎发现季节有同样的特点，它决定着我们的呼吸。树上长出了很多渴望色彩的新芽，夏天的润绿色展现了它们的勃勃生机。但这一切都似乎在不可避免地慢慢死去。到了冬季，裸露的树枝又沉浸在一片无声的沉寂之中。实际上，我认为除了画树，学习绘画的人或许应该花时间，用眼睛好好去观察生物的变态过程，它们在跟我们说话，只是我们没有理解。还有浆液顺着树干爬升的颤动声，必须要洗耳恭听，虽然是我们的眼睛在观察那些细微却主流的趋向，去察觉茎干里的潺潺声和去感受它背后明亮或昏暗的沉默。要带着所有的惊奇去观察花的结构，她张开的花瓣是带着愿望飞起的使者。总之，要明白，树枝的汇合点，铺展在空中的那些连接处，就是在雨水到来并打湿我们之前，庇护我们和充实我们的天空。

或许这种想法不对，但是从我还是个小男孩儿开始，在画亚眠教堂和宫殿的大门时，甚至当我去打草图，看到那些帮助我再现世界的工具时，我总在想思想和情感并不是只属于有生命的物种，它们也是非生命物体的一种属性。如果我不在画中给它们本性就类似死亡状态的静止赋予一种动势，那么我绘画时还在努力追求什么呢？比如说，我母亲缝纫用的剪刀、纺锤和针。如此，就在我童年的后期，我参加了一个非同寻常的活动，我是作为模特参加的。我们的存在是为了别人观察我们，并且让我们去面对包围着世界的不可救药的空虚。我仍然没时间搞清这是什么意思，可能只有我学徒的巴黎向我展示了它准确的含义。

我们好多个孩子被召集到一个宽敞的空间，有人要画我们玩耍的样子，我想一定是个重要的人。我的记忆有些模糊了，但我仍记得，在我右边有一个红色围栏，三个孩子骑在上面，假装是骑手。再往那边，是河岸和几棵干枯的树，再远一点，出现了夏天绿色的田野。左边，一条不知通向何处的主路伸向远方。我们人数很多，甚至可以填满亚眠的所有角落。不知何时，我们被分配了不同的角色。有一些人玩盲人摸、踩高跷、卡拉卡，另一些人玩打圈圈、捉迷藏、抓子儿。有一些人玩爬杆取物、陀螺、乐器。有一个孩子骑着木马，而另一个吹着肥皂泡，并兴奋地追着泡泡。很多孩子在那些建筑的拱门下掷着陀螺。还有些带着古怪的面具，一个孩子吹着气球，在那边还有一个边跳边撒尿。几个孩子排在一起，让他们的朋友在后背上跳跃，人数最多的一群在模仿婚礼并且放飞鸽子。现在回想当日，我觉得除了玩耍，孩子们进行了一场生活的表演。那天我需要表演杂技。不知道我应该做多久，我在一个横梁上翻着跟头，就好像让我去展示反着的世界。我现在仍在问自己，是谁搞出了这种娱乐闹剧，想出这种愚蠢的点子，让这些孩子饱受痛苦和折磨，而只是为了作画。

我的母亲死于突发性的发热。要不是因为我父亲，亚眠对我来说已经变成毫无眷恋的地方。在母亲的弥留之际，我想问问我父亲的情况。他是谁，他叫什么名字，如果他还活着他住在哪里。母亲拒绝给我任何线索，并用她仅有的一点气力补充说，不必去追寻任何人的踪迹。我握着她的手，望着她，仍在坚持问她。然而，她说我父亲就是个幽灵，对幽灵最好的做法就是忘记他们。我只从她口中得知，他的目的永远是选择出人意料的方向，并且对任何人和任何事都没有承诺和保证。尽管母亲从不提起他的存在，也让我去忘记他，然而父亲仍是她在生命最后时刻所忆起的：他的脸我还有朦胧的记忆，他的工作和木头有关，他最后消失了……

那年初夏，我到了巴黎。这个城市给我留下的第一印象是多样的：河流成为一潭死水，在一片黏黏的湿热笼罩下，发出恶臭的气味。穿梭不息的嘈杂人流，来去匆忙。而他们头顶是一片珍珠色的天空，它刻入了我的灵魂，就像预示着某种东西，只有经过时间的脚步才能弄懂。仿佛上帝住着的那个地方，在夏日深邃而锐利的色调里，离巴黎居民的辛劳很遥远。但是，如果我说新奇的事物完全不吸引我，那也是假话。二十岁的我，来到一个大都市，寻找一种新的方式，去诠释人类和他们行为的矛盾框架。为了去找寻亚里士多德在对阿伯拉尔的评注中讲到的事实，很多年轻学生住在了拉丁区，或者索邦大学和圣日耳曼区与圣塞维林区的那些教堂附近。对于这位希腊哲学家,我了解不多,但是如果他讲的东西与我所追寻的色彩和形状有关联,我愿意去读一读。然而,对另一位,那个臣服于小情人的阿伯拉尔,我却听到很多赞美和诋毁。在小酒馆里,借着酒劲儿,我们醉醺醺地边跳舞边读着他们的诗,直到深夜,我们被不耐烦的老板们赶出来。

就是在那样一个夜晚,我遇到了我的第一只猫。它突然出现在我房间的门口。人们说动物们会选择一个能成为自己主人和保护者的人,这种选择不是因为偶然,而是有一种不可言喻的线索促使两个生物互相靠近,他们特殊的、甚至类似的路线一定会合成一线。猫的眼神带着痛苦,虚弱地喵喵叫,向我伸出它的前爪。我记得它在颤抖,身上没有毛,而且被一种油油的物质浸湿了。在接下来的日子里,它就一刻都没有离开我。任何声音都能惊吓到它,而且一有人进我的房间,它就会逃到床下面去。是我的照顾让它逐渐在我们人类每天制造的嘈杂声中镇定了下来。但总的来说,它胆子很小,总是在寻求避难所:床单之间啊,枕头下面啊,或者在房间里堆放我的画板和画布的角落呀。我不难想象它曾经受过何等的虐待。从一段时间前开始,巴黎就仿佛是个厌弃猫的城市。我刚到那里就很快得知了某些夜间工作。在这些夜程中,形形色色的人们点起燃到天亮的巨大火堆,然后冲向那些猫,用假酒把猫灌醉并裹在口袋里。我散步的时候经常看到,猫被那些残暴的人用手拔光了毛,挂在树上,像是被凌辱的战利品。我得知,有一天,可能是在我的猫出现之前,在圣塞维林街附近发生了一个事件。为了报复老板的虐待和老板娘的无礼,一群手工艺人对他们的猫施虐。他们一边嘲讽和辱骂,一边用棍子毒打一只猫,然后把开膛的尸体放到下水道的旁边。另一只被吊在屋檐下。还有一只被砍头并割下生殖器。这个消息就像一场大火迅速扩散,说这些牲畜的死跟女巫的故事有关,这些猫是她们的信使。然而,并非如此,事实是:这些卑劣行径表现了一个群体的不满,他们用更加可恶的方式,向对待他们的不公待遇示威。

我不想再往下回忆那些不堪的事情,讲述我的猫在1572年的秋夜里原本可能遭遇的不幸。但是,当然,在关于我们命运的情节里,没有什么是随意安排的,这都是我预先设计的。我决定回忆这段经历并不是一个偶然,我把它放在这里讲,是因为这只小动物带给了我一生挚爱的女人。我记得她,有像小猫咪一样灰蓝色深邃的眼睛,像小猫们一样慢悠悠、静悄悄地行走,像猫咪一样,当人们爱抚它们时,它们懒懒地俯身露出性感的身姿。对我来说,除了从多年前开始就追随着我的那些幻影之外,现在陪伴着我的两只猫就是我紧紧抓住这个世界的仅有方式之一。那是一个曾带着幸福光环的世界,一个将我粗暴地连根拔除的世界。就在此时此刻,我暂时放下手中的笔,喝起那杯夜晚的红酒。在我脚下,两个神奇的小东西温和地打起了呼噜。我摸摸它们的耳朵,挠挠它们的脖子,把手指伸到它们身体的一侧。它们看看我,眯着眼睛,暂时从酣睡中醒来,然后又闭上眼睛向我表示认同,这种表情只有它们才能表达出来。小母猫轻轻地咬着我的手指,而小公猫则跳到了我的肚子上。我知道,我看着它们俩,而望着我的却是萨博的脸庞,她在超越时空的地方看着我,对我说,在我们经历了孤独、寂静和恐惧之后,我们一定会在死后的某个地方团聚。

在巴黎,我寻找舅舅西尔维于。他跟我的母亲一样,是个慷慨大方之人。很早开始,他就已背弃天主教。尽管如此决裂,他还是来给他的姐姐守灵,并鼓励我去巴黎。的确,就是西尔维于把我带上了革新的道路。他说在那段时间,信仰的转型必须要谨慎进行,尽管已经有很大一部分城市居民决定转向基督教的新派别。我的舅舅指的是那遍布在全国的一千五百个新教教堂和加入新教的二百万法国人,他们在践行自己的信仰并切身感受到了它的优越性。特别是其中路德的教义,让我们感到很舒服:想要得到救赎,只需要信仰,而并不是那些错综复杂、官僚主义的忏悔和宽恕。想要上天堂,不该交什么什一税,也不必去礼拜日弥撒,更不用去参加教义问答。很快,受到舅舅谈话的鼓舞,我开始怀疑天主教的贪欲和那些毫无意义的圣礼。从那时起,我感到挥霍浪费的趋势和最高权力的虚伪都是走上歧途的同义词。

西尔维于是名外科医生。他的穿着很朴素。我从没看过他的帽子上有华丽的羽毛。他习惯穿的颜色是黑色,如果有白色,那便是手工编织的领口。他的声音带着博学者的严肃和低沉,即使面对蠢笨的人,也从来不会改变。尽管他非常崇敬德科利尼将军,但对其支持佛兰德地区对西班牙人的战争,他始终持异议。西尔维于具有人文学家的过人天分,熟悉希腊语和拉丁语。当我生活在他的护佑之下时,他的拉丁语在解译方面给了我很大帮助。他在希波克拉底、伊本·西那、帕拉塞尔苏斯和塞尔维特之间建立起重要的桥梁。他赞扬盖伊·德·肖利亚克《伟大的外科》系列的七部著作,在那之后,从蒙彼利埃到首都巴黎,医生们都据此亲身实践着。由于他不从事大学教学,西尔维于始终独立于对知识的教条之外,而且他从不犹豫去做一些权贵们不耻的工作,因为那些活儿会沾上人类的鲜血。也许因为站在这样不同的立场,他一直很尊重行业中的女性,她们每天与人类疾病作斗争并为延续生命而努力着。另一方面，他还紧跟世界形势，总是对世界的发展进步充满好奇，并透过绘画和建筑视角不断钻研世界新发现和新进展。他每天都迫切地想知道，在那个既遥远又神秘的未知世界发生着什么。那里正经历着贪婪和罪恶，在被西班牙和葡萄牙发现之后，他们企图在教皇的庇佑下霸占新大陆。跟我舅舅比，我得知德科利尼新教徒的计划肯定算是非常晚了，新教派正在实施落脚美洲的谋划。而且正是因为我的舅舅，更确切地说，就是他亲手把我领进了巴黎主宫医院，在那里住着安布罗斯·帕雷的病人。

帕雷的头发都竖立着，胡须灰土土的，垂到胸前，看起来像个庸医。他很瘦小，但非常热情。当我住进医院的病房的时候，他是位外科医生，尽管不被索邦神学院的医生们看好，但他的庄重严谨使他成为法国皇室的医生。人们在背后街谈巷议、添枝加叶，说帕雷嫌恶学院而爱慕权势。除了因为他和学院派互相轻蔑的态度，也是因为他用不好文雅的语言，他不懂希腊语，就用粗陋的法语去撰写自己的实践论文。西尔维于跟我讲，帕雷关于火枪伤口的文章激起了同僚的狂怒，因为它包含了一个可以减轻伤口疼痛的医学发现。帕雷具有在凶猛残酷的战场上而不是窗明几净的教室里所获得的丰富实践经验，他意识到火药不像大家认为的那样有毒，不会导致溃烂，而往往杀死伤者的其实是疗法本身。这种治疗是用煮沸的接骨木油擦拭伤口，并用灼热的铁去烙感染的区域。取而代之，帕雷建议用涂抹了蛋黄、玫瑰油和松油的绷带去包扎伤口。还有，给我们讲那些病人的畸形时，他的声音总是无休止地萦绕，他有那么多病人而且都超级荒诞离奇，可以说主宫医院的病房似乎都成了地狱的分支。在过那些门槛的时候，西尔维于总是对我调侃说："小心哦，亲爱的弗朗索瓦，从这里开始可是冥帝哈迪斯的地界了。"就是帕雷本人提出了一些另类的想法，令我们发笑。不是在我们正在发现的新大陆，而正是在像病房这样的地方，才生存着人类的怪物。关于这些怪胎由来的假说，上到上帝的恩赐、报复和恶魔的行为，下到人们自身的原因，比如射精量的大小、子宫的狭窄或是不幸的产妇所遭受的基因突变和遗传疾病等。然而，帕雷给我们展现的人类有长胸毛的女人，连头双胞胎，长着两头、两臂和四腿的婴儿，长着阴阳头的人；有长着两个鼻子、四只不一样的眼睛和鼻梁横着的人；有在中间部位只长了阴茎没有睾丸，而从腹部的一边长出两条腿，另一边长出三只胳膊的人；还有青蛙脸、半猴半狗长相的人。他们本质是无害的，而且至少在我们当中，只是留有一种有点恶心却令人怜悯的印象。

我知道一些人会因此断定那里笼罩着恐怖。特别是每当我们的眼睛与那些畸形儿的悲伤眼神相遇的时候。然而，可以说真正的恐怖其实笼罩的是正常人，为了感受这种恐怖，实际上没必要穿越国界，也不用跨过基督仁爱的济贫院大门，只要在我们平时行走的街道转一转，沉醉在居于世界文明最中心的信念里就够了。

我承认那几次拜访给我留下的印象很深，在那些日子里，回到房间我就会画这些奇闻轶事。我舅舅看到我的画，特别兴奋。他让我拿给帕雷看，因为他知道帕雷一直想将来出一部关于他那些怪胎的作品。但是我们去了医院才得知帕雷去了枫丹白露，与国王巡视全国的游行队伍汇合，这是国王母亲的决定。她试图以这样的方式去打破地方势力分裂国家的企图，平息他们的骚动，并把它们统一和团结在她儿子的绝对领导之下。我和西尔维于一起谈论着皇家车队的铺张浪费。一个十四岁的瘦小国王和他的阴谋家母亲坐在轿子上，抱怨着旅途的不舒适和外面的喧哗，后面跟着一万五千多人的随从的景象，足够证明这个国家荒唐可笑。但当西尔维于沉浸在批判之中时，我正想象着那个臣服于国王的城市，想象着城市里的家具、粮食和挂毯，小丑、乐师和舞者。听我舅舅争辩说，宫廷不去解决上次战争遗留下的贫困问题，而是劳民伤财地去乡下搞一个愚蠢的"游艺会"，于是，我的脑海中便浮现出小镇里的手工业者和商人们，他们正阿谀献媚，并在山区里提供了衣物和装饰品，以便晚上在值班的侍臣为迎接皇室和他们的宠儿而举办的晚会上送上献礼。那几个月之后，当帕雷回来时，我舅舅又继续坚持去那里，但是我的兴趣已经从人类的畸形转移到了其他事情上。我正在寻找从意大利和佛兰德地区来到巴黎的艺术之泉。

那时，日内瓦这座城市让我想去看一看。但有必要说明的是，我从来不算是真正意义上的讲经师。在巴黎没有，在日内瓦我也没有带过任何年轻的新信徒。不是因为高傲或者自私自利，而是因为我难以改变的腼腆和与世隔绝的内心倾向。自从我流亡之后，这种状态越来越明显了。所以，我总是远离艺术圈。实际上，我认为没什么新奇的事情好说，而且也没什么可展现的。我所做的一切，若是对别人来说还算有趣的，都已经在圣巴托洛缪工作的日子里被摧毁了。尽管我在日内瓦的确做着一个画匠的行当，但我尽可能做得低调而平静。帮我的朋友杰罗姆制作彩色玻璃窗，用铅笔给外来穷人接济会的助祭们画肖像，和在木头上涂圣油技术的人们切磋，这些事走进了我的生活。

对于这个行当，我所表达的一个又一个的思考一点都没错。首先，我认为我们的长处就是善于观察。我承认最基本的就是通过洗笔刷、涮笔罐、研磨色彩和准备画布或木板的方式，直到随时间推移学会必要的调整和修改，来逐渐了解我们这门艺术的奥秘。但是能够完美地操作这套工序并不能保证我们就都是真正的画家。这个秘密是，观察一切都应像把精神的基本食粮集中在了那个活动上，很多人自然地这样实践着。在巴黎的早年间，在一种痴迷状态的驱使下，我经常观察穿过塞纳河的小船，观察来到教堂的教民，观察在大学的回廊里的学生圈子。我看那些市场的发展和卢浮宫附近捕猎野猪的日常准备工作。当我得知大学旁边的空地上在举行葬礼，我就去画仪式上的场面和人们的哭泣，尽管在圣婴墓地里我常常看到这样的哭泣。有一个因气候变化而磨损的天使雕像，它用食指比在嘴前，请求保持安静，我安坐在它旁边画着那埋葬和挖掘的场面。当我成为这一过程的见证人时，我暗自高兴，这对大多数人来说是任何一个城市里都司空见惯的事。但是对我来说，与生死有关的事儿都是令人惊奇的。有时候我问自己，如果那种不仅颤动人类，而且波及动物、植物和城市所有东西的跳动停住了，我会怎么样呢？我不断思考，如果突然间树上的叶子不动了，麻雀不飞了，我会是何等的不幸。我设想着树和鸟儿的悲伤。我想象着自己的悲伤，天真好奇的年轻人，不知道世界对他的期待，但被每一个瞬间的情感打动的他却试着去勾勒这个世界。

毫无疑问，在这段时间发生了一些有价值的事情。绘画模特的选择从宗教的桎梏中得到了解放。这并不是说画画不再汲取圣经的故事，也不是说耶稣受苦的片段不再是近来画作主要涉及的情节之一。只是说当我们想画圣母玛利亚的时候，我们可以选择自己的女人，那些我们所爱的女人的形象；更确切地说，当穿着讲经师肥大衣服的波提切利①证明说，他本人可能是东方三王送给新降生者礼物的见证人之一的时候，一扇窗被打开了。让·佩蒂特是我最近这段时间仅有的朋友之一，他说他更偏爱在那些带着神圣而温顺面孔的古代圣女像前俯身观看，而不喜欢罪恶深重的意大利派批量生产的画家和他们笔下任何一个腐化堕落的女性。面对这个观点，我不会陷入争辩，我最好保留意见，因为我知道谈论那些范畴已经濒临违法了。因此，我和佩蒂特建立起了友爱的桥梁，因为我们作为新教徒，不会背弃那些圣像，正如很多人的做法一样。我们抨击卡尔诗达特②和托马斯·闵采尔③统领之下的暴徒们，他们冲向街道，摧毁所有神圣的象征物，他们的破坏行为伴随着极端的态度。实际上，我们聚在这里的人们不赞同我们宗教中极端和偏激的人所犯下的罪行：把供奉的圣饼扔给狗吃，把粪便放到洗礼池中，用圣油涂擦皮靴，把蠢猪放进教堂，给猴子剃毛并穿上天主教士的衣服。然而，尽管我的住处是一个让人持续不断地回忆起那些不公平、不合理和导致我们不幸的罪犯们的空间，但我仍喜欢回想那些日子，在那时我欣赏了几幅可谓奇异的画作。

有一幅画尤为突出，让我一直心怀崇敬。那就是让·福克④的《圣母子》。当时，对于我们这些学徒来说，他是非常杰出的画家之一。画中的圣母皮肤白皙，呈梦幻般的象牙色，她的原型是阿涅丝·索

---

① 桑德罗·波提切利（Sandro Botticelli, 1445—1510），原名亚历桑德罗·菲利佩皮（Alessandro Filipepi），是欧洲文艺复兴早期的佛罗伦萨画派艺术家。
② 安德烈·卡尔诗达特（Andreas Rudolph Bodenstein von Karlstadt del Meno, 1486—1541）是新教改革时期的德国神学家。
③ 托马斯·闵采尔（Thomas Müntzer, 1490—1525）是德国宗教改革的激进派领袖，也是德国农民战争领袖，重洗派（Anabaptist）人士。
④ 让·福克（Jean Fouquet, 1420—1481）是文艺复兴初期最伟大的画家之一，也是15世纪法国绘画的创新者。

蕾[1]，查理七世的情妇之一。我至今仍然清晰记得，就像刚刚见过她那精致的面庞一样。她那虚弱无力的眼神看着孩子，也或许是看着自己裸露的乳房，圆润而硕大，乳头就像是一个熟透的水果。橙黄色的小嘴唇，日常端庄的仪态下嘴显得很小，而人后快乐地骄纵时又张得很大。她静默的样子非常美丽，仿佛来自另一个世界。也许就是因为这样，她身边围绕着六个红色和三个蓝色的小天使，他们中有一个正看着我们，好像在对我们解释以怎样的方式才能表现出美丽。杰罗姆·德巴拉跟我一起在默伦看过福克的木板画，有一天，他对我说，画出这样的圣女像，可见福克直到那个时代终结也会一直是虔诚的天主教徒。

但那不是展现给我们的唯一标记。还有一个和空间深度的主题有关，或者像意大利人所称的，叫透视法。当我学会了它，我的形象世界奇迹般地扩展开来。这是一个可以向全世界大声喊出的奇迹。这不仅如同打开了一扇窗，而且打开了现实的新维度之门。有很多木板画为我们做范本。第一幅《阿尔诺芬尼夫妇》也许是最令人心绪不宁的一个，而且我们当中永远没有人可以做到那种在繁盛和朴素之间的色彩的把握和细节的操控。真的，现在，当我在这日内瓦的平静隐居之地说起这幅画，那种负重的深刻状态压抑着我的灵魂。但是我不想停在痛苦之中，我会继续关注这幅画，我想要谈一谈扬·范艾克[2]这部

---

[1] 阿涅丝·索蕾（Agnès Sorel，1421—1450），号称法国史上最美的女人，查理七世的情妇。传言查理七世对她一见钟情，相见第一晚便辗转难眠。后世更认为是她给予查理七世无比的勇气与自信，得以从英国人手上将诺曼底省夺回。查理七世封其为"美丽贵妇"，并命画家画下一幅画——《圣母子》（又名《梅拉的处女》）。画中的阿涅丝装扮成圣母抱着圣婴，而乳房的意义从中世纪的神圣也转变成为文艺复兴时期的情色。
[2] 扬·范艾克（约1390—1441）是一位早期活跃于布吕赫的佛兰德画家和15世纪名声显赫的北方文艺复兴的艺术家之一。他是早期尼德兰画派最伟大的画家之一，也是15世纪北方后哥德式绘画的创始人。

作品的娴熟技巧到底表现在哪些方面。

我是在布吕赫看到这幅画的。我在巴黎期间,为了看那些重要的画作,到过附近的很多城市,去这里就是其中的一次。我不知道现在是怎样,对于这方面的消息我已经不在意了,可在当年,我们耳边总有一些关于某些完美之作的传闻。但是相比于对一个完美作品的追寻,那些寻觅之旅促使我们做的更在于那种不停寻找的勇气,年轻而从不畏惧,它来源于属于我们的那部分世界。我们每个人用自己的聪明才智正在打造的是一个更加自由和减轻压抑的入口,一个更接近于人类之光而不是神的光芒的地平线。神之光我们已非常熟悉,它被糊涂之脑和封闭之门所包围,这扇门只有贵族和教士阶层可以迈进。新的时代特征呈现在扬·范艾克的木板画上,而在那时我相信这个认知的推动作用,仿佛我成了拉伯雷①忠实的门徒。扬·范艾克的魅力也几乎通过他描绘的亲密场景所展现出来。新的特点没有在贝诺佐·哥佐利②所画的贵族家庭的赠礼中,或在保罗·乌切洛③画笔下的众多战争场面中,或在弗拉·安吉利科④画的圣尼古拉斯旅行准备中表现

---

① 弗朗索瓦·拉伯雷(François Rabelais,约1493—1553)是法国一位北方文艺复兴时代的伟大作家,也是人文主义的代表人物之一。
② 贝诺佐·哥佐利,原名迪·列齐(Benozzo Gozzoli,1420—1497),属于佛罗伦萨画派,最初向基培尔蒂学画,后来师从著名的安吉利科,并帮助这位老师完成了许多壁画。他也从中学到许多处理透视与构思众多人物的方法,但没有完全依循这位老师的那种消沉情调,而是截然相反,热衷于表达15世纪佛罗伦萨社会生活中最繁华的民俗节日场景。这种题材当时几乎没有人敢染指,因为人物拥挤,壁画上很难处理好。哥佐利却独树一帜,为意大利的画坛所瞩目。
③ 保罗·乌切洛(Paolo Uccello,1397—1475),原名保罗·迪·多诺(Paolo di Dono),由于所绘飞禽精致而有"飞鸟"的绰号("乌切洛"即意大利语飞鸟意),意大利画家,以其艺术透视之开创性闻名。
④ 弗拉·安吉利科(Fra Angelico,1390—1455),意大利文艺复兴早期画家。多米尼加派修士。他只为教堂作画,且只画宗教题材画。安吉利科的作品,如《圣母子与天使、圣徒及捐助者》,将哥特艺术晚期的优雅和装饰与文艺复兴时期的光线和空间渲染技术结合在一起。

出来，却在一间卧室，在一对夫妻虔诚而甜蜜的宣誓中呈现出来。画面里阿尔诺芬尼与他的妻子相向而立。妻子穿着一条长裙，裙摆拖在地上，蓝绿色的布料非常鲜艳，同时又带着宁静。她的乳房看起来很纤小，被一条精美的腰带托起，和温柔的容貌、白皙的皮肤以及淡淡的微笑交相辉映。阿尔诺芬尼则很瘦弱，脸色暗淡，尽管只是比妻子稍微暗了一点。他戴着一顶古怪的帽子，这是佛兰德地区的习俗，头发稀少的脑袋似乎全都藏进了帽子里。他不是一个帅气的男人，而他的妻子却温柔美丽。他的鼻子、嘴巴、下巴上面的坑窝和耳朵都格外大。但是两个人很相爱，或许在我看到的所有画中，我无法在与人类情感相关的事物中找到更加恬静的羞怯和更加令人信服的忠诚。我知道我可能会在这幅画前驻足，比如，看着棚顶上吊着的金色大烛台。从窗子射进来的光线温柔地照着屋里的每一个物件，这束光仿佛是一个家庭之梦的神奇写照。那四个橙子，似无法扑灭的小太阳，当我看见它们时，我迫不及待地想要尝一口，因为那是一种我不曾知晓的味道。我可能会提及近景中的那双木拖鞋，上面粘了些泥土，鞋在地面上的影子使它们看起来像是有生命的东西。画家用柔软的笔触，以独一无二的方式成功塑造了小狗的毛色，用以表达爱情的忠诚。我记得当我欣赏这幅木板画的时候，带着年轻人的那点冲劲儿，我还指责了扬·范艾克在画房间地板时的笨拙。我认为地木板画得透视不清，就是一个学徒的绘画水平。但是，这个神奇透视感的秘密当然不是在这里展露的，而是透过那面在夫妻身后的凸透镜显现出来的。

我总在想这面镜子就像是通向明天的小路。镜中的世界很深远，它有所暗示。因此，它蕴含着一种逃离现实的希望，那种最卑微的期待。仿佛这位佛兰德大师正在对我们说，这幅画不仅仅是我们眼前所见，它还包括反射出的侧影，甚至，还有镜子另一边的世界。画面的尽头，尤其是构成这幅版画的所有形象的终点，它告诉我们，有一条路由看得见的事物通向不可见的世界，由物质层面通向精神境界。在描绘近景中两个相爱之人时，范艾克似在悄声对我们说，我们生活在现实中，然而却存在一些属于其他秩序的情况，它们留存在被阻断的梦想之中。这面镜子的存在就是最好的证明，在它光洁的表面映射出夫妇的后背和那两个神秘的、无名的见证人。这两个人站在门口，比其他东西还要神奇。还有那束光，从在镜面中被放大的窗户照射进来。我们隐约感到，当然也坚信，窗外的光明就像是一种局面的出口，尽管画面表达了夫妻的幸福和恩爱，但显然这种局面使他们陷入某种不幸状况的束缚之中。现在，我回想起范艾克画中的细节，仍不能忘记镜子的边框上装饰着十个圆形浮雕，那代表了耶稣受难。于是，我问历尽了各种苦难的自己，是否有一天，我们的信仰能允许我们最终从这个世界和它血腥的现实中逃走。

也许从我说的这些可以看出，我不喜欢乌切洛的战争题材画。我和这位画家的距离很遥远，对他的画我感觉很淡。不过我喜欢他画的色彩，比如在《圣罗马诺之战》中，马匹和士兵的颜色具有能够引起共鸣的神奇效果。从黄色、红色到蓝色，从深黑到亮白，他用这些色调使战场变成一片和谐无害的景象。所有场面，甚至那些在战场倒下去的人，似乎都定格在一个孩童的游戏当中，与战争本身意味着的残忍毫不相干。长枪已不是拼命寻求逃生之计的武器，而是用来确立和展示透视关系的道具，画中的人物形象正是在这种透视法下塑造出来的。如果仔细观察这些长枪，会发现它们没有尖，看起来毫不锋利。当我在巴黎看到这些木板画的复制品时，我并不十分赞赏。《圣罗马诺之战》三幅画中关于意大利雇佣军首领的题材丝毫不能激起我的热情。除了色彩的处理和精美的马匹,乌切洛笔下的雇佣军形象都让我感到厌恶。尽管听起来像是酒馆里的笑谈,但有传言说,乌切洛所画的那些雇佣军的一个首领,他施舍了一个乞丐。乞丐感谢了他,并希望和平与他的善行同在。这个首领拿回给乞丐的钱币,并以辱骂相还。

但是当我有幸观赏了《林中狩猎》时,我意识到了简单朴素是如何与技巧娴熟相得益彰的。乌切洛的这幅木板画首先映入眼帘的就是夏日里树木的绿色枝叶。那是一片令人向往穿越的森林,有猎手、马鹿,后面跟着狗。这一场面里有多少个猎人和猎物?不多,但是他们在一片同样难以穿越的神秘树林中无限地反复排布。这种没有尽头的追逐之感,并没有令人不安,因为神奇的透视规则,加之橘色调的运用,使之成为令人难忘的空间。画面中的点和线向丛林深处延伸,在那里藏着善于蹦跳的马鹿,就像是爱与美的秘密所在,乌切洛画中迫切追逐的猎手们可能永远也逮不住它们。

通过我舅舅西尔维于在巴黎的一些关系,我得以进入到克鲁埃[①]大师的画坊,他是一位宫廷御用画家。克鲁埃在卢浮宫周围、靠近圣奥诺雷大门的地方授课,他的办公地点就在那里。于是,我要经常穿过塞纳河。河上的小船里载着可敬的贵妇,她们的脸上遮着华丽的面具,绅士们则是全副武装,佩带着剑和装饰着精美宝石的匕首。有时候,当我身上没有足够的钱,也不能用某幅关于大教堂或皇宫正门的圣画去收买船工时,我就选择走那条途经圣米歇尔桥的最长的路,当

---

① 弗朗索瓦·克鲁埃(Francois Clouet,约1516—1572)是枫丹白露画派画家让·克鲁埃之子,在其父去世后,继承了他的职位,后曾兼任国家造币局总监。

然只能步行。事实上，有一段时间我爱上了那段路，理由有很多。一方面，有大量客人找我画肖像并且付很多钱，他们几乎都是做奶酪、红酒和面包生意的小商贩，他们住在桥上；另一方面，我承认，在这样的地方会出现一些女孩儿，我经常找她们去满足自己的生理需求。

如果我说克鲁埃老师的透视法技艺并不娴熟，不算我亵渎神明。尽管应该确切地说，和保罗·乌切洛正相反，他不在乎这方面的规则。他的关注点和它的过人之处在于肖像画和复刻人体结构。如果说在这方面我略知一二的话，那都是取自于克鲁埃老师。我想，通过绘画实践我得到了结论，毫无疑问，这些所得给予我的即使不是一种信仰，也至少会帮我树立个人立场，把我从已成为一种神圣真理的教义当中解放出来。但是，我把追求孤独艺术之人的信念都归于自己，也许有些夸大。实际上，跟克鲁埃学习的是一群人，而且我们只是遵循着这位在巴黎独一无二的老师所示范的绘画规则去做。我想说的是克鲁埃真的是一位伟大的导师，而我们是他的弟子。

不知何故，我们逐渐反对米开朗基罗[①]的口号。它说画壁画的人优于在木板、画布或画纸上作画的人。克鲁埃每天都用他沙哑的声音说服我们，仿佛那声音从他白色的胡须上滑过。他说那种优越感是虚假的，完善和美丽也和小尺寸的画作密切相关，而且这是一个更加深入的完美无瑕和更加沁人心脾的优美。嘴唇的微动、眼皮的下坠、脖子上静脉网络的暗影、戴着礼帽的前额、耳朵和头发的分界，这只是克鲁埃教我们捕捉人物肖像的一小方面。在那些面孔的深处，那些反

[①] 米开朗基罗（意大利语：Michelangelo，1475—1564）是文艺复兴时期杰出的雕塑家、建筑师、画家和诗人，与列奥纳多·达·芬奇和拉斐尔并称"文艺复兴艺术三杰"，以人物"健美"著称，即使女性的身体也描画得肌肉健壮。

射着体弱多病和卑微懦弱的特征,并带有浮肿、童年疾病或是某种个人经历痕迹的脸庞之下,隐藏着光影交织的秘密。以这样的方法,我们进行了一系列素描实践,或许完成的速度很快,但是在画中有一种难以把握的神秘悸动,那便是用转瞬即逝的东西去凝缩人类的深度。克鲁埃从来没说过米开朗基罗的坏话,但是他的每节课都是一场针对意大利人作品的辩论,抨击他的大力神和疯狂不知羞耻的绘画范例。关于去西斯廷教堂观赏壁画,他只提过一次。但他承认,这位意大利画家所创造的雄伟壮丽和英雄气魄使他完全沉醉在了罗马肮脏的艺术派系之中。

就是在克鲁埃的画坊里,我找到了一些关于艺术的文稿。其中一篇帮助我理解了裸体画中线条的奥秘。我不知道是阅读丢勒①关于对称和比例的文章在先,萨博的出现在后,抑或是发生的顺序正相反还是两者同时汇入我的记忆,让我理解了这些奥秘。最好是说我对裸体画的发现是和对爱情的认识相关的。而且可以说二者相互交织。就如同一缕烛光,照亮我暗淡而压抑的写作,萨博的身影出现在我的生活里。她就出现在我家门口。那是五月的一个下午,遍地开花的季节,树木也宣告它们胜利地长出新芽。萨博在俯身爱抚着我的小猫,这只宠物对所有人都很不驯,唯独跟我们两个温柔。小猫很感谢她纤长而甜蜜的双手,老老实实地任她继续抚摸。我正好要到家了,胳膊下夹着丢勒的文稿和很多克鲁埃老师批阅过的画。突然,我的呼吸顿了一下,不知为什么,双腿有些颤抖。而且当我看见她的时候,胃里有一

---

① 阿尔布雷希特·丢勒(德语:Albrecht Dürer,1471—1528),德国中世纪末期、文艺复兴时期著名的油画家、版画家、雕塑家及艺术理论家。他在二十多岁时高水准的木刻版画就已经使他称誉欧洲,一般也认为他是北方文艺复兴中最好的艺术家。

阵空空的感觉。

萨博的原籍是迪耶普。数月之前,她来到巴黎。她住在一个阿姨家里。她平日做些缝纫的活儿,虽然没有过多的热情,但遵从着胡格诺派助祭的说教。她来自一个木工家具世家,她的家人制作祷告用的长凳、跪椅、床、衣柜和书架。当我告诉她我的行当是什么时,她露出微笑。我问她为什么坏笑,她说她看男人的眼光怎么总是偏向于画家。面对她的回答,我很困惑。但是那次我没有时间过多询问,因为萨博跟我问起了小猫。我告诉她小猫是我的,并给她讲了一些关于小猫过去的遭遇。她的手指再一次拨动小猫的毛,看着小猫额头上没有被时间抹去的疤痕,她为之动容。如同接受一个自然的邀请,她同意我陪她一起走完剩下的路程。她阿姨家住在圣安东尼门那边。她问我猫怎么办?我抱起小猫,对她说,如果她不介意的话,我们可以把它送到楼上卧室里去。萨博丝毫没有惊讶,她的坚定仿佛意味着我们的相遇是命中注定的,那是萨博第一次进入我的家。

我记得萨博光润的肌肤,她每天都涂薰衣草面霜,当我抚摸她红色的秀发和长有黑痣的背部时她沉醉的脸庞,那些痣在她绝美的白皙皮肤上就如同黑色的行星。她的长发及臀,臀部同样火辣。我记得我们在布西门附近的住处,在那些墙壁上我为她作了很多次画。在日内瓦这个阴雨天,我再一次闭上眼睛,努力重拾她的面庞。萨博从右面看我,又换到左面;对我微笑,嘴角上扬,眼角微挑,我的铅笔在迅速摩擦。俯身的萨博,在想象的空间里寻找着什么,她的乳房聚拢到一起。侧面的萨博,披散的头发落到露出的香肩上,就像神奇的尤物。萨博的背影,那厚厚的头发在纸上已经画不下。"那些画在哪里呢?"我问自己,"如果在烧杀抢掠中得以幸存,那它们在哪个遥远的图书馆或者无名的衣箱里休息呢？在那些阴暗的年月里，谁有幸欣赏到了她的脸庞呢，那张在我被不断破坏的记忆中试图完好保留的脸。"

不久，我们结婚了。西尔维于和萨博的阿姨是我们婚礼的见证人。再后来，我们搬到了一个新住处，在那里我开始画爱人的身体。看着萨博，我想到了列奥纳多①的结论：面向大自然，它是所有大师的老师。萨博的身体和出自我手的那些画，二者完美融合在一起。关于这些画我不断思考，它们当中很多都是草稿，就像是一种语言，在完成的大作前显得毫不啰嗦。另一方面来看，这不正是克鲁埃所教给我的吗？就是说，一个描绘者必须和画家本身同样大胆，甚至超越他的勇敢。我画萨博的时候感到自由畅快，因为我愿意画。在这个过程中，我不必循规蹈矩去迎合那些伟大画家的规则戒律。我画女人们柔软的身姿，不是为了钱，而是把自己当做她们的情人，我感到很幸福。如果在这里可以用这样的词语来描述我的绘画方法，那"简单"一词再合适不过了。我让萨博赤裸着身体在房间中行走，让她围着浴缸转，然后在里面沐浴。有些转眼即逝、貌似虚幻的瞬间，美女的各种姿态让我觉得她是最遥不可及的，同时又是最真切的。她挺起带着粉红乳晕的前胸，保持好身体的曲线，使臀部完美地翘起，这令我在绘画注意力与身体冲动中摇摆不定。她绾起头发，别上了一个金色的卡子，然后她按照设计好的动作进入浴缸。我观察她的大腿、膝盖、

---

① 列奥纳多·达·芬奇（意大利语：Leonardo da Vinci, 1452—1519）是意大利文艺复兴时期的一个博学者：在绘画、音乐、建筑、数学、几何学等众多领域都有显著的成就。他的天赋或许比同时期的其他人物都高，这使他成为文艺复兴时期人文主义的代表人物，也使得他成为文艺复兴时期典型的艺术家，也是历史上最著名的画家之一，与米开朗基罗和拉斐尔并称文艺复兴三杰。

双脚和它们收缩和伸展时的姿态。我的注意力始终没有离开水滴在身体弯折部位深处的滑动路线。我在等待，出现一个可以作画的标志性姿势。我唯一的任务就是捕捉它的出现。在很多草稿中，萨博就像维纳斯一样。她的身边不是拉丁寓意画中常见的小狗，而是一只小猫，它在床单里打着盹儿。我承认，有一次我画了她的私密部位。她感到惶恐并且很害羞。我让她躺在双人床上，分开双腿。萨博没有抗拒我的眼睛，我从她的私处一直看到她的脸庞，一切清晰可见，然后将她的脸用垫子盖上。那就是我的画所深藏的主题，不知道这么说是否太夸张。我知道在我们这行中铺展这样的观点，还需要时间。行内的其他人反对被渴望和被满足的性在纸上、画布上或木板上出现，也是情有可原的。但在我描画有关性的经历当中，我感到自己就像一个巴利纽拉斯①，能够引领我的船驶向更加意想不到的境界。我也知道，在那些画中，萨博的裸体以这样的方式出现，这种细节的提升，会给她的性器官带来引起错觉的、危险的刺激。当然，我永远不会把那些画展示给任何人。这是我对她，对我所尊重的模特许下的承诺，而且我认为我做到了。而且，甚至连事情的走势都有利于这一诺言的履行。

然而，应该说我敢给我的同僚们展示一系列的画，至少给那些比较亲近的，这些画的主人公是一张床。床上是弄乱的床单，零散的靠垫横七竖八地放着，在这张床上只能感受到未出现的人物的回声。我的一些同伴看到这种使床成为最大主角的人物缺失，都不自在地笑了。我延续着自己的标志，与经常在画中植入一些腻歪的元素不同，我用一种空白手法给画面带来惊喜。我记得只是在一张画稿当中，凌

---

① 巴利纽拉斯（Palinurus），古罗马诗人维吉尔（Virgil，公元前70年—19年）所著史诗《伊尼特》（Aeneid）主人公伊尼斯的船上的舵手。

乱的床上扔着一面镜子,萨博的一只脚从镜子中反映了出来。

我不应该讲出来吗?不,绝不。我还应该说,有时候她中断了我的工作,我无法集中在人物上,而是走向她的身体,嗅它的味道并触摸它。我力求有序地进行,爱抚她,从头发开始,吻到脸颊,从脖子向下,直到胸前。我亲吻着她挺起的乳头,那是小山丘的最高峰。到了肚脐,我再次停下,来衡量她的身体到底有多深奥。我把手指贴近肚脐,把舌头伸进那个未知的圆周当中。我让萨博转过身去,使我面对她的臀部。两个腰窝表现出她的松弛。我轻咬她的臀肌,她很享受又很痛苦地呻吟,她发出纤细的声音叫我不要。萨博害羞地伸出手,去触摸我裤子下面的勃起,她的害羞令我陶醉。她快速地把脸颊贴紧勃起的部位,陶醉地嗅它的味道,就好像在闻一种美好的果实。我自己脱下衣服,或者有时候她会帮我,这样我们会很快进入到赤裸相对所带来的令人兴奋的平等状态。然后我们会投入地进行一段性交。我会努力控制自己射精,让萨博达到兴奋的极致。而在高潮之下,当释放一切时,我的眼睛会盯在小猫那深黄色的眼睛上,它在注视我射精的全过程,从最高点到松弛下来。

没过多久,美洲大屠杀的消息就传到了巴黎。就像我说过的,通过西尔维于,我们得知了那些探险之旅,得知对新领土的占领是用令人毛骨悚然的代价换来的。当舅舅给我们讲述征服者如何在一个个土著村落进行屠杀的时候,他气得满脸通红。他驳斥说,虽然皇家的规章和一些神学家的说法表明当地人不仅具有人类的身份,而且是西班牙国王的臣民,因此他们应该得到仁慈的对待,然而在美洲所发生的一切并不是如此。"破坏、谋杀、掠夺,"西尔维于这样说道,"然后,他们发家致富,加官进爵。而我们呢,一无所知,好像什么都没发生，仿佛那些受害者和侵略者的命运都与我们毫不相干。"听闻对那些不幸的总结，我和萨博感到震惊。在一次和西尔维于的交谈之后，我的妻子跟我谈起了她在迪耶普时的恋人。他是一位地图绘制师、画家，并以这样的身份参加了最近一次到佛罗里达地区的远征。因此，当得知佩德罗·梅南德斯·迪阿维莱斯在那里屠杀了成百上千的法国人时，萨博猜想他就在遇难者之列。在那些日子里，我们带着满腔的愤怒，参加了巴黎革命圈的很多次集会。德科利尼将军从圈中站了出来，因为他作为此次远征的资助者，事件的压力都落在了他的肩上。他首先请求国王向西班牙军队发起战争。德科利尼要求带军前往西班牙人活跃的佛兰德地区，这对法国的安全是一个真正的危险。但对一个处于内部分裂状态的法国来说，很难接受这样的请求，从相安无事到直面与西班牙的冲突。佛罗里达的遇害者的家人们也参加了这些请愿活动，在一片哭泣声和呼喊声中，他们要求给亲人复仇。同样，他们还奔走呼吁尽快释放在古巴囚禁的幸存者，他们在那儿做划桨的苦役。人们聚集在卢浮宫对面，举着横幅，上面有被西班牙人杀害和俘虏的人的名字，还有他们的遗物和衣服。"他们在哪里？我们要他们归来。"那些人大喊道，而我就经常在这人群当中。在一个夜晚，我们发动了游行。我们手持点燃的蜡烛，静坐请愿，希望我们亲爱的同胞们能以基督教的方式被安葬，希望能在他们消失的地方建立一座坟墓进行缅怀。然而，人群被暴力驱散，我们带着激化的愤怒和被无能的执政者所完全浇灭的希望，被强制返回家中。有传言说，国王的母后，虚张声势，她拒绝对西班牙的任何军事进攻。相反，她建议两国通过外交使馆和书信的往来，对此事进行公开的声明，以表达一些卑微至极的歉意。而实际上，这些致歉自始至终没有到来。但的确，费利佩二世做了一个虚假的辩解，他说他作为这个世界上天主教秩序的捍卫者，根据神的旨意，下令把异教徒从属于西班牙的领土上驱逐出去。而且法国和西班牙是友好王国，他要履行自己捍卫真正信仰的使命。

就在这些来来回回的政治谎言和虚伪的争辩过程中，我们得知一些参与佛罗里达远征的幸存者回来了。船长雷内·卢杜涅就在巴黎，我们很想去听他要对查理九世国王所作的报告。在西尔维于和他的朋友帕雷医生的陪同下，我们去了卢浮宫，我们都知道帕雷对新教一直很有好感。萨博想跟我们一起去，而且当她发现她的画家朋友就在卢杜涅的陪同人员中时，她的愿望很强烈。

我对这个人的第一印象很矛盾。刚刚结束的旅程在他身体上留下了标记。跟他握手时，我发现他有文身。跟他接触过的人，我们都觉得，他这个样子很像是一种异域特色的载体。而他的另一只胳膊则是完全不同的样子：被火枪打残了。他的名字是雅克·莱莫因，在美洲新大陆的经历已经使他改变了。我们交谈了很长时间，他不停地赞叹，那片土地就像天堂一般。激动的情绪令他手舞足蹈。甚至，我觉得他的亲身经历已经令他有些神志错乱。萨博坦白说，他的朋友变化如此之大，这令她很惊讶。她说自己从未想过雅克能如此疯狂地同意野蛮人的手在他的身体上画画。

在那些抗议活动中，我见过很多次莱莫因。萨博对这位印第安画家的洒脱性格保有一种默默的喜爱，在巴黎的艺术圈里人们都称他印第安画家。我认为在玛格丽特·德瓦卢瓦和亨利·德纳瓦尔①举行婚礼的时候,他还居住在巴黎。但我可能搞错,因为那个人的脚很不安分,从城市的一边走到另一边,从迪耶普到拉罗谢拉,再到鲁昂,发挥着他绘画和绘图的天赋,并在能够展现他在美洲非凡经历的水彩画画法上不断探寻,而在我看来,他并没有找到。另外,我不得不说,他关于在大洋彼岸所发生事情的思考对我来说没什么吸引力。当我回忆起他的面孔、他蓬乱的黑发和深蓝的眼睛,还有他皮肤上留下的几何图形时,我会把对他的描述跟爱出风头的喜好联系起来,用他自己的话来说,就是新事物印在冒险家身上的痕迹。有一次,他拿着他的画本侃侃而谈,他的言论使我厌烦,我批评他说把土著人的人体彩绘和我们的大师在教堂和宫殿所创作的艺术相提并论,未免太过肆无忌惮了。总的来说,我认为这两种表现形式不可以拿来做比较。而相反,雅克不厌其烦地说,印第安人对颜色的把控要比我们好,他们展现出更强的想象力。但是,我的问题加深了他的不满,我问他:"他们懂得肖像和裸体像的透视法和技巧吗?"甚至带有讽刺地猜想莱莫因会把他在现场听过的美洲土著人的诗朗诵与荷马、维吉尔和但丁的伟大诗歌摆在同样的高度。的确,如果不是萨博在中间调解,把我们的谈话引入其他方向,或许我们早就达到了互相攻击的程度。毕竟让一个信仰艺术之伟大的人去赞同那个骨子里对一切伟大都表示怀疑的人,这是不太可能的。

直到今天我还保留着对那些人民的某种怜悯,尽管我知道在内心

---

① 亨利·德内瓦尔,即亨利四世(Henri IV,1553—1610)。1572年,法国王太后凯瑟琳·德美第奇安排波旁家族的代表——亨利·德内瓦尔和她的女儿玛格丽特结婚。1589年,亨利四世为继承法国王位,改信天主教。

深处更多的是同情，我们的社会秩序把他们逐渐从那片土地上抹去。但我毫不怀疑地说，他们生存在一个虽然从某方面引发我们赞叹的大自然的天堂之中，但始终被荒蛮落后所包围着。当然，这些信口开河之言是我在这里写的，莱莫因没有写，这是我的言论优势。但是，如果他能在这里发表观点，我毫不犹豫地认为他会坚信艺术不能以时间发展来论先进或是落后，所以，就好比不能说米开朗基罗和拉斐尔①的壁画比印第安人几个世纪以前在特诺奇蒂特兰城②的庙宇和坟墓上所作的画更先进。雅克也许会肯定地说每一幅作品有自己的思想和语言，它在时间上的连贯性和连续性是使其保持永久的原因。但我们指的又是哪种经久不衰呢？我问自己，特别是当我们的话语如空气随风而逝，而且我们所创建的，包括那些所谓的永久的画作，终有一天会化为灰烬。他相信人类的表达具有永恒的生命力。这种想法只能是一种幻想，一种拉伯雷和我的朋友——多特式的天真。我多么想再次看到，在发生那些不幸之后，我们这代人可以在恐惧、狂怒和无能之间生存。在微醺的状态和我的小猫的陪伴下，回忆着萨博可爱的样子，我们重新开始这类争论。我多么想问他，从当下时间的视角来看，面对一个都市的地狱，而不是一个田园式的天堂；不是绿色的且利于探险的原野，而是一个变成致命陷阱的城市的中心，为什么他认为绘画是比语句更精准的呢？什么样的句子会让他这么想呢？

---

① 拉斐尔·桑西（1483—1520），Raffaello Santi 全名 Raffaello Sanzio da Urbino，常称为拉斐尔（Raphael），意大利著名画家，也是"文艺复兴后三杰"中最年轻的一位，代表了文艺复兴时期艺术家从事理想美的事业所能达到的巅峰。
② 特诺奇蒂特兰（纳瓦特尔语：Tenōchtitlan）是墨西哥特斯科科湖中一座岛上的古都遗址，位于今日墨西哥城的地下。约自 1344 年至 1345 年阿兹特克人于此统治墨西哥，直到 1519 年被西班牙人征服。

这是雅克·莱莫因、卢杜涅和另外两位幸存者，尼古拉斯·查勒和克里斯托夫·莱布雷顿讲的故事，他们讲述了在大洋彼岸所发生的悲剧之惨烈。那场大屠杀让我们看到了天主教军队实行的肮脏战略。佩德罗·梅南德斯·迪阿维莱斯在清晨攻进佛罗里达城堡，对居民展开大屠杀，他的部下曾劝说他，里面的居民毫无防御，而他却没有理睬。在堆满尸体的断头台上，迪阿维莱斯毫不犹豫地下达口令：斩首，不是因为他们是法国人，而是因为他们是路德教的。卢杜涅、莱莫因，还有几个活下来的人得以回到欧洲。然而在大西洋那边，在新法兰西领地和西班牙的触角之间，那位去接替卢杜涅的船长让·雷布永远留在了那里。在那个历史与大自然的地牢里，近五百人和他一同死去了。

那些事件骇人听闻。他们说一场暴风雨突袭了雷布的船队。卢杜涅在卢浮宫受到冷遇，尽管他争辩说当时恶劣的天气已经很明显地在地平线上显露出来，而且他极力主张不在海上追击西班牙人，他的意见是从堡垒迎击敌人并展开陆战。持续多日的暴风雨最终将法国人驱散了。没人知道在沉船事件后两支队伍是否汇合去对付迪阿维莱斯。莱布雷顿说他们没有联合起来，两队各自争取返回已经落入西班牙人之手的堡垒。莱布雷顿的证词似乎更可信，因为他历经三次大屠杀最后幸存了下来。他讲述的时候，声音伴着哭泣断断续续，"为什么我活了下来？"他问道。集会现场被一片沉寂所笼罩，只有他跟上帝的一句发问打破了这种气氛。但是，回答很简单：莱布雷顿之所以活下来，是因为他是个木匠。迪阿维莱斯最终放他回堡垒，是为了让他帮助重建城堡的工作。再后来，他被发配到哈瓦那，然后从那又到塞维利亚的监狱，在那里，法国驻西班牙大使馆的领导层得以将他解救深处更多的是同情,我们的社会秩序把他们逐渐从那片土地上抹去。但我毫不怀疑地说,他们生存在一个虽然从某方面引发我们赞叹的大自然的天堂之中,但始终被荒蛮落后所包围着。当然,这些信口开河之言是我在这里写的,莱莫因没有写,这是我的言论优势。但是,如果他能在这里发表观点,我毫不犹豫地认为他会坚信艺术不能以时间发展来论先进或是落后,所以,就好比不能说米开朗基罗和拉斐尔[①]的壁画比印第安人几个世纪以前在特诺奇蒂特兰城[②]的庙宇和坟墓上所作的画更先进。雅克也许会肯定地说每一幅作品有自己的思想和语言,它在时间上的连贯性和连续性是使其保持永久的原因。但我们指的又是哪种经久不衰呢?我问自己,特别是当我们的话语如空气随风而逝,而且我们所创建的,包括那些所谓的永久的画作,终有一天会化为灰烬。他相信人类的表达具有永恒的生命力。这种想法只能是一种幻想,一种拉伯雷和我的朋友——多特式的天真。我多么想再次看到,在发生那些不幸之后,我们这代人可以在恐惧、狂怒和无能之间生存。在微醺的状态和我的小猫的陪伴下,回忆着萨博可爱的样子,我们重新开始这类争论。我多么想问他,从当下时间的视角来看,面对一个都市的地狱,而不是一个田园式的天堂;不是绿色的且利于探险的原野,而是一个变成致命陷阱的城市的中心,为什么他认为绘画是比语句更精准的呢?什么样的句子会让他这么想呢?

[①] 拉斐尔·桑西(1483—1520),Raffaello Santi 全名 Raffaello Sanzio da Urbino,常称为拉斐尔(Raphael),意大利著名画家,也是"文艺复兴后三杰"中最年轻的一位,代表了文艺复兴时期艺术家从事理想美的事业所能达到的巅峰。

[②] 特诺奇蒂特兰(纳瓦特尔语:Tenōchtitlan)是墨西哥特斯科科湖中一座岛上的古都遗址,位于今日墨西哥城的地下。约自1344年至1345年阿兹特克人于此统治墨西哥,直到1519年被西班牙人征服。

这是雅克·莱莫因、卢杜涅和另外两位幸存者,尼古拉斯·查勒和克里斯托夫·莱布雷顿讲的故事,他们讲述了在大洋彼岸所发生的悲剧之惨烈。那场大屠杀让我们看到了天主教军队实行的肮脏战略。佩德罗·梅南德斯·迪阿维莱斯在清晨攻进佛罗里达城堡,对居民展开大屠杀,他的部下曾劝说他,里面的居民毫无防御,而他却没有理睬。在堆满尸体的断头台上,迪阿维莱斯毫不犹豫地下达口令:斩首,不是因为他们是法国人,而是因为他们是路德教的。卢杜涅、莱莫因,还有几个活下来的人得以回到欧洲。然而在大西洋那边,在新法兰西领地和西班牙的触角之间,那位去接替卢杜涅的船长让·雷布永远留在了那里。在那个历史与大自然的地牢里,近五百人和他一同死去了。

那些事件骇人听闻。他们说一场暴风雨突袭了雷布的船队。卢杜涅在卢浮宫受到冷遇,尽管他争辩说当时恶劣的天气已经很明显地在地平线上显露出来,而且他极力主张不在海上追击西班牙人,他的意见是从堡垒迎击敌人并展开陆战。持续多日的暴风雨最终将法国人驱散了。没人知道在沉船事件后两支队伍是否汇合去对付迪阿维莱斯。莱布雷顿说他们没有联合起来,两队各自争取返回已经落入西班牙人之手的堡垒。莱布雷顿的证词似乎更可信,因为他历经三次大屠杀最后幸存了下来。他讲述的时候,声音伴着哭泣断断续续,"为什么我活了下来?"他问道。集会现场被一片沉寂所笼罩,只有他跟上帝的一句发问打破了这种气氛。但是,回答很简单:莱布雷顿之所以活下来,是因为他是个木匠。迪阿维莱斯最终放他回堡垒,是为了让他帮助重建城堡的工作。再后来,他被发配到哈瓦那,然后从那又到塞维利亚的监狱,在那里,法国驻西班牙大使馆的领导层得以将他解救出来。

在短短的几个星期之内，两支队伍先后遭遇了迪阿维莱斯的军队。这个西班牙人以精准的计策让天真的法国人倒下了。两边的毁灭方式如出一辙。新教徒已经筋疲力尽，丢盔卸甲，忍饥挨饿，于是派使者去面见迪阿维莱斯，西班牙人要求他们投降，然后放他们一条生路。法国人相信了他的话，毫不犹豫地投降了。西班牙人立即捆上了他们的手。这样快速的行动很有嫌疑，他们便问为什么要这样对待他们，迪阿维莱斯回答说是为了避免在接下来的行程中有人逃跑。大概有二百多个法国人，被捆好之后，等待他们的竟然是屠杀。他们一个接着一个被斩首，从背部刺死或者被砍头。只有很少人躲过此劫：未成年人和在慌乱中决定改变信仰的人。

紧接着，让·雷布统领的第二支队伍来了。有人从刚刚躲过的屠杀中幸存，加入到这位船长的队伍。因此，他对之前发生的占领城堡和屠杀事件已有戒心。向迪阿维莱斯投降，相信他的诺言就等于落入了致命的圈套。雷布带着八个人的队伍，穿过把他们和西班牙人隔开的海湾，试图进行谈判。雷布说两个王国是互相帮助的兄弟，而迪阿维莱斯把他们当做敌人，这样做是不合理的。西班牙人对这个说法很不屑，还提供给他们水果和葡萄酒来减少他们的疑虑，迪阿维莱斯说他视这些人为胡格诺海盗，就算破例也是建立在这个条件基础之上的。雷布请求他赐予一条船，让他的人可以回到法国。迪阿维莱斯拒绝了，并且嘲笑了他过分的要求。这个法国人已经陷入了又一个陷阱。他给了西班牙人一万多杜卡金币，想要换取剩下船员的自由。迪阿维莱斯视这种交易为侮辱，他轻蔑地呼喊，法国人只有一种选择，那就是投降。但他再一次保证会留着他们的性命。雷布带着手下再次穿过海湾，与他的人进行了长久的商议之后，做出了决定。很难得知，一只马鹿倒在狮子的爪下之前是什么感受。带着疲惫、饥饿和迫不及待回到家并重新和家人在一起的希望，这些不幸的法国人百感交集，他们去探险、去寻找黄金，却迎面遇上了卑鄙之徒。

认识雷布的人都认为他是一名专业的水手、一位真正的军事家、一位可敬的新教徒。这位好船长，或许只是一心想救自己手下的生命。而迪阿维莱斯在海湾的另一边，高举着自己的承诺。一些法国人嗅到了危险的临近，他们逃跑了。然而，雷布和他仅存的军队选择了另外一条路。他将了将长长的胡须，整理了一下扯破的衣衫，拿起皇家军旗、剑、匕首、头盔，还有那个写着德科利尼将军命名他为远征船长的大印，而此次征程即将走到终点。当雷布在法国人自己的船上把全部这些交给迪阿维莱斯时，西班牙人开始搬运东西，并十人一组押送决定投降的法国人。他们把投降者的手捆住，以防任何的逃跑企图。雷布想要反抗，但又有什么用呢？粗略估计，大约有二百人被带到一片有助于军事操控的海滩上。迪阿维莱斯问他们是否有意愿重回天主教的怀抱，否则等待他们的将是凶险的下场。由于没有任何人向前走一步，迪阿维莱斯就诅咒他们，骂他们是异端者，是暴徒，并以费利佩二世的名义判处他们终身监禁。这之前，出于一种突来的仁慈，迪阿维莱斯从人群中拉出了几个看上去还是青少年的孩子。雷布是第一个人，西班牙人让他站在人群最前面。迪阿维莱斯上前想要和他说些什么。但是，这位船长坚决地打断了他。他说："请你记住我。"然后他就高声吟诵圣歌里面的诗句："请你怜悯我们，我们的主啊，请你怜悯，我们的灵魂被装满蔑视、辱骂和趾高气扬的傲慢。"但是，他的声音消散在浩瀚、明媚的日子里。莱布雷顿说正当雷布高喊伟大的胡格诺法国时,匕首刺进了他的胸膛。雷布倒下了,接着被很多剑刺死。很快,其他人也重蹈覆辙,鲜血染红了沙滩。后来在查勒发表的请求状中看到,雷布的下巴被切掉了,头被割成了四份,悬挂在城堡附近的示众杆上,城堡已经是西班牙人的了。

有时,我梦见自己看到了在不眠时永远见不到的景象。它们就像一个不清晰的浮雕出现在我的梦里,至少是在我前几次的梦境中。凭借着它的反复出现,我开始赋予它某种特点。它有时是我的影子,它飞越海滩和岛屿,海湾和潮淹地带,追寻着某种信号、某种印记、某个词语。然而,我什么都没找到。没有任何沉船的残骸。煅烧过的沙子里也没有任何掩埋的遗骨,甚至连一滴血的痕迹都没有,因为它似乎缓解了大地普遍的饥渴。我只相信能感受到,在这样荒无人烟的地方,风吹着,大海的声音在不知疲倦地回响,仿佛海水欲把波涛变成天然的诗歌,来慰藉累积的和反复袭来的伤痛。我的影子在寻找过去大屠杀留下的痕迹。而那首诗歌说,一切结束之后,那些哀痛终将在遗忘中熔化。当我醒来时,很多次唇间吐露着这样的话语:"请你记住我。"

也许我需要说明,梦里的一切与复仇无关。如果什么时候我怀有这样一种情感(因此我问自己是否在遭受了圣巴托洛缪的痛苦后有了这种感受),我相信我永远不会把它具体化。或许那就是我多重懦弱的一面。很多次,当我一个人在日内瓦,没有萨博和她腹中的孩子,没有任何一幅我的画和画布时,我就责备自己缺乏憎恨,没能力拿起一杆戟或一条枪加入到复仇军当中。然而,就像在荒谬的世界舞台上经常发生的一样,其他人必须去替佛罗里达大屠杀的直接遇难者复仇。

这次是一次个人行动。我记得当这个复仇的消息传到巴黎时，我有种奇怪的预感。新教徒中掀起了一片毫无保留的、高涨的热情，因为终于有人决定，既不理会宫廷错综复杂的手续，也不去管军事高层的诏令，而是按应有的方式开始行动。这位英雄叫多米尼克·德·古尔戈斯，至少在投身战争的人当中，他的生涯可谓充满不幸，也有很多英雄壮举。如果我没记错的话，他出生在蒙德马桑，效忠过三位法国国王。他出身于一个圭亚那的贵族家庭，在德国和佛兰德的领地为洛伦家族工作过一段时间。西班牙人曾把他囚禁在锡耶纳，在那里他曾无畏地与美第奇家族作斗争。他被判去给帆船划桨，来替代因在意大利城的抵抗而被判处的死刑。很可能从那时起，他面对鞭打的耻辱，开始对和西班牙有关的一切积存怨恨。土耳其人曾把他关押在君士坦丁堡，后来又释放了他。在那之后，通过一些经济往来，他加入了马耳他军队，并且尽管带着愤懑，却完好地归来了，除了没回到自己的家乡。他脑海中向往着非洲的海岸，并设想从那里登船去巴西，走私黑奴，大赚一笔。但是，就在那时阿维拉斯大屠杀的消息震动了他。他的情绪充满了愤怒，他认为自己的时机来到了。起初，在一种焦虑的惊骇中，他对这个冷静的信念犹豫不定。后来，他平静下来并做出了决定，就仿佛这是天地之间的一个号令。他卖掉所有的财产，并说服自己的兄弟给予他部分财产，用以资助他的远征。但是他没有说出自己真正的心思，也没人知道他复仇的目的。古尔戈斯看起来总是沉着镇定，谈论着自己的旅程，他的目标是到达佛得角的非洲海岸，他要装上一船黑奴把它们卖到美洲去，然后赚得巨大的利润。而且，谁会去怀疑这么一个毫无污点的、忠诚于天主教的知名绅士，他会针对西班牙做什么可怕的事情呢?

古尔戈斯弄到了三条船,雇佣了二百多人,然后在波尔多出海了。他履行了自己的誓言,装载了黑奴并在安的列斯群岛把他们卖给了一个西班牙走私犯。于是,在古巴岛的附近,古尔戈斯揭开了自己的复仇计划。海员和士兵们听到他的动员演说后,都表示支持。在古尔戈斯的激励之下,他们在岛上登陆并向佛罗里达海岸进发。古尔戈斯带着一个卢杜涅的旧部下,他的经验至关重要,可以使船只傍靠在有利的地理位置。古尔戈斯口才好且组织力强,很快拉来了当地的印第安人站在他的一边,这些土著人有足够的理由憎恨手段残忍的西班牙人。一支由两千多印第安人组成的庞大军队迅速组建了起来,古尔戈斯的复仇计划实施了。就这样,一支新的增援军被他们剿灭了。古尔戈斯精心挑选了其中的很多西班牙人,大概有三十个,并实施了绞刑。在那些尸体上,他留下了一张说明字条:杀死他们不因为是西班牙人,而因为他们是叛徒、盗贼和凶手。

费利佩二世得知此次复仇行动,下令严惩这位圭亚那罪犯,甚至出高价买他的项上人头。因此,不管哪一个法国的天主教徒或新教徒,如果他们血脉中没有流淌着一点点爱国之情,一定会很愿意接受这一大笔钱。是的,查理九世答应要惩治凶手,至少这样的传言到处都是。然而,实际上并非如此,所发生的事情很好地定义了那些日子发生的事的影响力。在拉罗谢拉和波尔多,人们以对英雄的礼遇迎接了多米尼克·德·古尔戈斯,为他欢呼并设宴款待。还有更讽刺的,据说法国国王在公开场合关注了他,并在私下里骄傲地拍了拍他的肩膀。他的事迹不是一个秘密,他是我们日常交谈中反复提及的人物。尽管古尔戈斯的英雄行为在欧洲新教徒中引起了一片敬仰之情,但不可否认他实施了复仇行动,在鲁昂王室的庇护下,他在其宫殿里躲避了一段时间,直到他被任命为一支舰队的将军,这支队伍即将迎战费利佩二世的军队。他必须去巴黎,然后奔赴图尔,登船之前需要在那里办理一些手续。然而,一种突发的疾病把他从这个世界带走了。一些人感谢那个意外的身亡,也有人深表遗憾。

我应该解释一下为什么在这些复杂的美洲事件上费了这么大篇幅。也许是因为在他们的发展历程中我可以预见一些后面要发生的事情。或许我这么做是因为,在与那时关系比较近的人交谈时,发现这些运动或早或晚最终都被镇压。而且,我觉得叙述那片遥远海滩上发生的事能让我充满力量地去回忆自己在巴黎最后的那段日子。这些文字的读者很可能会明白,在王国的首都,新教徒和天主教徒平日生活在何等的紧张局势之下。起初的日子很不太平,于是查理九世颁布了圣日耳曼法令,给了我们某种保护,并试图促进对立派别间和平共处。然而这种和平弱不禁风。比方说,西尔维于那时感到极度害怕并且尽量在晚上几点钟之后不出门。不仅有常见的犯罪行为,歹徒们抢夺披风、钱和珠宝首饰,而且更严重的是我们可能遇到毫不妥协的天主教武装团伙和吉斯家族①的追随者。宗教游行薪火相传,照亮着不幸的十字架。滑膛枪突然走火,在露天或者朝着某扇门和窗射击。蒙面团伙向胡格诺派高喊死亡口号。有的信徒脖子上挂着念珠、鞭笞自己借以赎罪,还有些执着的信徒连续敲响僧人的木铃和手鼓。事实上,一个人永远无法适应这样的氛围,耶稣作为所谓的宇宙和谐的象征,他是激起怨恨的火。然而,面对这种谵妄的平等,我们这些异类

---

① 吉斯家族(Maison de Guise),法国著名的贵族世家,其成员出任吉斯公爵和吉斯枢机主教在中古法国有很大影响力。

心中存有一种抵抗性。毫无疑问，这种抵抗性是我们的护盾。我们可能更晚才会意识到，这个指向如此清晰，以至于我们确定所有人都知道新教的追随者生活在哪里。在教堂的讲道台上，西蒙·维格尔、阿迪斯·迪塞尔和雷纳·贝诺斯特称我们为精神麻风病人。迪塞尔说他在巴黎的上空看到过一条七头的龙，很像《圣经》启示录里提到的那个，看起来就像要扑向我们。维格尔自信地夸夸其谈，说天主教和新教之间的和平协议是一支可憎的火把，最终将毁掉法国。对他来说，和平是对神明的亵渎，是一种可耻的顺从，是无比的懦弱。只有战争是公平的，也是唯一能够除掉异教这一污点的方式。在位于圣雅克街的克莱蒙的公教会，依纳爵·罗耀拉①的修士们讲经布道，称其精华深深扎入了特伦托会议②的规定当中。当我们去参加我们牧师的讲经会时，受到了严格的监视。最令我们信服的牧师叫乐博，他毫不犹豫地支持伊拉斯谟③的主张，他呼喊没有比眼看着一个基督教徒与另一个基督徒决斗更可悲的奇闻了。乐博问我们，波斯帽与头盔，牧师的手杖与剑《福音书》与盾牌之间都是什么关系呢？但是，我们没有跟其他人一样以获得最低限度的自保，而是无所畏惧地穿着自己的服饰。看到这些黑色的装束，这些人立即告发了我们。为了否定这一

---

① 依纳爵·罗耀拉（依纳爵又译伊格那丢，1491—1556），西班牙人，耶稣会创始人，罗马公教圣人之一。他在罗马公教会内进行改革，以对抗由马丁·路德等人所领导的宗教改革。
② 特伦托会议（又译脱利腾会议、特伦多会议、特伦特会议、特利腾大公会议或天特会议），是指在特伦托和北意大利的波隆那在1545年至1563年间召开的大公会议。这个会议是罗马天主教会最重要的大公会议，促使这个会议的原因是马丁·路德的宗教改革所带来的冲击，也有人把该会议形容为反宗教改革的方案，因其代表了天主教会对宗教改革的决定性回应。
③ 德西德里乌斯·伊拉斯谟（又译埃拉斯默斯、伊拉斯默斯，史学界俗称鹿特丹的伊拉斯谟，1466—1536）是中世纪尼德兰（今荷兰和比利时）著名的人文主义思想家和神学家，北方文艺复兴的代表人物。伊拉斯谟是一个用"纯正"拉丁语写作的古典学者。尽管伊拉斯谟终生都是一个天主教徒，但他尖锐地批评了当时他认为骄奢过度的罗马天主教会，甚至拒绝接受其授予的枢机职位。

切，我们成了挑衅者，但我们存活了下来。之前，在恩里克二世的命令下，我们只有两种选择：流亡或入狱。现在我们前进了一步。我们被勉强地接受了，甚至被允许工作。这方面有太多的要说，而至少我可以去做事情，并从劳动中得到了些许满足。

我最后一个计划就是画这座城市。我无法确切地说出，从何时起我开始放弃了画萨博，她的手和脚占据了我大量手稿，而是开始观察街上发生的事情。我需要走过街道，进入它的机体，更好地与户外面对面。我感到热情洋溢，而且为在巴黎到处闲逛感到十分满足。我不觉得空间狭窄和有限，也不觉得有任何狡诈与罪恶，没有任何视觉感受令我恶心或者觉得疏远。相反，我的眼睛对一切充满强烈愿望，我的渴望是全方位的，而且只有不知疲倦、来去匆匆的人们才能减缓这种欲望。然而我知道，去试图解释自己这份热情，我又错了，就如同在萨博的陪伴下我所找到的那种安静与远离感促成了一个人的嘈杂与不安，貌似这比我们有限的生命所带来的后果更严重。用这个城市的大门和城墙来划定的话，它是没有尽头的。我冲进在圣雅克街两边的街道，仿佛进入了迷宫。最后，在圣塞维林和圣吉纳维夫的岔路上迷失了，在那里聚集着很多古董店铺。然后我去了郊区——圣马赛尔和圣维克多，那里充斥着贫穷和商业的悸动。我带着纸和笔走遍天普、圣马汀和圣丹尼斯的主干路，丝毫不觉疲倦。走过它们的时候，我感觉自己穿越了巴黎真正的心脏。当我想为作画寻找一定距离时，我走向了塞纳河。这条在后来注满鲜血的河流，反映了我收入视角的广度。

我开始明白了，整个城市就是一个双面的硬币。这面生长着天使，那面滋生着恶魔。这边突然萌发光亮的智慧，那边则是冒出糊涂和愚蠢。寺庙的宁静总是伴着妓院的骚动。在这个角落，老人结束了他的苦难轮回，而另一边，降生了勇敢无畏的孩子。我的画室渐渐布满了展现法国多重的、矛盾的和互补的各个侧面的作品。因为我的手法太过强烈，在杂乱无章中必须要构建起一定的规矩和分寸。我又积累了大量描绘教堂正门、教堂的系列怪兽、宫殿的墙面、桥上的房屋和河里的驳船，以及面包、布匹和肉类商贩的标牌等的画作。剑、戟、匕首和猎枪，还有四角帽、项链、念珠和斗篷，也需要一定的规范。我的画廊还堆积了一些画：穿着教士服、拿着书的牧师，衣衫褴褛的乞丐，穿着披风、带着珠光宝气的短剑的绅士和背着工具的手工匠。我对关于街头巷尾那些行当的插画记忆犹新，因为萨博非常喜欢。在位于比西门的我们的家里，我来画，萨博来猜这些行当叫什么，她用优美的辞藻给这些场景起了名字。卖煤的人、薰衣草商人、锡匠、街道看守者、卖菜的、卖筐的、卖扫帚的、玻璃匠、锁匠、刀匠、屠夫、奶酪商贩、卖唱的、挑水的以及卖酒的商人。

我无数次地问自己，用各个组成部分构造这座城市的计划到底指向哪里？尽管有所遗失，因为我的眼睛和手毕竟有自己的局限性，在当时的巴黎，我是不是唯一一个欲将展现它不可估量的本质的人？当然，我没有忘记那些著名的艺术家的付出。或许，其中最有名的当属安东尼·卡龙①。然而，我并不喜欢他描绘浮夸的宫廷仪式时矫揉造作的装饰风格。我看过一些他的古老的节日画和沙场画。那些宽阔空旷的广场，有带寓意的人像和适量的罗马柱庇佑，对我很有吸引力。有一幅他的画令我很不安，画的是一群天文学家在观察一个椭圆形。这些地球上的智者，分成两组，站在他们的测量仪中间，并指着上方。

---

① 安东尼·卡龙（1520—1598），文艺复兴时期法国著名画家，他的画属于枫丹白露画派的矫饰风格。

在他们的那边，天空反射出火灾的映像，密密的云层中挂着一弯月亮，它在一旁窥伺着一切。看到这个画面，我感到莫名的激动，或许那就是我现在所想的，它的气氛就是接下来日子的前兆。令我眼花缭乱的还有让·古戎①在圣伊娜宋墓地雕刻的汲取清泉的仙女们。她们穿着打湿的长衫，在石刻上显现出透明的效果，纤长的胳膊和美腿，同时又显丰润，这些女性让我感到既害羞又无比渴望。她们的臀部和胸前是被风吹动的麦穗，或者是一串串饱满的葡萄。我的嘴唇很想去汲取石雕上的汁水，可能的话，希望得到那些藏在雕刻的轻微褶皱下面的馈赠。这些是女性的娇体，是山林水泽里的仙女，她们的裙子就像晨昏时分林荫路上耀眼的光辉。我记得，看了古戎的雕塑我感到十分惬意，但对自己的画越发心怀迫切。我心里确实有了一种难过之感。我常自语，或许我正在做的是一个繁重的枷锁、一种夸张的列举、一个布满了无用分格的舞台。当我重新审视自己的作品，我确定自己所追寻的神奇的百态浓缩正在悄然显露。但是，我能完成这样的重任吗？如果有一天有人看到我的画，真的能认为我概括出了这座城市吗？

不管怎样，在这个计划的实施中，展现出一个如此不同的巴黎，还是很奇怪的。不过，只应去想象一个画家，他在努力去表现他所居住地方的生命力，去设想他被一个不可能实现却可以为人理解的愿望所驱使，去看到他沉浸在劳作中，而那只不过是在流逝的时间面前自己唯一的见证；只看他沮丧和开心就好，因为那些画征服了这个艺术

---

① 让·古戎（Jean Goujon，约 1510—1566）16 世纪法国著名的雕塑家，法国文艺复兴雕塑的代表人物。1510 年生于诺曼底，1540 年—1542 年在里昂工作，1544 年到巴黎，1547 年成为"国王雕刻师"。在巴黎期间，曾与著名建筑师埃尔·莱斯科合作建造卢浮宫，并为卢浮宫作装饰工作。

家，而不是其他的，只要带着他的作品所汇集的淳朴去相信他美好的、但实质上却是低产的愿望就够了；只要带着城市渴望毁灭与死亡的另一面去面对他就好了，也许这样，当圣巴托洛缪暴乱发生的时候，我和我作品的遭遇也就能被理解了。

我有自己的记忆，但那是不足够的，因为它是我个人的，而且被伤痛包裹。在日内瓦，居住着很多同样从那个巴黎的夏天逃出来的人。年轻的牧师西蒙·古拉特一段时间以前来帮助我，使我竭力投入到创作展现那次事件的作品之中，他采访了众多的暴动见证者。古拉特认为，比如说，最基本的是倾听他们各自不幸的遭遇，但不只是听，而且要写下来；要尽最大努力去了解这样的证据并作为记录保存下来，留给后代。另外，这也是古拉特试图说服我再次动笔画画的理由。他认为艺术必须去揭露这个世纪的撕裂。然而，我比较赞同的观点是，真正的艺术应该独立于那些危险事件之外，应该在面对美丽之谜和美之协调时走在前面。古拉特认为我们要去发起一场可以获胜的宗教和政治斗争。而我认为我们唯一有义务进行的斗争是向人们展现自己的疯狂与绝望，所有在那些战场上取得的胜利都是骗人的。可能与他的职业有关系，古拉特坚持认为革新世界是可行的。尽管我行事比较保守，但我没有无视自己生活过的城市，我毅然认为那里每一个有信仰的人并且但愿有一天所有的人，都能一下子明白在安静与孤独中与上帝对话才是明智的，而不是大声宣扬出去，就仿佛那是大家共同的兴趣所在。不管怎样，一想到有一天会看到我画的那些可能成为证据的一双双眼睛，我就不寒而栗且犹豫不定。一方面，我坚信牵涉进那些人挑起的骚乱中是不好的，那些微不足道的人如同一缕轻烟，终将在空气中消散。另一方面，我问自己，把我流放的经历置于被放逐并且至今未豁免的无依无靠的人们面前做什么呢？画一幅油画能够治愈我尚未愈合的伤口和日内瓦的同代人所遭受的痛苦吗？我还会问自己，如果一幅画就这样成为一系列悲剧的象征，它能给自己带来一句来自侵略者的简单但必要的安慰之语吗？那么，我的痛苦的呼喊是宽恕吗？然而古拉特这么想也是情有可原，他认为宽恕不仅仅来自人类，更是只有上帝才能给予我们的救赎。

大屠杀之前的日子里，巴黎是一片节日气氛。几桩皇家的联姻试图和解家族间的矛盾，一些历史遗留的分歧已经将法国置于无休止内战的绝境。这几场婚礼发生在带有复仇色彩的斗争过程当中，战斗一场比一场更富进攻性，直到几项协议的签署在几个月的时间中暂时阻止了流血冲突。谁会想到这么一个繁荣的、值得称颂的地方将要经历这样的苦难？虽然我更倾向站在改革派的一边，但是面对我们做的那些过分的事，我也不能做到视而不见。到处充斥着他们的暴行，仇恨扎在我们的心上。在我看来，我们是在为一些不值得大动干戈的问题自相残杀。做弥撒有没有用？存在炼狱吗？它是一个神奇的地方吗？有必要为死去的人祈祷吗？是否应该把他们放在坟墓中让他们永远地安息？《圣经》说的都是真的吗？它也许只是罗马教会的一个象征？圣餐中真的有上帝吗？还是说它仅仅是一块没有发酵的面包而已？圣巴布罗说上帝的爱是无私的，是对的吗？当神父标榜自己做忏悔的德行时，他说的是事实吗？可能我的语气有些不合适，一些人认为是由于对上帝的渴望，也有人认为是来自精神的焦虑。但我会尽量保留自己的想法，并且尽可能不去激怒别人。也许那就是动荡年代的经历留给我的教训吧。我可以很确定地说，新教的军队已经满腔热情地高举路德和加尔文的大旗。因为这些年也让我更加确信，没有比日复一日地挑唆我们向另一教派复仇更加暴虐的专制了。

婚礼举行了。这让我们相信战争已经走到了终点。我们是多么的天真,竟然没有意识到事实完全相反,在那些面具、舞蹈和宴会背后,恐怖之神已经做好迎接我们的准备。事实上,那些奢华的装饰和寓意画,萦绕在耳边的诗歌和音乐,海神和帕纳萨斯山诸神,种满鲜花和仙女婀娜的花园,以及见证法国和平降临的十二宫大星盘,所有的一切并非藏在和谐的梦里,而是暗藏着犯罪的阴谋。新教的领导层被召集到巴黎。太后和他的儿子大肆鼓吹乐观形势的征兆,并立下誓言,承诺对德科利尼将军的人实行和平政策。塞纳河上到处是寻找船只的人群,他们的好奇心也已涌入到婚礼的狂欢之中。我,还有西尔维于和萨博,也受到流言蜚语的蒙骗。我的舅舅对他的意大利黑色坎肩很满意,那是他在圣雅克门小贩那里新买的,还有那个插着鸵鸟羽毛的礼帽。萨博穿了一条玫瑰色的裙子,袖子是丝绸布料的,某种程度上使她怀孕的状态更加明显。我穿着一条白色的裤子和一件宽大的绿色亚麻长衫,戴着一顶橙色四角帽。当西尔维于看见我,他用轻蔑的眼神瞟了一眼我和他差距甚远的装束,我这身打扮根本无法与他外科医生的庄重和新教徒的标志胡须相媲美。我们在门口耽搁了一会儿,看了看巴黎圣母院门廊处竖立的讲台,瞻仰了一番围绕着它所散发出的人性光辉。从远处,我们就看到了玛格丽特·德瓦卢瓦,她身披紫色天鹅绒,身上装饰着蓝宝石和钻石,闪烁着耀眼的光辉。虽然人们手中不计其数的扇子在努力缓解空气的燥热,但整个空间还是被热气充斥着。武器反射出耀眼的光芒,加剧了人们躁闷的情绪。我期待找到一种没有裂痕的完整快乐,然而,连马儿都躁动不安,可以毫不夸张地说,这样焦虑的气氛令它们频繁地拉屎撒尿。在各派别的一面面旗帜中间，我们看到伴娘们围着新娘子，勇敢的男子们在这斗鸡般的氛围里陪伴在波旁家族的年轻王子身边。那边，在低声议论着的人群中，号声响起，以示王室出场。所有人都在他们缓慢而潇洒的脚步前屈身下跪。在一群武装的天主教徒中，有人朗诵龙沙①的诗句，用赞颂来包裹自己，诗中说胡格诺教徒成为科学家不需要太多经验，甚至无知的理发师和粗鲁的泥瓦匠一天就可以成为大臣。西尔维于听到这样的颂词，浑身瘫软。他反驳道早晚会有在艺术上和哲学上的精英投进新教的怀抱。就在天主教徒们愈发大肆嘲笑舅舅的话时，萨博突然昏倒了。

于是，我们决定回家。西尔维于建议她静养。听到舅舅的建议，萨博请求我送她去她的阿姨那里。一开始，我反对。但是她提醒我，我需要马上交付那些肖像画，画的订单都已经支付过了。如果我只是一个人，没有背负对她和家庭琐事的责任，也许我会达到油画的巅峰。她阿姨的家比我们自己家近多了，我们把萨博送到了那里。晚些时候，我拖着疲乏困倦的身体，在深夜给她送去了一些用品。看到她下午惨白的脸上已经有了淡淡的血色，脸色逐渐恢复正常，我的心平静了下来。

当我完成最后一幅画像时，加斯帕德·德科利尼将军受伤的消息已经在巴黎传开了。从一扇窗里发射出的火枪弹打断了他的一根手指并穿透了他的左臂。此时，他在贝茜茜的家里，感到极度愤怒和无能为力，他的手下照看着他，怕这次袭击被彻底利用来兴风作浪。他们没有错。还有消息在谴责亨利·德吉斯的罪行。西尔维于义愤填膺，

---

① 比埃尔·德·龙沙（Pierre de Ronsard，又译作龙萨，1524—1585），法国诗人。

他和帕雷一样，是负责照顾德科利尼的医生之一。那天是我最后一次看见他。他拿着治疗的工具箱，走进我的工作室，给我讲述了发生的一切，并提醒我不要上街。"你最好给萨博送去消息，也让她不要出门"，他说，"等到这次袭击事件引起的风波平息了，我们再见面。"我询问他的安全问题，他微笑了一下。他说在这种情况下医生通常是最后才被肃清的。而他没有完全说错。后来，我在日内瓦得知了他难以置信的人生结局。随着大屠杀的展开，西尔维于在一个天主教徒同事的家里藏了些日子。然而，有人举报了他。在皇家学院那边，他被驱街示众。在辱骂声中，他们脱光他的衣服，用刀尖划开他的肚子，还有一群巴黎医学院的学生用鞭子抽打他的身体。在那些博学老师们的煽动下，他们认为西尔维于·杜波伊斯身上带着双重的邪恶。他不仅是个改革派，而且是一个高傲的医生，他总是蔑视大学的方方面面。

接下来，直到圣日耳曼奥塞尔教堂的钟声敲响，发出狂乱暴动的信号，再回忆这段时间的种种细节还有意义吗？或许有意义，但是，除了顺着这些线索继续延伸一种难以忍受的不安状态，其他什么也得不到。因为这种恐惧已经深深地扎进我的心里。一种强烈的不安令我无法入睡。当钟声有节奏地、慢慢地在巴黎上空传来，我的目光盯着画像中人物的双眼，脑海中浮现着萨博，耳朵里都是猫咪打呼的声音，小猫就睡在我的腿上。工作室的窗户虚掩着，让在白热中瘫痪的空气可以吹进来。当最后的钟声响过，整个城市陷入了深不可测的沉寂。我想就是在那段漫长的时间里，我看到在天空的云朵上画着一个巨大生物的双眼。但这也许只是我在流放的年月里臆念中的一个想法，使恐怖之上再添恐惧。我知道恐怖一如它通常呈现的样子，不需要开场白，不需要美好的比喻，也不需要晦涩的装饰。恐怖是如此的纯粹而原生，不需要解释，对它的种种形式的描述也无足轻重。恐怖在属于它的时刻到来，使我们沉默不语，使我们眼前失明，使我们束手就擒。

但这之前，我已经试图采取行动。有一个声音告诉我必须而且立即实施。我必须去找萨博，尽快把她接回家。我在绝望中走到了圣安德烈街，转向巴卫街，来到塞纳河边。我发现河上没有船。船都用绳子系着，堆积在对岸。有人让我走回去，因为没有船会正常运营。我请他给予解释，那个男人耸耸肩，说是上面下达的命令。说话的人很高大，看起来被令人窒息的早祷告搞得憔悴不堪，在他胸前留着浓密的毛发，形成一个涡旋。他在咀嚼着什么，我不知道。他双眼深陷，眉毛凌乱并且皱在一起，嘴里一股浓浓的蒜味。这种味道在我的记忆里是一股致命又救赎的气味，而不是后来鲜血喷洒的味道。在返回圣日耳曼郊区的路上，我注意到有行进的影子从街道掠过。我毫不费力地从影子中认出了法国和瑞士卫兵，他们正整装待发，奔赴工作。其中一支队伍，人人都戴着白色袖章，头上戴着绣有同样颜色十字标志的帽子，向我高喊。我没理睬，从非常熟悉的、迷宫般的偏僻小巷里走了出来，回到了家。

首先是马群疾驰而过。很快就有爆炸声陆续传来，甚至达到了战争的频率。在火枪声的间歇里充斥着喊叫声。可以听到大门倒塌的声音，还有窗户伴着轰响声被冲开，有人顺着窗子扑向里面的人、衣物和家具。我充满恐惧，就像一把冷刀凝冻了我的血液。我从没再有过像那天早上一样的惊恐。于是，在我的门被推倒的时候，我有一瞬间的犹豫。我想过冲出去，去面对那些凶手。我甚至在错乱的神志中看到自己与他们打斗，因为我不会使用任何武器。除了萨博做饭用的菜刀，家里没有什么东西可用来防御。我想躲进其中一个衣箱里，那里堆积着我不计其数的画。我想顺着梯子下去，寻找最近的酒室的方向，试图临时躲避在某个葡萄酒桶里面。但是突然间小猫的处境让我僵在了那里。受到突如其来的强烈冲击，小猫向已经被歹徒推倒的大门跑去，它满腔愤怒，直接扑向冲在最前面的那个男人。小猫的嗥叫声透着狂怒和疼痛，原来是歹徒手中的一支戟刺穿了它的脖子。我不知道小猫是如何挣脱的，它带着加倍的愤怒再次发起进攻。眼看着它的牺牲，我突然回过神来，跑到一扇屋内的窗前，谁知道呢，也许是慌乱之下的举动，或者是我的小猫投胎附体，我跳到连着的房顶上成功逃出。

我这些年的成果：油画、木板画、画册、表现我与巴黎紧密关联的大量画稿，在那个礼拜日的早上毁于一旦。我在混乱的遗骸中寻找萨博的面孔，可是没能找到她。在她阿姨家所在的地方，有一片火灾留下的瓦砾堆。我也说不清自己怎么能够在那些地方漫步，还可以完好无损地从那里走出来。我猜想是因为那顶肮脏的天主教的帽子，使我没有被发现。有时，我觉得自己有段时间被关在一间小黑屋里，身边都是受到惊吓的人们，他们在哭。有时，我发现自己在游历圣日耳曼德佩区周边的地方，像一个发疯的流浪汉，到处翻弄那些受害者的尸体。有时，我在巴黎圣母院的桥上，好像受到魔咒的威胁，驮着截成一段段的尸体，然后把它们抛到水里去。我的窘困和悲痛一直在增加，因为在那些尸体中没有萨博。但可能我弄错了，一切都来自我紊乱的思绪。有一瞬间，我不能清醒地确定，我只知道有人拍了下我的肩膀。又是那个高大、多毛、赤裸上身的男人。在塞纳河边，我用几块钱跟他换了一个通行证。我仿佛从昏睡中醒了过来，扑向了现实。

晚些时候，我到了比西门。后来，马儿在被耻辱之光照亮的旷野上疾驰飞奔。再后来，在日内瓦，我开始变成了现在这个幽灵般的样子。

我想否定这种看似光明或实用的断言，它说在杀戮之后，留下的是人类和平的希望。那些日子我在巴黎并且我知道过去没有，现在没有，未来也不会有这样的平静。人类总是处在深渊的边缘，他们对毁灭的欲望没有减小。他们无时无刻不在叩击着灾难的大门，走向畸形，打开他们内在恶魔的潘多拉的盒子。那就是他们永恒的状态。不，屠杀之后留下的是鲜血酸而甜腻的味道，还有肢解的尸体发霉腐烂的气味。屠杀之后留下一阵停息，在它的背后隐约可见我们隐藏的去体味其他恐怖边界的思想准备。那些日子的遭遇在我们心中刻下了深深的沟痕，把我们和这种倾向拴在一起。从那以后，面对人类，我尽量不再做任何幻想。我们试图保护自己的那些信念，黑暗之后便是黎明，隧道总会有出口，光明一定战胜黑暗，在我看来不是自然现象的简单说明，而是一种虚假的论证。我们的内心不可辩驳地变得阴暗，面对各种形式的恐惧，我们最终被迷诱。不，黑暗的尽头没有光辉，只有无尽的黑暗和空旷无边、无依无靠的境地。

逃离巴黎的时候，我发誓要斩断与它的一切联系。那是一个不理智的决定。但是陷入到另一个城市的方方面面也只能克服那些过度的创伤。我对自己没有那么激进，我再次想起巴黎，因为萨博曾住在那里。我不知道自己是否重新爱上她住过的地方，是否在这些回忆里能找回那些年的美好记忆，那段时间，在她身边，我很幸福。一切都这么突然地被封固了，很难寻回一种恬静的风景。虽然我很愤懑，但不管怎样必须承认，从某些层面来说，我再次回到了巴黎。然而，我拒绝画画。到日内瓦后，我一直坚守这个决定。我想不拿画笔，不去触碰圣油和炭黑,就会诞生另一个人和另一种故事。何等天真的想法啊!我们只有一次生命,而它的意义是随着我们不断地撕裂而形成的。我觉得自己跟巴黎紧紧连在一起,就像受难的耶稣和他的十字架。我怀着这样的决心过了好多年,试图让自己窒息。于是,失眠袭来。不眠的脑海里闪现出死难者不同的面孔。因为失眠,我有种被侮辱的感受,并深信没有人会给予我宽慰。我承认,就算有一个人能够找到我,向我表达歉意,那也无济于事,因为萨博和我的儿子永远都回不来了。这种孤独是如此难耐,我不能跟周围的人提起任何关于他们的事。因为日内瓦的居民或许也跟我一样痛苦,但他们虔诚地唱着圣歌,在手里的《圣经》中找到一丝宽慰。他们就像种在河边的树,期待着按时结出果实,并且很肯定它们的枝叶永远不会枯萎。相反,我的日子青黄不接。在这被冰雪和寒冷包围的城市里,只有在我儿时母亲在清晨哼唱的小调还时而回响在我的嘴边。我像一个胎儿蜷缩在床上,在那些音调中寻求一种特有的安慰。

接下来,我进入了冷漠的阶段。我又重新坚强了起来。我有了抨击天主教的力气。我认为天主教主张的仁爱与和谐已经过时了。天主教徒是世界上最伪善的人类。肮脏的端庄背后隐藏着他们的猥琐。他们宣扬对一无所有的人给予施舍和慈爱,却害怕在天上和他们相聚。他们赞扬穷苦者的人性,但是渴望权贵的安逸。他们承诺和谐相处,而他们的灵魂却陷入怨恨的泥潭。巴黎的天主教徒把我像狗一样驱逐出他们的城市。他们扒开我妻子的肚子,还有我的儿子,让两个人赤裸着被扔进塞纳河,或者圣伊娜宋墓地的某个普通墓穴,或者克莱尔吉斯的井里,死牲畜的毛皮通常被抛到那里。他们被欢乐冲昏了头,对自己救世主的角色深信不疑,为了给自己的罪行开脱,他们竟然说异教徒的鲜血使墓地上多年前枯萎的白色山楂树又开了花。而当人们看到树,就更加大肆胡说八道。谋杀事件频繁地发生,教堂的钟声紧密地敲响,虔诚的教徒参与到动乱之中,女人们销魂迷醉,病人们开始痊愈,诗人蘸湿钢笔,开始抒写十四行诗和那些纪念天主教大获全胜的悲剧。所有人都相信因为歼灭了我们,法国最终复兴了。这些确凿无疑的表现,就仿佛上帝批准了这场大屠杀。

那些日子里,为了让自己减压,我习惯在日内瓦的湖边散步。不管天气多么寒冷,我都清早出门,面对湖水久久伫立。偶尔,我会大声喊出心中的蔑视,聆听广阔空间里自己的回声。偶尔,我把双手沾满泥土,然后抹在脸上,希望这样与我所在土地的亲密接触使我获得拯救。景色抑或雪白而广阔,抑或薄雾蒙蒙、阴云密布,但正是这样的视觉效果使我沉浸在镇定与宁静之中,郁闷的心情开始有了缓解。现在,每当西蒙·古拉特劝我重新拿起画笔,我就会来到湖边。"静止的湖水还是原本的自己吗?"我问自己,"面对它,我改变了什么?是时间的流逝、与人的交往、上帝英明的教诲、还是对痛楚真正的慰藉?还有,究竟什么才是我的痛?它包含了什么捉摸不定的物质?在宇宙面前它证实了何种能量?它难以把握的跳动有始有终吗?如何才能消除它呢?可否把它钉在一块木板或画布上?色彩和痛苦之间到底有什么样的关系?"

一回到白色的湖面,我就在想我们这些画家,尤其是像我这样的,也有失去视力的可能。也就是说,面对莱曼湖就如同面对我可能会画的木板画,我问自己是不是要隐藏视线,因而否定所有的可见性,因为看得见就是压抑的同义词。或许我不该保持缄默,并以这样的姿态,在动荡不安的世界面前不再动手作画?我的牧师朋友所极力请求我画的木板画，若填满白色和空洞，就会如同我散步时见到的湖景一样更加美妙。我已没有语言，一无所有的我除了陷入沉静，还能做什么呢？

但是，今天古拉特又扑了上来。他用各种反思来努力劝说我，让我认真考虑作为一个男人和一个画家应有的使命。他用职业赋予他的精明与智慧说服我，使我回忆起那些殉难的生命。他没有直接提到萨博和我的儿子，但仿佛句句都在说起他们。古拉特从没有做任何令我不舒服的比喻。他记起发生在二十多年前的昂布瓦兹镇压运动中的一幕。主要头目之一布里克莫·德维莱蒙吉斯在被吉斯家族的人斩首前，把双手伸进同伴的鲜血中，然后举向天空并大喊："主啊，这就是你儿女的血。你会用它给我们复仇的。"由于我直言不讳地斥责他最后一个用词，古拉特把它换成了正义，并补充说我们有权利武装自己，去救赎我们的人民，抵抗独裁的王室、煽动叛乱的贵族以及莽撞的天主教联盟。为了让自己的说辞更加有说服力，他列举了特奥多雷·德贝兹①、弗朗索瓦·伍特曼②和菲利普·迪普勒西斯·莫纳③的主张。面对他丰富的举例论证，大部分我都听而不闻了，我不说话并向他做了一个手势，示意古拉特我已经收到了他的信息。

午餐过后，我们跟小猫们玩耍。古拉特让它们跳跃拉紧的布。同时，我们谈论这个冬天的酷寒。在日内瓦，没有节日，也没有娱乐，

---

① 特奥多雷·贝扎（Theodore Beza），或特奥多雷·德贝兹（Théodore de Bèze 或 de Besze）（1519—1605），一名在早期的宗教改革运动中扮演了重要角色的法国籍新教神学家与知识分子。他是反君权运动（Monarchomaques）的成员，反对绝对君主制。他也是加尔文的重要门徒，一生大部分时间都住在瑞士。
② 弗朗索瓦·伍特曼（1524—1590），法国律师和作家，反君权运动思想家之一。
③ 菲利普·迪普勒西斯·莫纳（1549—1623），法国新教作家，反君权运动成员之一。

禁止跳舞、化装舞会和竞技比赛，关闭喝酒的场所，镇压非基督教徒，鄙视奢华的服装、首饰和脸颊上抹的腮红，惩罚留长发和刻意做发型的人，我敢说这座城市就像悬挂在冥界。古拉特不赞成这个比喻，他解释了这些禁忌，并引证说明宗教必须要消除放纵、无节制。最后，他坦言雪景没有带给他生命的衰落和厌恶之感，而是把他带回到在桑利斯的童年。我想说我不赞同他，我的想法在另一个方向。在内心深处，无论在一个宗教派别里还是在另一个，我都感到不舒服。甚至，我认为民事审查更多地应该属于国家，而不是宗教信仰，因为它们近乎苛刻，并且正是它们血染了欧洲。但是我们没有选择争论，而是陷入到昏睡般的安静之中。我们看了一会儿小猫的活动和他们温和的啃咬游戏。古拉特打破了这段娱乐的间歇，说他正在印刷一本传播新教思想的音乐书。事实上，据我对他的了解，他对这方面知识的渴求尤为强烈，古拉特的嘴里总是哼着某一首圣歌的旋律。但是，后来我们进入到了他最重要的工作的话题，他喜欢称之为寻找同情和记忆的任务。最近这些年，古拉特以他的才智和充沛精力，负责收集圣巴托洛缪大屠杀的证据，汇编并翻译了很多文章，从拉丁文翻译到法文，写成一本书，从某种程度上描述查理九世执政时期的法国。这样，我们就不可避免地进入到主要的辩论之中。他跟我谈到弗朗索瓦·德拉诺[①]对1572年8月天主教犯下的罪行所说的话：可怕的他们应该被埋葬并被遗忘所覆盖。"你知道的，杜波伊斯，很多人都跟牧师让·德赛雷尔思的想法一样。他说那些无名的殉难者应该深埋在一片不命名的土地上。只要他们的名字写在天上就好了，因为最重要的

[①] 弗朗索瓦·德拉诺（1531—1591），人称"铁臂"，法国军事家和历史学家。

是作为巨大秘密的裁决者的上帝能认识他们。但不管是德拉诺,还是德赛雷尔思,说的都不对。命名的缺失就好像建立了不好的一面。"说到这儿,古拉特似乎眼前一亮。他对我说最伟大的斗争是与遗忘抗争,应该确认那些死难者的身份,并控诉应受谴责的凶手。应该识别查找幸存者,慢慢地将眼泪和苦痛累积起来,在他们的帮助下为遇难者正名。应该还原他们的面孔,了解他们的所做和所想以及他们是如何被处决的。"我们不能没尝试体会别人的苦痛和他们每天遭受的灾祸就死去了。亲爱的画家,我们的责任不仅在当下,还要考虑子孙后代。我们应该探讨人类所转向的残暴。然后,只有在那之后,我们才可以允许死亡蒙住自己的眼睛。"当我试图回应他的时候,喉咙像被塞住了。古拉特趁着我犹豫,紧接着说:"你现在唯一的责任就是画出那场大屠杀。"他倚着《圣经》再次发起"猛攻":"我们飘过了鲜血的海洋。就像被法老追赶的希伯来人,我们穿越了红海。弗朗索瓦,你已经穿过来了,就像约伯经历了最糟糕的苦痛作为考验。相信我,上帝会化脆弱为力量,化不幸为欢乐。"不知何时,我结结巴巴地说出了几句话,我对古拉特坦言自己感到很累。我被一种不可逾越的阴暗所笼罩,而我的国家是一个流亡的地域和悲痛的山谷。古拉特走过来,抓住我的双手并紧握着。他看着我,引用了一句圣歌:"如果我想要藏在阴暗里,或者围绕着我的光变成黑夜,那么阴暗不会把我藏在你看不见的地方,黑夜也会和白天一样阳光四射。因为阴暗和光明对你来说都是一样的。"于是我的朋友证明了上帝独特的悖论:当我们感到被他抛弃的时刻,他会神奇地靠近我们。我叹了一口气,我必须承认它。当古拉特非常满意我的承诺时,天色已渐晚。给小猫们喂食并给它们的水罐换水的同时,我的思绪没有回到巴黎而是回到我所居住的日内瓦。这个城市给我留下了矛盾的印象。一方面，在这里我感到远离战争的威胁，而且我知道没人会来敲我家的门，要杀我和我的小动物。但是我仍然倍受煎熬，因为无法忽略的是在领导层的命令之下，日内瓦已经变成了一个类似罗马的地方。最终，这里跟那里一样，建立起宗教裁判所，进行严刑拷打，还有火刑。我的手指一边伸进小猫的绒毛，一边得出结论，地球上没有天堂。只需要有一个人类社会就够了，坐落在哪里都可以，早晚有一天会意识到我们是个人的和集体的不幸的真正持有者。

有多少人？约有一万多人。古拉特说那是死难者大概的数目。我没有数过人数，真的，但有时当我想起那些我认识的、在那里被抓的人时，我心里的数目就又涨了一些。然而，天主教的资料宣称死者不过两千人。不管怎样，这些数字的确立并不是最重要的。它多一点、少一点又有什么关系呢？现在应该问的是对那些未被埋葬的灵魂应该做些什么。如何把他们画进我应该作的画里？以怎样的方式能够用笔触表现出世界冷酷无情的一面？如何在人物的眼睛里体现出两种看似不同却应该互补的现象？当然，我知道一场屠杀是无法完全再现的。

我承认，比如说，巴黎的天空宁静而空旷，那是我第一次到达时对我最大的冲击。一个与上帝不同的苍穹，最适合去描绘上帝难以揭示的想法，规定了我的画的高度，它静态的宽度汇合在一个没有尽头的视野当中。望着那片天空，就像在说时间停了下来，给它的不幸注入了生命力。但我还不想把它加进来，因为首先应该出现的是这座城市。生命力通过我画的那些大门来塑造。我运用透视法。这样，场景可以得到深入，就能够真实地展现邪恶。左边是大奥古斯丁教堂和环绕着它并通往比西门的街道。往这边来，在我眼前，是莫涅桥。下面几根潮湿、腐烂的柱子支撑着桥面的木板构造，我画出塞纳河用围堰加固的河道，并一直延伸到尽头。油画的中心位置矗立着雄伟壮丽的卢浮宫，它的塔楼、窗户、大门，还有贝茜茜街上的宫殿。在右侧，我画的是圣奥诺雷门和蒙特福孔绞刑架。

当我塑造出了这样狭窄而尚且空无人烟的巴黎，我更好地理解了视觉安静的含义，以及空洞所要表达的东西。"是否就让画面保持这样呢？"我问自己，"是否不放置所有死去的人，而且他们是否该相继死去呢？"另外，我知道一把他们刨除在外，我就把自己也排除了，我停工了，我否认过去是为了让自己沉浸在遗忘中。很多天里，这种想法让我停留在一种懒散的状态。我再次对自己说，画不是所看到的样子，而是空白的印记，是从前没有说过、以后也不能被谈及的前奏。但是，我重申伴随着人类的降临和他们极端的情感，宇宙的秩序已经毫无办法地被破坏了。当我问自己到底在做什么，对于古拉特提到的子孙后代来说我现在是什么的时候，出现了一个回响在我灵魂深处和肉体上下的一个答案。我只是一个苟活下来的现在，一个伤痕累累的过去，和一个只期盼着忘却的未来。

于是，我关上了巴黎的大门。现在从门出去已经不可能了。我的九十四厘米宽、一百五十四厘米长的木板画变成了一个陷阱。画面的空间里慢慢地填满了士兵和武器。有多少个？我不知道。我或许该画出杀人凶手，但是画不下了，在这片沙地上形成了一种令人深恶痛绝的舞蹈设计。他们的武器是什么？长矛、戟、火枪、匕首、手枪、棍棒、剑。他们下手了结对方之前，嘴作出辱骂和轻蔑的口型。但是，我的手在颤抖。我感到很疲劳，甚至连塞纳河和掉在河里的尸体都画不了了。我应该什么时候画？我也不知道。疲劳再次袭来，我想停下笔来，告诉他们，告诉那群还没画出来的幽灵们我是个胆小鬼，一个没能表现出色彩和形状的可怜虫，无能为力，只想一死，别无他求。

我决定不画屠杀了。我已经勾勒了四个骑士，他们高举手中的窄剑，命令一群陆军士兵发起进攻。但是，如果街道上或房子里没有人，并且城市里毗连的小山丘间没有任何人在逃跑，那么他们向谁进攻呢？当然最好是这样，但在现实中有太多的人被杀害了。在我的画板上再进行一次屠杀有什么意义呢？但是，好像我的目的地是到达我已经开启的绘画的最高点。因为我如此清晰地梦见了我的父亲，或者说是在梦里和我父亲有关的一个影子，以至于我带着破裂的意志力清醒了过来。那是我们在塞纳河边的一次散步。他告诉我一只黑天鹅是怎么在水面上游动的。我们身后的巴黎火光冲天、烟雾弥漫。在我们的对话中我结结巴巴地说着话。我提到了德科利尼家族、波旁家族、圣安德烈家族、布里萨克家族、蒙莫朗西家族，他们就像是上帝的战士。我解释道根据他们的法律他们都应该死去。我说那些打着上帝的幌子统治人间事务的人们是世界上最大的骗子。但是我很着急，因为那些话卡在我的舌尖说不出来，我请求那个影子看着我，去理解我们活在这片土地上是为了其他目的，而不是杀害，但是谋杀掺杂了进来，因此我们不喜欢它，我们努力地拒绝它。所有的暴力流血都使我们的生命变得可鄙。那是我在梦里对父亲说的话，尽管我讲得很困难。但是他不理睬我。相反，他指向另一边，好像是朝着水的方向。庄严的天鹅在水中游。父亲用冷漠的眼神看着我，并试图给我讲解我没听懂的部分。我不知道我是怎么从床上起来的。然后，既没吃饭也没穿衣服，连跟我的小猫都没打招呼——它们每天早上伸直身体让我抚摸——我径直去把河流上面的部分画上了。穿着黑色衣服的女人在桥上被刺伤，尸体飘在河面上，把河水染成了红色。朝河的左边，沿着大奥古斯汀教堂，我画了一台轮子车，上面装满了裸尸，正在寻找公用墓穴的方向。于是，随着第一批遇难者的渐渐出现，我意识到我做的正像是多年前在亚眠玩的儿童游戏的场景模型。只是现在这不再是为了消遣时间，而是为了废除它并使他成为一个可畏的证据。

通过与古拉特的交谈，我知道在木板画的中间应该画出德科利尼的遭遇。我在不同阶段画过他很多次。他被谋杀了，两个男人正在把他从窗子抛出去。德科利尼穿着睡衣，正如那个礼拜日清晨大多数的死难者一样。在下面，有三个贵族老爷。其中的两个，奥马尔伯爵和昂古莱姆骑士，指着已被斩首的敌人的尸体。另外一个，当古拉特看到画的时候一定会说是德吉斯伯爵，他手执人头，既满意又厌恶地看着它。第三阶段是海军上将在接下来几个小时内的旅程。有些人说那些小商贩、手艺人、平时体面而高尚的资产阶级分子等人把德科利尼拖出来、用唾沫吐他、用脚踩他。在我的画里，德科利尼赤裸着身体，被割断的脖子还在冒血，他被很多卫兵拖到蒙特福孔，之后在那里他将被执行绞刑。

我用亮白给德科利尼的衣服着色，来表明他新教徒最高领袖的身份。他是唯一一个带着这个光轮色调的人物。只有四匹马中的一匹带有这种白色，可以与挂在窗上的德科利尼身上的白色争相博得视线。另外，那些裸体女人的苍白色可以看做是她们身体颜色的真正参照。我把很多女人都聚集在卢浮宫门口周围。她们的尸体我选择用偏灰的白色。三个士兵在扒她们的衣服，并把她们堆积起来，一个可能看起来最高大的女性人物，穿着黑色衣服，我叫她"太后"，她向这些女尸俯身，嘴里诅咒着，喊着简单的一句话："真该死。"在这个高度，我看见卢浮宫大门前还空着。这样放着的话，会给人歧义。因为就是从那里开始的这场毁灭。因此，我在塔楼的两个小窗里安放了窥探者，此外还有罪大恶极的国王，他向顺着圣吉纳维夫山方向逃跑的人们开枪。我在门前画了一群聚集在一起的卫兵。其他躲在卢浮宫房间里的胡格诺派的大人物，在辱骂声中被驱赶出来。在外面，等待着他们的是剑子手的剑和匕首。

我在这幅木板画的创作上投入了好多天。在我不确定完结之前，我拒绝展示它。我只在晚上休息一下。我很惊讶梦见了画画弄脏的双手，而且我每天不洗脸就睡下。我觉得差几个人物就要画完了。我决定再画几条狗，使看画者搞不清楚它们到底是在保护那些毫无防备的受害者，还是在向他们进攻。一群士兵一边辱骂，一边把一个女人押到河边。有人下跪请求宽恕，结果脸上挨了一枪。有些人已经命悬一线，还在肩膀上扛着衣服、装着首饰的包，和被洗劫的房子里的地毯。古拉特跟我说过很多次，让我不要忘记两个少年。据受访的亲历者说这两人不超过十二岁，他们把一个襁褓中的婴儿拽向河的那边。

晚上，看着完成的作品，我感到疲劳与满足之感交织在心里。但是我还没有把萨博安放在这个暴虐的舞台上。她孤单一个人而且没有衣服。从她的肚子里浮现出我儿子的不雅裸体。我把他们放了画面的右侧，就在吊着两个男人的木桩旁边，然后我失声痛哭了好一阵。我又重新数了一遍，一共是一百六十个人物。但我保证这些已经是我竭尽全力能画上的所有人了。我知道还需要点什么一切才算完结。然而，做这之前，我应该明确我所拥有的一切未来会是怎样的。我的健康状况总是不稳定，而且现在比任何时候都严重。如果和同龄人相比，可能就会知道我是一个可怜的老头儿。但是，我已经活的够久了，而且一想到不久之后我终于要休息了，我就感到很欣慰。从几天前开始我就持续高烧、打寒颤、头痛、便血。真的，我没有对自己每况愈下的身体抱任何的幻想，它遭受了太多的迫害。

于是，我把自己仅有的财产整理了一下。几天前，我交给西蒙·古拉特一份遗嘱，在上面明确了如何在我的朋友中分配我的弗罗林（钱币），我绘画的工具和我的两只小猫。我想把一部分捐给外国人救济基金，来帮助让·佩蒂特的孩子们接受教育。他很激动地感谢了我，他的孩子们也亲吻了我的手。我还请求在我死之后再将关于大屠杀的木板画公布于众，并请古拉特以最好的方式去利用它。或许，这个作品的存在正是源于他。最近几年在日内瓦，葡萄酒忠诚地陪伴着我。我不应该喝酒，但是今天我喝了很多杯，我再次感受到酒精在血液里欢乐地流动可以呼唤我的存在。萨博再次向我走来。我们躺在自己的床榻上，赤裸着。她用沮丧的眼神看着我。她说我是她的挚爱，在我们还没活完的未来的时间和空间里我永远是她的爱人。于是，这最后的会面让我重新拿起了画笔，坐在了木板画前。在画面最顶端、靠右边的小山上，我画了一个笼子，并在笼子里画上了我的小猫。

第三部　德布里

丛林落下一滴雨,地面熄灭一盏灯。

——巴勃罗·聂鲁达自画像

他叫特奥多雷·德布里①。他出生在列日,自青年起就定居在斯特拉斯堡。由于他的职业和对于新教的笃信,他曾逃亡至安特卫普,之后去了伦敦,最后到达法兰克福。我在这些城市寻找他的足迹,并找到了在他周围的图景:那些绝美的,充斥着异域风情、愤慨和困惑的景象,那些铭刻在讲述16世纪美洲之旅的书中的景象,这些书存放在几所欧洲图书馆最隐蔽的区域内,只有通过繁琐的官僚审批程序才可以阅读。正是在法兰克福,他得以开设一间新的画室。他在当时以版画家和印刷工的身份而闻名,他的作品也给那个时期的欧洲留下了深刻的印象。

我不愿在他外表的描述上赘述。仅凭一张他的画像,或据其他人所说的布瓦萨尔给他画的肖像,就足够了。这是一幅黑白的版画,并且根据它的记载时间,基本可以断定德布里出生于1528年。他矮小并且体弱多病,头发苍白、稀疏。他的眼睛如同大鸟的眼睛,目光尖锐锋利,鼻子是撬锁器的形状。尽管紧闭的嘴唇集中体现出他所具有的刚烈性格,但他的头脑更是善于斗争、精于记忆。他精通语言、艺术、几何学和数学。脖子上褶皱领的部分笔触格外精细,衬在一件冬天穿的用水獭和貂皮做的大衣上。画家的右手拿着一只圆规,左手拿着一个头骨。画的下面写着一句话:无忧无虑。特奥多雷·德布里现

---

① 特奥多雷·德布里(Théodore de Bry, 1528—1598)是雕刻师、金银匠、编辑和出版人,以对欧洲早期远征美洲的描绘而闻名。西班牙宗教法庭强迫新教徒德布里逃离他的家乡——西班牙人控制的南尼德兰。德布里为他的书创作了大量的版画插图。即使作为信息记录者的德布里本人从未访问过美洲,但他的大部分书籍是以探索者的第一手资料为基础的。

年六十九岁,距离他离开这个世界已时日无多。

金银匠

他从小就学会了铸造金子。他的青少年时期是在靠近阿奎斯拱桥的作坊中度过的。他在父亲的作坊里工作过。他的父亲曾是一名金银匠的代表人物,经常应圣兰伯特教堂牧师们的邀请做活。从那些狭窄的房间里,特奥多雷看着默兹河潺潺流淌着的河水,沉思着:所有真正的城市都被一个神秘的水系所贯穿。他很快了解到矿物丝毫不肮脏,从很久以前,人们就开采矿物并用它美化自己的生活。他无从得知金银产自美洲,因为他还年少,他的好奇心还未触及到这些领域;无从得知被持续的经济危机所打击的西班牙用镶金的火烈鸟向德国和佛兰德银行家们偿还债务。父亲那双涂着一层薄薄金色的手向他证明了在这些日复一日的劳作中也存在着一种伟大的精神。

特奥多雷致力于那些细节的刻画,他独自实践,从习惯性的练习到塑造形象。小作品的累积、坚定的意志和耐心是他取得金银匠成就的基础。他制作了耶稣受难像、圣物盒、圣杯和保存那些在列日教堂所唱的圣歌的箱子。当这个男孩将一串细小的花儿、水果以及黄色天使添加在画布和羊皮纸上时,他的工作时间延长了。父亲明白他的儿子被四处邀请,如果在空闲的时候不让他去,凭他的能力不去给同行帮帮忙,那就太小气。特奥多雷曾在小巷纵横交错的城市里短途旅行,并试着满足他的好奇心。他不仅对那些神秘的金、银、铜混合物感兴趣,还拜访了木材工匠。他进入努维斯的通往集市广场的主要干线,经由那些弯曲的道路,走了数个小时,仔细观察从那些雪松和胡桃树粗壮的枝干中如何显露出耶稣的种种表情，或是那些恭顺的圣母们的表情，她们从树木枝干空隙的地方向外望，望向更远的时空。借助父亲同巴黎的一些行内团体的联系，特奥多雷得以见识了在象牙上制作的细密画，它们展现了几个死去圣徒的微笑。

离开家乡

关于特奥多雷·德布里离开列日的原因，流传着几种说法。有些人认为他起初的兴趣源于艺术的进步，特别是在铜上刻画这种新颖的方式引起了当时画匠和印刷工的注意。其他人则认为，自从他青年时代起，他便成了路德教的狂热信徒。这些人猜测卡洛斯五世的密使们掌管着一部城市法，用以针对商人和手工业者群体，其中特奥多雷这名金银匠也受到打压。他父亲从中调解，由于其声望很高，主教势力中有人肯听他解释，后来付了一笔罚款，但是让他儿子回到"正道"的承诺未能实现。尽管特奥多雷·德布里之后的生活因为受到了天主教的打压而动荡不已，但是第一种说法对我更有吸引力。列日，因教士而著名，但也渗透着过去手工业者对高官权贵的不满，最终因特奥多雷的远大抱负而显得局限。当特奥多雷向父亲请求定居在斯特拉斯堡时，他已经过了二十岁。

曾有一个原因促使特奥多雷做出离开列日的决定：与阿尔布莱切特·杜莱罗的会面。这人手里有两幅版画的复制品，看到后德布里感到他的血液似乎在奔涌沸腾。他问这些版画的作者是谁。"这位艺术家几年前就离世了，但要是您一直追随到纽伦堡的话，还有可能学到他的手艺。""请问，纽伦堡在哪里呢？"那些回应者的答复并没有使德布里气馁。相反，这些回答驱使他走到了荒郊野外，一个穿过河流和城市才能到达的地方。他的父亲试着给他一些很实际的劝告。说他是时候该结婚成家了，也该掌管一间作坊来传承几百年前祖辈们的手艺了。但特奥多雷需要离开，至少离开一段时间去学一些新的技艺，不仅仅局限于金银手工业，更多的是学绘画和雕刻。父亲告诫他：不要忘了金器大师都在列日，你无需再学习其他的技艺。另外提醒他雷尼尔·德乌伊洗礼池的寓意。又说道，你不要忘记，我们一切手工的伟大都包含在洗礼池中。可是特奥多雷觉得要是自己自始至终都困在列日大教堂周围的作坊里，他的才能就泯灭于此了。老父亲当然清楚，儿子虽然对前途踌躇，但有自己的法子来应对未来的风险。他自己也是，为了追寻艺术实践的真谛，在青年时代从一个地方辗转到另一个地方。他追随着铁锤的敲打声，锻造的碰撞声，沉迷于火钳翻转的灼热金属的密度，也曾找到将歪斜的矿石嵌入光滑木料的妙招。但他现在俨然是一个偏于安逸的老头儿了，拿身边的繁琐杂事消磨时光。不过毫无疑问，这次要离开的是他的儿子。

　　四月的一个下午，天空布满阴云，飘着雨滴，父子俩就此道别。父亲递给特奥多雷一袋钱币让他用来住宿和吃饭，两个首饰盒上画着处决胡安·包蒂斯塔和耶稣在以马杵斯的复活。盒中散落着杂乱的茛苕花，还有几条项链和几个手镯，上面系着燕子的羽翼。父亲还递给他一个小小的德乌伊洗礼池的复制品，是专门为他的离开而制作的。当特奥多雷看到十二头小牛和朝圣人群一起托着桶，他不禁淌下热泪。这些小牛意味着传教士的顺服和顽强以及他们在世上永恒的权力和使命。那时特奥多雷突然明白了纯洁的洗礼的含义，即能够始终应对挑战。他低声对父亲说，这些东西就不必要了，从您这儿学到的一切足够我在生活中开辟前进的道路了。但老父亲执意要给他，特奥多雷就跪在父亲面前，亲吻着他的双手，之后把东西装入行李中。他也不清楚为什么会知道，但当他路过那座结实的拱桥时，他感觉到这是他生命中最后一次看到这条河了。当他拉马缰的时候，映入眼帘的全是窗子、门、屋顶以及绕着街区散步的人们。他大口呼吸着列日的空气，想要留住这其实取之不尽的资源。随后他朝着科尔尼隆的领地疾驰，直到看见广阔无垠的草原，那一抹湿绿正欢迎他来到新世界。

两幅版画

特奥多雷看到的第一幅版画是《忧郁》①。那幅画复杂而深奥。但是版画的魅力就在于各种真实事物的汇集。画上有一个想用圆规描画却无法做到的黑褐色的天使。最重要的是，他缺乏激情，欠缺发现极美景致神秘之处的能力。但是，如果不是艺术，什么可以是极美的呢？一个不会飞的天使正在迟疑中麻痹。在天使的脑袋里有几根水芹和毛茛的枝子，以此来质疑他完美的智力。直觉告诉德布里，他没有更好的说法去描述这个男人了，他身形模糊，身着一些略紧的衣服，但是通过那些折痕，能观察出作者把握细节的娴熟技巧。一个坠落的天使，被用以测量时间和空间的工具环绕着，向那边望去。在那里有一道曙光，被光束折断的天空和一道触不可及的彩虹。特奥多雷不明白那些堆叠的信息。但是他在这巨大的神秘面前沉醉入迷。就像因试图解读上帝而造成心理迷失的忧郁。就像杰出人物因不可能在短时间

---

① 《忧郁》(*Melencolia*) 创作于1514年5月，是德国画家、版画家阿尔布雷特·丢勒（Albrecht Dürer）最著名的版画之一。

认识宇宙而感到挫败的忧郁。当德布里在临近斯特拉斯堡的旅店里再一次端详那幅版画时，他想：也许我就是那个天使。

第二幅版画是《书房里的圣哲罗姆》。这是一幅1514年的作品，和《忧郁》同年创作。丢勒希望两幅画在一起展出，因此他在去荷兰的旅行中把它们一起上交了。《忧郁》中的所有内容都直指抑郁时期的孤僻状态，而在《书房里的圣哲罗姆》中，有一道奇迹般的光芒，它超越了自我反思和书本活动的范围。特奥多雷对那幅版画百看不厌，并试图从中吸收多种多样的技巧。但吸收是一个过时的动词。这个年轻的学徒试图做的是从那些暗影和设计中汲取营养。圣人的房间里每一个物件都摆放在完美无瑕的位置，特奥多雷沉浸在其中。他没有忽略，在人道主义的范围里，圣哲罗姆展现了一种理想，它聚集着这位学者阴暗的隐遁和基督的明亮。特奥多雷的眼睛看向那些昏睡的动物——狮子和狗；看向天花板上的板条，它们展示了对透视技巧的掌握；看向从伏在书桌上的老人；看向从窗户照进来，洒落在拱窗两侧墙壁上的光；看向动物形状的坐垫，同样，在倦怠中出其不意的还有严格计时的沙钟。但是有一样特奥多雷从没见过的东西，它被挂在天花板上。外面的光线将它照得很清晰。它像一盏灯一样挂着，但很可能为了起装饰效果而偏离了中心。如果插画是彩色的，就足以用那个物体橙色的表面来照明。最后，有人告诉德布里那是一只南瓜，不太清楚它是一种水果还是蔬菜，那是西班牙人从美洲带来的。

德洛纳

精巧的运河网络纵横，构架成这个让人一见倾心的城市——斯特拉斯堡。历经新教改革后，这里的风气也比古老的列日公国开放得多。特奥多雷很好地融入到金银匠行业中。很快，凭着勤奋的工作，他买下了一间极宽敞的房子，以便能把被法国驱逐的家人接过来。之前，他与凯瑟琳·艾斯林格结了婚，并在不久后诞下了四个孩子，其中有两个幸存了下来：让·特奥多雷和让·以色列。然而凯瑟琳本就身子虚弱，连续的怀孕让她体力不支，离开了人世，留下鳏居无依的特奥多雷和年纪尚幼的孩子们。不过当时他已经是有名的金银匠，公认的资产阶级人士。在一段时间里，这样的身份能避免人们对他信奉路德教的怀疑。

特奥多雷还在斯特拉斯堡认识了艾蒂安·德洛纳，并通过他参与到了当时最重要的、震动世人的事件中。德洛纳不仅在铜版雕刻技术上广有才名，在珠宝制作的技艺上也被广为认可。他曾在亨利二世的宫廷效力，经验丰富。他设计货币，同时与枫丹白露宫的意大利画师们有所往来。他还设计了风格典雅、高贵华丽的勋章、项链和手镯。他的技艺精湛，简直无可挑剔，在他所有的作品里，最吸引特奥多雷的是他所创作形象的滑稽风格。在一个寓言的世界里，萨提洛斯[①]、客迈拉[②]、魔鬼和古老的传说中的怪物似乎都漂浮在悬空的枝条和花冠中。但是，德洛纳的作品中存在空白吗？恰恰相反，他十分反感这种细节刻画的缺失。引起特奥多雷关注的另一点在于，那些宏伟的宫殿，它们如此庞大，是怎样——可以说是以戏谑的方式——被装进小小的袖珍画里的。这两种艺术间的相互吸引碰撞产生了一个诠释科学的作品，在这位法国艺术家的笔下以最佳的形式展现了出来，其娴熟

---

① 希腊神话中的山林之神，传说是半人半羊的形象。
② 希腊神话中狮头人身，背上生出羊头，蟒尾的怪物。

的技艺给人留下的印象激起了特奥多雷·德布里的兴趣。这个灵感使他创作了一系列的六幅小型雕版画，画面中的女性身着飞扬长袍，胸膛裸露，赤着双脚，正在更换背景里的装饰。几何学、音乐学、建筑学、算术、透视法、占星术就这样展现在蔓藤花纹、讽刺的假面和缠绕交织的枝叶中。

德洛纳的性情正体现在他构建出来的斑斓而荒谬的艺术世界中，甚至有过之无不及。然而，他性格孤僻不善言辞，一直在谈论一个单一的主题：战争。但这样的执念非但没有吓到特奥多雷，反而令他更加好奇。来自巴黎的德洛纳只比列日画家德布里年长十岁，但在讨论宗教战争问题时，两人却似乎相差了一个世纪。在德洛纳口中，这件事情总是在愈演愈烈。就如同他创作作品时一样，在谈论这个问题的时候，他会将之与同时代的那些丑行联系起来。他说到那些无情屠杀，那些阴谋诡计，那些肮脏苟合，还有那些从未被真正重视的合约，那些尸位素餐的无能贵族和愚蠢而迷信的人民；他指名道姓，谴责罪行，又对当前的时代指指点点，说炮火的发明驱逐了昔日骑士的英雄主义；他讲为利而死，成为粗俗的乌合之众战旗下的炮灰并不是荣耀，而是羞辱和丑陋。也正是在这些闲谈中，在斯特拉斯堡的画室里，欧洲与美洲的碰撞融合开始在德布里面前呈现出清晰的轮廓。

计 划

这一晚，两人喝着汤，就着热酒，驱寒叙话，聊到了雅克·莱莫因。德洛纳是在巴黎认识他的，对他以新法兰西野蛮人为题材创作的铜版画作品很感兴趣。德洛纳说："我们称他为'印第安人的画师'，口气里有发自内心的一种好奇,但也总是有一丝不屑的味道。"特奥多雷还听他说到那些膀大腰粗的男人们热情欢迎法国人的到来,虽然细节不是那么清楚,还说到那些凯门鳄、编织品和印第安人的文身。有一次,特奥多雷问道,莱莫因是否在圣巴托洛缪大屠杀中幸免。德洛纳也不是特别肯定,"据我所知,他是能逃走的。"他说,"您也知道,随着屠杀行动不断发生,我们这些能逃走的,不是留在了日内瓦或者几个德国城市,就是定居在了伦敦。只要离开了那个人间地狱,哪里不是好地方。但我确实不知道他是不是活着。"

受莱莫因作品的激励,再加上征服美洲震惊世界,特奥多雷·德布里开始翻阅关于这个主题的书籍。这个过程充满了感官上的冲击和精神上的折磨,也为这位列日版画家打开了新大陆之门:在那片高贵野蛮人生活的土地上,竟然罪孽横行。事实上,这个核心解读也在此后多年里日渐成熟,并体现在作品集《伟大的远征》里所传递的那些发现和征服美洲的信息中。美洲,这方土地本是极乐乌托邦,却被恶行所蹂躏。

在法兰克福,特奥多雷·德布里以坚定的决心、热情和耐心,在与新婚妻子和两个儿子的共同努力下,逐渐建立起了新作品的支柱,其中也有部分是基于对到过新大陆的人们的采访——找到他们居住的城市,采访他们,如果可能的话,从他们手里获得画作的原素材:人们处境艰难,充满了迫害与欺压,边境封锁,到处是警惕的间谍,人命如草芥;另一部分是基于德布里四处旅行的积累:亲眼看到从美洲带过来的各种物品。例如,他知道,丢勒曾在他的部分笔记中提到了一些金银器。实际上,这都是埃尔南·科尔特斯寄给查理五世的东西,并以小型巡回博物馆的形式博得了知识分子们的赞叹。由于我们难以准确探知德布里是什么时候吐露他的计划，所以也很难断定丢勒何时了解到了新大陆的艺术。可能他那时已经读过了马丁·瓦尔德泽米勒的《宇宙学入门》，这部作品首次使用了"美洲"这个名称。也可能由此，丢勒在他著名的雕版作品《亚当与夏娃》中画上了那只鹦鹉，在大量的水彩画作品中画上了品类多样的热带动物。可以确定的是，这位大师在他逗留布鲁塞尔期间，曾对着好几件阿兹特克作品表达了他的激动之情：一件一托阿斯①大小的金质的太阳，一件同样大小的银质的月亮，还有多件瓦瓷器和奇特的装饰品。丢勒写道："在我的生命中还没有见过与我的审美如此契合的事物。这些作品太完美了，它们充分展示出了创作者的智慧和技艺。"丢勒也将从荷兰出发，回纽伦堡去了，带着西印度群岛的鸟羽，带着里斯本商贩送的一只绿色鹦鹉，还有一位不知姓名的船长送给他的一些巴西印第安人的画作。

依 靠

特奥多雷·德布里信奉路德教的嫌疑是显而易见的。他插手一系列准备要在欧洲散发的反天主教的诽谤文章，其中还有一些关于大屠杀的图像。事情暴露后，德布里被驱逐出斯特拉斯堡，财产被没收，名声也被当局诋毁。这时候摆在他面前有几条路：伦敦氛围好，包容性强，可以实现他出版美洲大航海相关作品的计划；去日内瓦城，则可以和成千上万的被驱逐者们在一起，成为他们的一分子。其实，其

---

① 1812年之前法国的长度计量单位，1托阿斯约等于1.949米。

中任何一条都可以让他的孩子接受教育，他本人也可以凭借他历经锤炼的技能成立画室，开展工作，但特奥多雷选择了另外一条路。而此时的德洛纳已经对天主教会的监视行为感到绝望，也决定离开，定居奥格斯堡。在那个地方，相比在巴黎所忍受的情况，他的生活和不多的收入都要好一些。然而，德洛纳的离开却让德布里一家陷入了迷惑。没有这位法国大师在身边，他们的作品，无论是父亲的，还是儿子们的，在艺术上取得的进步都缺少可喜的思想见地。就是在这样的情况下，德布里渐渐地开始计划一条前往安特卫普的路。

但在这之前，还发生了一件非常重要的事情。他认识了凯瑟琳，法兰克福久负盛名的金银匠汉斯·罗特林格的女儿。以德布里家族世代在列日的地位，以及在斯特拉斯堡取得的成就，足以让特奥多雷的求婚如愿以偿。凯瑟琳·罗特林格宛若出水芙蓉，皮肤白皙如白鸽，身材匀称仿佛圣女雕像。她床榻之间温柔如水，终于给了饱受鳏居和流亡之苦的德布里以慰藉，想他并非年事已高，却要承受这年老时才要孤独忍受的苦痛。小两口性情相投，琴瑟和谐。她生性柔和，总是用乐观的眼光去看待所有事情，即使是对于世上的那些阴暗面，也是如此。而另一方面，他却总是处于执念和忧郁的重压之下，为身处这里或者那里而陷入永恒的烦恼中。凯瑟琳相信人性本善，特奥多雷却认为在这个时代，恶念已经深入人心，无论如何，都必须去与之对抗——有些时候是通过讲道台，有时候是在寺院和修道院的清修中，还有一些，更多地是通过道德教育、和平教育的观念传递的。但是他还认为，人类的天性深处，有一股负面的力量在喷涌而出，与上天赐予恩惠的意图背道而行，而且这股力量，隐匿在深处，是不会熄灭的。年轻的妻子轻抚着特奥多雷凌乱的发丝，努力将那绵长不断的悲观驱散。凯瑟琳肤白如凝脂,眸子晶亮、灿若繁星,版画家特奥多雷终于在他年轻的妻子身边感受到了依靠。

书

安特卫普能够吸引他,有几点原因:这里加尔文派教徒为数众多,尽管被西班牙当局迫害,他们仍有某些掀起运动的能力。另一方面,特奥多雷·德布里知道,这座城市的海路联系和经济繁荣使得他的雕刻艺术与宇宙志联系在一起。也是在这里他知道了瓦斯科·达伽马、韦斯普奇和麦哲伦是何许人物。世界不是完全依附于公国和教会统治的,而是也听取官僚阶级的利益和游客们讲述的奇闻。另外,奥特柳斯[①]也在安特卫普生活,他是最了解在铜板上雕刻地图的方法之人。德布里在法兰克福的集市上看到了其中的一些地图,这种多彩的景象让他心情愉快,印象深刻。

直到1578年他才到达安特卫普。他找到奥特柳斯,在他身边学习雕刻地图的技艺和印刷方法。他永远不会忘记一个口号,因为他认为这里浓缩了绘制的秘诀:我们应该将宇宙缩小到适合人类眼睛观察的比例。在此期间,城里的显贵走进他的生活,他与这些富有家族的交往更为密切,给名流们雕刻的肖像也很快在城市里引起了巨大反响。计入这时期的作品有奥兰治亲王和阿尔瓦公爵的肖像画,然而坚决仇视他们信仰的敌人攻击他说:特奥多雷描绘出了他们神态中的光荣和残暴。结果,他的第二任妻子和两个儿子在三年后才和他重聚,

---

① 亚伯拉罕·奥特柳斯(1527—1598),佛兰芒地图学家和地理学家。

因为直到那时政府才批准他的居留身份。

在这个节点上,无论如何,我想突出的是特奥多雷·德布里与一本书的相遇。当我走在安特卫普被秋日落叶覆盖的老街上,看到古董书店里奥特柳斯地图的复制品时,我想象着特奥多雷·德布里找到书的那一刻。我确信,书的作者和内容本身对他来说并非闻所未闻,因为很多年前,它们就在欧洲遍引争议。德布里读的那册书是《西印度毁灭述略》的译本,该书是由巴托洛梅·德拉斯·卡萨斯所著,由哈奎斯·德米格罗德整理,于1579年在城市里的某个印刷作坊出版,特奥多雷·德布里也经常光顾那里。米格罗德为书取的标题与当时新教徒和天主教徒间的战争景象相符合:"西班牙人在西印度犯下的暴虐、残忍的行径,这即是所谓的新大陆。"这本书对他是一个打击,让德布里在惊愕和羞耻中大为震动,几天里,他都逃避着这梦魇。这本小册子意义沉重。德拉斯·卡萨斯叙述了西班牙实行征服的手段。我认为,如果说《西印度毁灭述略》是版画家必不可少的创作方向,都不夸张。这不是通往大马士革之路[①],因为书的出版恰好发生在他生活于阿尔切斯桥[②]旁的日子里,此时有些经他之手雕刻的金子就来源于美洲,这确实是对他内心想法的彻底改变。

巴托洛梅·德拉斯·卡萨斯是谁?特奥多雷·德布里在安特卫普的西班牙人圈子里了解了一些关于他的故事。他的存在是对变质的典型证明。他是一个被追求荣誉的价值观和贪婪所驱动而投身于冒险的

---

① 大马士革在基督教发展历史上有重要地位,其中以圣徒保罗的故事最为有名。在去迫害基督徒的大马士革的路上,保罗遇到了复活的耶稣,皈依天主教,负起了外邦人传播福音的使命,基督教经由保罗传播到四面八方,成为具有世界影响力的教派。大马士革之路有改邪归正的含义。
② 该桥位于列日公国,也就是现在的列日省。

人，也是西班牙岛（别名海地岛）和古巴岛的监护人[①]和奴隶主，最后接受教职，为揭发消灭印第安人的罪行学习法律和哲学。在他沉浸于这片被上帝抛弃的土地并为之心醉神迷的日子里，也同时目睹了一连串的大屠杀，他尝试阻止这无休止的罪行，唤醒未意识到罪行之人的良知。他计划在库瓦瓜岛和库马纳和平地宣讲福音，但得到印第安人攻击性的回应，因此失败。此后，他来来回回、不知疲倦地在朝廷里，在亚里士多德学派神学家、被法典所折磨的法学家和贪得无厌的军人们面前解释在大洋彼岸造成的大量死亡意味着什么。

尽管德布里认为这本书是狂热思想的产物，但真的像书中所说的那样，有上百万人死于钩铳的火力、监护人的皮鞭、矿井中令人筋疲力竭的工作之下和断头台之上吗？特奥多雷难以相信这一连串无止境的暴行。他暂停阅读，想放松地深呼吸，但他做不到。相对的，他为自己是人类的一分子感到遗憾，也对那些没死于虐待，却因不想陷在悲痛之中而决定放弃生命的人们感到痛惜。

如果我去马德里呢？德布里问自己。如果我能够接近修士在阿多查的圣玛利亚修道院留下的东西呢？如果我能看看在他最后的日子里陪伴他的、来自美洲的东西呢？德拉斯·卡萨斯无畏地在书中把在美洲的西班牙人分成几种罪犯：监护人、士兵、官员和商人。如果我能读到那本书呢？如果我能去恰帕斯，触摸德拉斯·卡萨斯睡过的席子呢？在上面他曾试图催眠自己不能被收买的良知。如果我能学西班牙语呢？这样就能和认识他的人交谈，了解他是什么样的人，了解他以何种方式理解那片我在他和其他人那里道听途说才知晓的新大陆。如

[①] 委托监护制是殖民时期的劳动制度。一些西班牙殖民者被任命为监护人（encomendero），监护人得到一定数量的土著居民并使其皈依基督教，土著居民必须提供劳役和赋税。

果他的一些物品，比如苦行衣、鞋子、手帕和他亲手逐字写下的一页手稿能到我的手里，当我触摸它的时候，我会有一种了解了他的错觉吗？

我想，在那之后，特奥多雷·德布里渐渐读完了《西印度毁灭述略》。我不难想象看着他在乌伊德维特斯德拉特的家里，边俯下身，边把书小心地放在托架上的样子。对我来说也不难相信，在那个时候，他便决定为巴托洛梅·德拉斯·卡萨斯的书绘制插图，在他的印刷作坊里、欧洲官僚和贵族社交圈里，没有任何人能够阻止他揭露这一点：征服美洲是巨大的罪行。

夏娃，亚当和诺亚

《圣经》中的一些主题始终萦绕在特奥多雷·德布里的思绪中。这个念头在安特卫普时期不断加深，并且和新大陆紧密相连。但它不是某个人的固有想法，而是那时当地有文化的新教人士的特有观念。德布里每次接近土著人，读到巴托洛梅·德拉斯·卡萨斯、吉罗拉莫·本佐尼或者汉斯·斯塔登的作品的时候，都会有这样的疑问：他们到底是哪种人？他不认同印第安人缺乏理性和灵魂的说法，而是承认他们是被判了罪的人类。他们被上帝不可抗拒的想法驱至地狱。他们依赖大自然生存，不挥霍浪费，而是有所节制，看似很幸福，但他们忽视了神的话语。此外，他们盲目崇拜，并且保持着违背自然的、甚至食人的习惯。这意味着他们在拥有了天堂般极乐环境的同时，也因为这种条件不可避免地坠入罪恶的深渊。就仿佛尽管经历了这种堕落和尚未揭露的罪过，大自然还能保持着纯净和健全的状态。然而，有些东西动摇了特奥多雷·德布里的理解。这些土著人的罪恶得到了惩罚。而在德布里看来是罪恶，当然，在我看来是历史。历史是由于私有财产、国家和宗教而引发的不可逆转的伤害。因此，我大胆想象，德布里在做《亚当与夏娃》这幅版画时并没有参照《圣经》中的模型，而是参照了美洲土著人的形象。也就是说，正如丢勒、汉斯·巴尔东、卢卡斯·克拉纳赫以及希罗尼缪斯·波希一样，德布里画了一对被蛇引诱的白人男女，但他认为当去切身体会新大陆人民所遭受的苦难时，能够更好地理解被幸福和悲伤情绪所遮住的人的本性。

另一个在《旧约全书》中吸引德布里的故事是诺亚方舟。在这个故事里，祖先们在洪水过后住在这片土地上并繁衍生息，外来的生物也是他们的后代。迦南嘲笑酗酒的父亲和他松弛的阴茎，他的无礼被人唾弃。一个嘲讽衣不蔽体的父母的孩子也应当成为被惩罚的对象。迦南的后代便成了奴隶的人种，他们的血统永远不再纯正。欧洲的宗教谵妄之言落在迦南在美洲和非洲的后代子孙的命运里，他们在那些地区繁衍着深肤色的人群以及他们庞大的非基督教的文化和信仰。这种说法有两层意义。第一层与奴隶制的理由和服从欧洲人高举的神圣命令有关，而第二层是赋予第三阶层的人们上帝子民的身份，不视他们为应该宰杀的、没有理性的生物。特奥多雷·德布里选集中的第一册主要写弗吉尼亚的土著人，以一幅亚当和夏娃偷吃禁果的唯美版画为开头，而讲述雅克·莱莫因和他佛罗里达之旅的第二册以诺亚方舟的形象开头。如果是这样的话，那么德布里的两幅版画证明这位列日艺术家融会贯通了师父丢勒的绘画特质。第一幅画中，关联性是非常明显的：男女相同的身体模型和所塑造的极乐世界的相似之处。第二幅画中，方舟置于后景，在亚拉腊山上。一个晴朗的日子，地平线上拱起一道彩虹，从舟上陆续下来了成双成对的动物。第一批是大象、骆驼、马、牛和狮子，紧接着连续下来的是各种小型陆地动物。在看图者的右手边的近景中，诺亚正在做着燔祭，后面的子孙们建造了一个新的村落。德布里传达的信息很清楚。那么，为什么《创世记》中一个关于被上帝选中村落的继承者们的场景，会在一本展示佛罗里达一个已经消逝的土著人小部落变化的书中出现呢？德布里告诉我们，他们是诺亚真正的后代。只是人们遗忘了这个历史的秘密，并且迷失在这片被贪婪的欧洲人发现的神奇土地上。

丢 勒

那是最混乱时光的明灯。如同一片漆黑中的星星，在时间和空间中给人指引。他像特奥多雷·德布里那样从手工作坊中出现，在那里，匠人们一丝不苟，精疲力竭，彻夜不眠地加工材料，让金子闪闪发光。像他一样，丢勒整个青少年时期都在打造着十字架、圣杯和镶嵌着稚嫩天使之翼的匣子。随后他投身于书籍的木板印刷技术和玻璃门窗与祭台的草图制作中。后来他又终日在小小的木板上勾勒人间喜剧。每次德布里见到师父的作品时，他都觉得自己仿佛初出茅庐，优柔寡断。他曾在安特卫普见过几幅师父的作品：深藏的梦想不可遏制的爆发，被生活琐事和数不尽的生育所累的母亲的肖像，还有每一幅描绘了好奇的孩子、急躁的青年和痛苦的老人的画像。德布里是一个十分恭敬的继承者，他自认为只是掌握了几许行业的秘密，拥有日复一日的热情，而不是天赋异禀。丢勒历经动荡的世界，心怀了解一切并表达一切的渴望，这渴望无人、无物能够消解。他在石与水、星辰与马厩、动物与地图、圣人与沙漏中犹豫。丢勒与他的弟子德布里一样，为细节深深着迷，他直觉感到自己有可能从中得到救赎。有谁知道他是以截断任何全盛势头的时间节点从何而来呢，它是短暂却真实的感觉，它认为无尽的事物有了尽头。他的艺术从大教堂石块的无名铸模工和闪耀着天蓝色光芒的玻璃中汲取营养。也许他对黑暗的青睐正是来源于此，来源于那些粗糙的存在，无关金钱带来的舒适和豪宅的温暖。但他拥有日耳曼人的活力，大概是从这活力中生出了他恒久的不安，那以同样的活力把他抛向静止和动荡的不安。如此情形迫使他每天早晨醒来之时都感觉装扮成光之游戏的未来能够将他填满，傍晚时又深信天地万物是由捉摸不定的、终将被遗忘所吞噬的标志组成的系统。无论是蓬勃发展的自然环境还是被驯化了的人类领域，眼前新造之物以匆忙的形式展现出来。尽管身为德国人，又经历了文艺复兴时期的世纪更迭，丢勒却不为这匆忙所伤神，就如同逆社会常识而行，他还是为可视之物的斑斓色彩所动容。他感到所见最初是满足，最终又化为悲痛。于是，一切在他身体中同时升腾又跌落，扩散又集中，离去又深入。奇异的、完全现实的情况通过极度肯定的语言来表达。最难以忘怀的美行将灭绝。温柔和粗鲁无尽相拥。在他作品的背景和近景中，微小事物的繁殖如同不可遏制的常量一样涌现。丢勒是个熔炉，在那里流浪和安定合流。流浪是旅途中无比宽阔的外部，安定是书房昏暗的内部。他那祈祷着的手和被逮到的野兔，爱幻想的威尼斯人和消瘦的骑士，博学的执政官和悲凉的桑树，闪光的冷杉和荒凉的池塘，怀里的孩童和疯癫的老妇都让特奥多雷·德布里觉得难忘又让人灰心丧气。丢勒有一双探究的眼睛，他描绘的世界仿若一个令人窒息的迷宫。因此，德布里在走遍安特卫普的街头寻找他的雕刻作品之后总结说，一个无与伦比的艺术家的梦想颠倒成了噩梦特有的条件。因为观察丢勒的世界就像试图用双眼纵览现实却从未做到。手中抱着一个自知不会永恒却渴望成为永恒的特征的婴儿。纽伦堡的大师曾经写下的那句话，德布里反复地对自己诉说。若可永生，吾必每日创新。

斯塔登

"我曾经是个神，"斯塔登先生说，"原先我是个俘虏，之后却摇身一变成了神。您知道这意味着什么吗？在一个近乎地狱的地方当神？那些印第安人本想把我吃了。他们本想把我大卸八块，把肠子放在罐子里煮了和着树根吃，把胳膊和腿烤着吃。在这一年的囚禁生活中，我日思夜想着自己的下场，自己最终会沦为他们的食物。但他们并没有这么做，为什么？这是我始终没有弄明白的事情。可能的答案是，我治好了他们一个酋长的病，并取得了族人的信任。原来是我求他们，现在成了他们来求我。我熬过了最初的那段时间，成了一个为了减轻他们的病痛而出谋划策的人。我成了他们崇拜的神，变成了巫师、预言家和医师。我拥有了呼风唤雨的能力。我为他们预测了战争的胜利，这和一种名叫帕拉蒂的鱼的产卵期相吻合。我用这些救了自己一命。虽然说这些野蛮人是不讲信用的。他们谁都不相信，更别说我们了。我相信他们有足够的理由怀疑我们。我们带给了他们太深重的灾难，没有足够的时间让他们相信我们。我们说的话基本上都是谎话。而他们的日常话语却觉察不出这层意味。他们似乎永远生活在幼稚单纯的年少时代。如果不接受教育的话，他们会做出很多糟糕的事情。其中的一件，德布里先生，就是杀人和吃人。说到杀人，因为考虑到杀死的是敌人，因此您得承认这是我们接受荣誉的一部分。但是吃人就打破了我们应该予以禁止和抵制的底线。我毫不怀疑，这些人是我见到的最迷信的人了。我可以去破除这些迷信。我们也同样迷信，但我们不断地用知识去破除他们。而他们的迷信，却沉浸在个人崇拜中，迷失在自我陶醉里。但是我得承认，他们对于家里的人和事都十分温柔，身材优美，对钱财酒色丝毫不感兴趣，不偷不抢也不挥霍浪费。他们的生活遵从着一些我们难以理解却完美适用于他们的规则条例。我还想补充几点，我从未见过头发比巴西的印第安人更黑更浓密的女人，我从未见过那样完美的身材，那么丰满的胸部和那么诱人的臀部。您要是问我在那苦恼的日子里有没有'享受'过她们，我告诉您，我更愿意静静地保护这种关系。但是真正的上帝，当然不是我，自有他复杂的算盘。正是他决定了是其他人被吃掉了，而不是我。"

斯塔登停了下来，喝起了来自他居住地马尔堡的啤酒。大家都沉默了许久。之后他笑了起来，因为他的幽默细胞还是显现在他严肃的典型北方面孔上。他摇头晃脑地讲述着自己的经历，好像这是一个疯癫的牧人编造出来的没有一丝一毫真实性的故事。斯塔登先生已经年过半百，不再是当年那个登船去美洲大陆闯荡的二十岁小伙子了。如今，白色的胡须已经长到了胸口，眉间也布满了皱纹。他的行为举止像猫一样轻柔。他喜欢暗色的西装，并总是在领口戴上洁白的护喉甲。当看到斯塔登先生穿着这样的衣服，特奥多雷·德布里先生觉得他活像一只鸟的标本。但是斯塔登如果没有这身衣服来改善他的形象的话，他看上去就是一个体弱多病皮包骨头的小老头。他细长的双手布满了血管,像是血随时会迸出来似的。

"不论是真金白银,还是救赎灵魂,这对我来说都不重要。"斯塔登先生说道,"我受到的教育告诉我,让我远离这些欲望和烦恼。我只希望探险,了解海洋和新大陆,用世界上其他人民说的语言来陶冶情操。我感觉故乡离我十分遥远,或许有时我会忘了它。而在这样遥远的地方,却突显出我弱小身躯存在的意义。思乡之情萦绕在我心头,我依稀记得起航的时候里斯本小城的喧嚣。港口来来往往的船只,对于一个好动的年轻人来说,是通往奇异世界的大门。实话跟您说,德布里先生,在旅途中我越是碰到更大的困难,我越觉得幸福自由。不是我夸张,如果危险向我迫近,我的唾液会涌上我的嘴巴,我的心脏会强有力地跳动,而我那双已经看破红尘的瞳仁也会情不自禁地放大。"

斯塔登先生回忆着,看着窗外马尔堡的小巷里人头攒动。而德布里先生则端详着书中的木刻版画。这本书是二十年前出版的,讲述了德国水手们遭遇的变故,以及里约热内卢附近居民的风俗习惯。从这五十张图画中,可以看出水手们粗糙而引人入胜的人物形象。也就是说,这些形象的特点让人更多地回忆起他们所经历过的生活,尽管这些生活片段已足够引起人们的注意。他就像置身于一片茫然的境地,而唯一能够跟别人沟通的方法,就像在图画中的美洲原住民一样,只有充满了恐惧。德布里先生翻着书,听着斯塔登的故事,心里可能也想着类似的事儿。

"我是在出去打猎的途中被印第安人抓了,成了他们的囚犯。"斯塔登说,"几个人上来把我放倒,并把我的衣服给脱了。他们把我的衣物分了,嘲笑我苍白的皮肤,还扇了我几巴掌,对我又推搡又叫喊。

当我试着一点点地翻译他们的语言时,我才知道他们要把我吃了,因为我是他们的敌人。我不确定情况是不是这样。我不知道他们什么时候要来吃我,我也不知道现在他们是不是还这么想。现在,我坐在我的家里,在我每日生活的街道中,我只能试图去理解和推测当时发生的事情,因为在那种情况下我是不可能如此冷静地翻译并理解土著人的话语的。因为我总是处于恐惧之中,无法像这样冷静地思考。因为我总觉得我会被他们分尸。我知道他们和我们一样,也是人,但我也心知肚明,他们和我们有着天壤之别。他们离我们实在是太远了,我再也不想和他们聚在一起了。他们如此羞辱我,我只能无助地哭泣。在我很虚弱的这段时间,一听到虫鸟的喧闹以及不知名的野兽发出的响动,我就想到我是天底下最不幸的人了。而我的脑海中只剩下我从小学会的圣歌了。您恐怕无法想象在雨林深处,这些文字听起来是怎样的,以及世上最悲惨的人是如何用一张嘴去塑造上帝的形象的。在这时,有印第安人看着我,向我走近。他们指着我的嘴唇,在空气中寻找着什么,似乎是要抓住支撑我内心的音乐的踪迹。"

"最初那几天,他们领着我去一个又一个村庄示众。"斯塔登继续说道,"这一天我属于这个主人,之后,出于他们之间的一些约定,我又被卖给了别人。女人们似乎希望我快点死,但是男人们经过商讨之后决定把我的死期推迟。有一次,他们围着我,开始给我剃毛。他们用一块玻璃把我的睫毛和眉毛给剃了。剃毛的地方在他们居所的中央位置,就像我们这里的广场一样。他们在这里开会并实施一些残暴的习俗。有几个女人探过身子来,带着嘲弄的兴致来观察我的男性部位。她们有可能想爱抚它们,然后吞掉它们。也有可能是想吞下我的精子,并顺便享受一下能喷射出它们的肉体。但是当他们想给我剃胡子的时候,我生气了,对他们说,让我和我的胡子一起同生共死吧!他们唱着歌,离开了现场。我明白我的死期还没有到。

"不久他们就回来了。他们把我带到摆放着他们膜拜者的地方。这其中,他们最崇拜的是塔默卡,这是一个既简单又复杂的形象。它的样子像一个葫芦,又像一个瓷罐。它是空心的,中间穿过一根木棍。我苦笑着,我发觉我的生命,我的父母,以及我曾经力图打拼出一片未来的梦想,竟然都由这个被他们涂成红色的小小器具来决定。在它面前,我不得不一连跳了几个小时的舞蹈。我觉得我正身处于一个可笑但却十分重要的情形之下。他们在我的腿上挂了一些物品,它们相互撞击,发出声响。我一直待在中间,跟那群女人以及那个丑陋的他们最崇拜的'第一偶像'待在一起。当我意识到他们把我当做了一个神圣的囚犯来对待时,一阵愚蠢而无知的骄傲涌上心头。

"有一天,我的主人和他的很多家人都生病了。他知道我经常祷告,并眼望上空做出感激的姿势,因为我每天都奇迹般地活着。他让我向上帝祈求治好他的病。我把手放到他们的身上,进入了恍惚的状态。我假装抽搐了几下。接着把双臂张开,把自己摆成了巨大的十字架形状。而我在他们的土著舞蹈中加入了一些老式学堂舞的舞步,用自己的舞姿再现了出来。我看着他们,眼神中同时流露出愤怒和仁慈。在我内心最深处,我把我自己托付给了我们的主。这些人有的确实死了,但我的主人活了下来。从那之后,我相信我在土著人中树立了威信。我拥有上天给我的权力,并且只要他们给我自由,我就能给他们所有的好处。不知怎么的,但我向您发誓我治好了许多印第安人。有的时候我想,有些人'生病'只是受好奇心的驱使,想体验一下我的双手放在他们身上的感觉,听一听我唱的他们听不懂的歌,看一看我跳的舞步。我的话语十分吸引他们，这毫无疑问。当他们逐渐恢复之时，他们很惊讶，因为我的处方仅仅是在心中默念天主经、万福玛利亚，或是一些拉丁语。

"我陪他们去了好几次战场。我对他们说过，照顾病人、陪伴老人才是我擅长做的。但他们非要我去不可。在我的身边，他们感觉受到了保护，虽然他们带着我可能只是为了在谈判中得到更多的利益。他们在战斗前夜有一个特殊的习俗，他们会讲述自己做的梦。梦见飞翔的鸟儿，或是扇动翅膀的蝴蝶，抑或是从河里捡到的石头，是吉兆还是凶兆。我惊异于这张奇异而模糊的形象网络能够蕴含着这么丰富的含义，而且，他们以此为基础构建了战前的祈祷仪式。也不乏有人问我的梦是什么。我跟他们说我的梦里会是别的东西。我梦到我的家乡、我的家人，还有一艘来接我回家的船。他们显露出一副漠不关心的样子，或是对如此无关紧要的梦中形象嗤之以鼻。

"我还想再多说一点有关他们吃人的习性，德布里先生。我尽量说简洁一些。在这个族群中，一个囚犯的出现似乎可以填补一个漫长的等待。随着他的到来，族群的日常生活立刻被打破。这是一条少见的能让他们探知外部世界的缝隙，因为我这个新加入村落的人给他们带去了新鲜的事物，而新鲜事物的古老精髓推动了他们前进的步伐。我在犹豫到底是用囚犯还是用闯入者形容我自己。我不知道怎么称呼这种总是被期待的人，他们也是这个族群基本生存问题的唯一解答。这个可能被吃掉的外来者是土著人自身的一部分，一个他们所缺少的部分。有了他，他们脆弱的族群生活才会完整。更好的是，这个囚犯反过来也能带给他们平稳生活的可能性，使他们度过动荡的年代。

"他们每晚都在想着要去抓他。这些念想在他们的梦中萦绕不去，只有一个出口可以发泄,那就是吃人。对于敌人,他们自然要用嘲笑来蔑视,用辱骂来羞辱。但同时,这又是一个关键的客人,一个需要东道主悉心照料的贵宾,一个在无害背景下近乎于永久消失的存在。有几晚,我因为梦到每天发生的事而醒来,我又看到他们在举行这个仪式。我没有在那个地方想到这些,因为对于被吃掉的恐惧一直萦绕着我。但是现在我离开了那个是非之地。这才让我头脑清醒,我才能跟您说,他们的言行举止构成了一场戏剧性的演出。

"当牺牲者在部落里出现时,他们每个人都以最好的方式'赎回'在族群中扮演的角色。这个人捶胸顿足、失声哭嚎,那个人又拍大腿、又吹口哨,而其他的人则吟唱着古老的祈福诗。而小孩子们虽然年纪很小,但也要在这恭敬而堕落的高台上做出自己应有的贡献。他们在人群中伸出小手,为了能摸到这个外来者的一部分。我不知道这算不算夸张,但是他们没有比这声势更浩大的活动了,就连他们的日常打猎捕鱼,祭祀他们最权威的神灵以及他们有关战争的狂想,都无法让他们如此快乐地聚集在一起。镶嵌在这些举动里的时间是最意味深长的。我有一股无人能挡的怒气。因为这些动物和植物发出的鲜活的声音似乎是在响应原住民,给予这个囚犯应得的欢迎。

"我知道有的囚犯跟他们融洽地生活在同一个集体中——就像我一样。然而,这是一个大家都能接受的骗局。他们给囚犯提供女人以及小木屋中的容身之所,允许囚犯成家并参与他们所有的生活,他们甚至给予他自由,让他逃跑。我尝试逃跑,但都失败了。我一直想着我是唯一陷入这个谎言的人,因为我认识的其他本地的囚徒从来不会拔腿就跑。对于他们来说,这和他们所崇尚的认知背道而驰,而这种祖传的认知是不可回避的。因此,没有囚徒经受着恐惧,只有我被这个著名而可怕的刑罚系统吓到神经错乱、精神崩溃,生活充满了苦恼。但是尽管他们给外国人演了这样一出戏,众所周知,这个人的生命将会走到尽头。他获准组建的家庭也同样意识到,他注定要成为族群的牺牲品。在牺牲的前一天,人们把牺牲者单独关在一个茅草屋里,大家都去那里表示敬意。大家和他聊天说笑,用深情的动作相互告别,直到半夜。第二天,人们把他捆住,押送到广场中央。刽子手在行刑之前,会说出他自己对于复仇的渴望。他说了很长一段有关于族群中被囚犯所在的敌对部落所杀害的人。之后,牺牲者会用尊严为自己辩护。这引得一些人的称赞,也招致一些人的责骂。他对这种杀戮行为冷嘲热讽,说将来某一天他们自己也会被人报复。就好像这种编年性的复仇游戏在食物消化中获得了它最大的意义,在消化过程中一个族群的血肉融进了另一个族群的血肉里面。

"我试图避开这种血腥的场景。我偷偷溜了出来,在村子周边游走。突然我改变了主意。一种想去看看的焦虑和不想看的恶心和嫌弃自相矛盾地涌上心头。因为我的内心分成了两部分,一部分拒绝目睹牺牲的场景,而另一部分则对它极其感兴趣。但他们在我身边,强迫我去观察他们的一举一动。然后,囚犯被人用棍子打死了。脑浆迸裂,就像一团白色的肠子。有些女人掩面哭泣,有些却放声大笑。紧接着,一些人以惊人的速度做了一系列精准的动作。几个动作特别熟练的人拿着斧子走了过来,把尸体肢解了。这些斧子是我们从欧洲带来的,而斧子的用途却让所有的屠夫都大为惊叹。但是在这之前,其他对做这些事十分熟练的女人用一根棍子捅到死者的肛门中,把尸体中的粪便清理干净。有人把死者的背切开,从那里取出五脏六腑。这些内脏将由小孩子们放到已经支在火焰上的瓷罐中。每人都能分到尸体的一部分。阴茎和睾丸由女人们和正在哺乳期的孩子们品尝。腿和胳膊分给了战士，脑子分给了青年人，而最多汁的食物留给老人们享用。这一切持续了若干小时，对于我来说却像是无比漫长。在音乐、用密封锅发酵的饮料、欢声笑语和呜咽啜泣中，这一夜度过得就像是一场幻觉，直到黎明时分，太阳挂上树梢。在这一切都结束之后，我筋疲力尽，躺在树丛中想睡一觉，但同时我又得念诵着祷告词，这样就没人会强迫我去吃剩下的骨头，而那些小孩正在努力地寻找着骨头，希望能吸去骨髓。但是，正如在战争中不可能因为你是雇佣兵就不杀你一样，在牺牲仪式几天后，想让印第安人不吃做好的人肉干，那是不可能的；让他们觉得这是非人道的行为，也是不可能的。"

文明与野蛮

特奥多雷·德布里作品的第三册是关于汉斯·斯塔登的故事。他的版画来自安德烈埃斯·柯乐蓓之作，柯乐蓓的作品曾出现在1577年德布里在马尔堡所作的第一版中。如果说在第一幅版画中出现的是一位图解艺术家的作品，在德布里看来，我们面临着16世纪版画技术最令人担忧的时刻之一。可以说德布里是具有一定水平的版画家和艺术家，《伟大的远征》里这部分铜版画就是他图画技艺的证明。首先是多彩的里斯本港口，驳船摇摆，正确运用透视法描绘了消失在远处的建筑物。对正在作业船舰的铁塔、船帆、军旗等细节的刻画正是吸引海上行家和新手的地方。还有他经历过的海战和陆战，斯塔登去了美洲两次，我不知道是计划好的还是偶然发生的。然后是图皮南巴人食人的经历，这幅画是德布里家族工作室出版的整个选集中最跌宕起伏的核心部分之一。

在这些版画中,斯塔登是他的时代的唯一见证者。行为总是倚靠神的悲悯,而不是人类。根据新教的教义,只是因为人类不在那里,就好像在没有上帝的众生的仪式中执行一种道德伦理观。从野蛮的共性中突出的一种赤裸的、理想化的观念?是,也不是。首先,真正的基督教徒,更确切地说是新教徒,才是行为的评价点。这些行为出现在野蛮的土著人和残忍的西班牙人之间。密谋发动的残暴之行制造了文化的创伤,而我们继续称之为美洲的发现和征服。因此,可以说那就是看过了出自德布里家族工作室完整选集的三百多幅版画之后得出的结论:从来不该有交集的两个庞大人群——多神教徒美洲土著人和欧洲天主教西班牙人相遇了,这一碰撞引起的暴力冲突是由于新教没有出现在这个交叉路口。现在,在关于图皮南巴人的版画中出现了汉斯·斯塔登。但是他什么也不能做,仅仅是目睹了宴会,并请求上帝保佑他远离这种贪婪。还有吃人肉或神肉、用盛宴和圣餐来庆祝等行为。印第安人为了在这片土地上稳定下来,在每个特定的时期都会这么做。因此,他们对宇宙的不稳定性是有意识的。随着在虚假善良伪装之下成为惯例的弥撒,西班牙人吞下了他们的神,一个在圣饼中化为圣体的偶像。

而现在,在这些图像中没有任何土著人的共性。真的,那些当地人是以欧洲的美学特点来再现的。但是,他们有一个奇怪的属于另一种人的轮廓。他们是位于另外一个历史坐标的人,他们面对的神是斯塔登和大多数他同时代的人不想也不能理解的。画中展现了许多方式,就说明了这一点。比如女人对病人哭泣,或者巫师摇晃用红色羽毛修饰过的沙槌,或者在巨大的陶容器中准备饮品,或者在身上画满大量花纹，或者一边吹烟圈一边跳舞。

借助斯塔登，德布里似乎还想说野蛮是整体文明的一部分，它或是被观察和解析为异国风情的单纯对象；或是一面镜子，在里面这个星球上最正派、最先进的人们在寻找破译他们返祖现象的奥秘。但是，如果考虑到选集中出现的主题的发展演变，德布里指的就是另一个性质的野蛮：那就是西班牙征服者的特点。从这个意义上说，较之选集中描绘汉斯·斯塔登所目睹的食人族的画面，没有比它更好的来展示这个血腥的对话的方式了，因为它是根本上完全异化的两个世界之间的碰撞。

列　日

我在列日大学的维特画廊。我从法兰克福到这来看看德布里家族的一些雕版画。这些画被整理在六个不是很大的展厅里。这些画不是原版，但其中一些的出版时间可以追溯到18、19世纪。总的来说，这是一个特奥多雷及其儿子让·特奥多雷作品的展览，规模很大，涵盖了《圣经》中的场景、新大陆的景象、为人熟知的标志、科学和神秘主义的寓言画、建筑和解剖、战争艺术和火药制造、骑士、地形和鲜花、荒诞粗俗的事物、装点过的字母、尊贵的人物和国王的加冕。我在画廊的长桌中觅得了一点地方，对此我很感恩。

来这里之前，我已经决定要走遍这座城市的老城区。我的感受很明显。列日这个城市又脏又乱，起码比不上法兰克福。但在这样一个邋遢的地方我还是发现了它的魅力。每个人都自在得无忧无虑，完全看不出这座轻浮的德国城市所炫耀的想要成为核心都市典范的抱负。

更确切地说，我断言在这里我不会因受到经济世界的冲击而感到不适，也不会在公园里见到大得惊人的建筑。此外，我也没有感觉到丝毫的野心或卖弄。这只是一个在现代化中随波逐流的城市。由于中世纪的历史，它可能很难起步并走向现代化。当我举目向天，几乎看不到飞机。法兰克福就是另外一番景象了，居民要为这样一个以欧洲金融中心自恃的城市付出代价。

到达下榻酒店所在的法兰西广场以后，我做的第一件事就是去找那条河。我想我能在阿奎斯拱桥那里发现重要的东西，当在河岸上远眺看到它的时候，我十分开心。"这是摩萨桥，"我自言自语，"另一个是我文学设定中的桥梁。"但在那个桥上没什么起眼的东西。过去那些金银匠忙碌嘈杂的情形还在桥上萦回。那是一个灰色的丑陋建筑，从那儿可以看到没什么吸引力的城市样貌。我时而停在车水马龙中望着那条河。那天下午空气灰暗，刮着风。两个阿拉伯少年叼着烟从我身边经过。其中一个，不知是无礼还是友好，递给我他手里的烟。他们说了些我听不懂的话，笑我拒绝抽烟，然后继续向前。在客运码头，我的左手边有几对挽着手的情侣，还有一些在讲电话的行人。一艘货船从桥下经过，我跟着发动机泛起的水花继续向前。就在这时，在河床上耀眼的霞光中，老城浮现出来。一会儿，几艘小船的响声使我怔住，之后还有往街上运红酒的滑轮发出吱吱的响声。在我的身旁，就像令人目眩的闪电一样，出现了成排的房子。一个金发的年轻人从那些房子中走出来。我没有多加思虑就跟着他走了。我踩到了一个水坑，坑里的泥弄脏了我的裤子。一辆马车从我身边经过，要不是它恰好停了下来，险些从我身上碾过去。远处，运水工、拄着拐杖的残疾乞丐和卖生菜的小贩在跟那个小伙子打招呼。他只是抬手回应,并没停下。之后,我们走进了一群正在吃着面包、喝着发酵酒的僧侣当中。那个小伙走得飞快,我气喘吁吁地努力跟上他的步伐。即使我努力尝试,还是没能做到,我感觉脚上的鞋有点儿发沉,像有什么东西坠着。在我们穿梭的嘈杂小巷中,我检查了好多次,我发现是我黑色的甘比耐利鞋。同时我发现我好像离他们很远,看不清楚。但是我可以分辨出特奥多雷。甚至我能看见他尖头的皮鞋是绿色的。一股鲜肉的味道冲击着我的嗅觉,我意识到我们正在走向一座庞大的建筑。那些动物的喘息提示着我们的进入。人们正在以娴熟的技巧分解牛的肢体,切好的咸肉块正在待售。那个年轻人从中经过,一股莫名的恶心使我有些不适,这时有个人拍了下我的肩膀。突然我很困惑,不知道听到什么。那个不停对我说话妇女的法语正把我从过去的混乱中解脱出来。一个毫无疑问是和我一样的游客问我圣巴托洛缪学院在哪儿。我不记得我回答了什么。我可能指向了什么地方吧。或许是那个屹立在远处带有橙黄色装饰的罗马高塔。我给我的迟疑找到了借口。但我突然想起穿越拱桥之后,我想步行去雷尼尔·德乌伊的洗礼池。那个池子仿佛是金银手工业唯一的宝藏,被保存在教堂里,那里也是我一直在寻觅的地方。

文　身

在维特画廊接待我的女人很瘦,她的头发几乎剃光了,脸色惊人的苍白。我惊喜地发现在她的肩膀上有朵硕大并开放的花朵,手臂上则是一条挥着翅膀的龙,这是用绘制文身的新技术来画的。听我讲出拉美口音的法语,她还是出乎意料的友善,没有露出不好的脸色,就像法国国家图书馆的工作人员一样。我跟她说我正在写有关16世纪的三位新教画家以及他们跟征服美洲之间的关系，其中就有特奥多雷·德布里，她还是很认真地听着。惊讶的是，她问我另外两个是谁。我跟她粗略地讲了讲雅克·莱莫因和弗朗索瓦·杜波伊斯。关于第一个人，她从德布里所作的水彩画中知道一些，但是关于第二个，她一无所知。我跟她说，这是正常的，因为几乎没有人认识他，尽管他是非常著名的《圣巴托洛缪大屠杀》这幅画的作者。这位女士睁大了眼睛，充满期待，就好像她在中学时代就曾见过那幅画。她扔给我打火机，我被她手臂上文的龙吸引，我看了一会儿，跟她说，如果不麻烦的话，我们可以从网站上看一下杜波伊斯的那幅木板油画，来解除她的疑惑。于是我们就去她的电脑上看，看到画，她不禁打起冷颤，跟所有第一次接触这幅画的人一样。我简略地向她介绍着杜波伊斯作品里那些所谓的历史人物。突然，她打断了我，问我是不是新教徒。我笑了笑，回答说我是无神论者，就算非要选一个对我有吸引力的宗教，那也不会是在所有形式上都痛苦曲折且不可容忍的基督教，也许佛陀微笑的平静会吸引我。她感叹道："噢，我的天啊。"而当我看到她裹着紧身牛仔裤的双腿时，上面多彩的花瓣又吸引了我。在我的请求下，这个女人很热情地给我拿来了特奥多雷·德布里和儿子让·特奥多雷版画的文件夹。她还拿给我一本厚大的书，里面描画了汉斯·斯塔登的冒险故事。之后，她留下我一个人，去接待另外一个客户。能够看着、触摸着，甚至能闻着这本1592年美因河畔法兰克福的老版印本让我激动不已。然后，我一个一个地观看讲述斯塔登经历的那三十幅版画。

过一会儿，我好像睡着了。我闭上了眼睛，女职员手臂上那条飞龙把我带到了雨林里的一个地方。我对热带雨林有一些了解，因为我曾经去过普图马约和哥伦比亚的亚马逊地区。但是我对于这些原始森林的知识，就如同讲法语的人们说的那样，是不确切的、粗略的和片面的。我不会美化也不会谴责雨林，它仅仅是一片我不熟悉的辽阔土地。有时候我会觉得那些在一起横跨了广阔江河的树木是万物的父母，是心脏、头脑、灵魂，也是地球的肺部。或许是一种我在梦中追求的绝对，但我却永远不能进入里面。是一种让我若即若离的无意识状态的反映。但这时我闻到了烟草的甜味，感觉到一个黄教僧吐了口唾沫，他说了句话，并用右手摇响了古时的一种土著人的乐器响葫芦。一声有冲击力的颤音在空气中蒸腾。在他和派他来的巫师周围，部落里的成员们一只手撑在胯部，一只脚踩着节奏。他们围成古代庆祝活动中常见的圆圈，这是接下来理性被打破的前奏。他们变成了一个人。这个集体中没有任何个人行为的迹象。所有人都用相同的方式来胡涂乱画。他们都剃光了头。他们做出相同的动作，喝下女人们用她们口水搅拌的根汁。但是，她们在哪里呢？我在浓浓的海雾中寻找她们，篝火照亮了雾气。我从继续转动着的圆圈那边找到了她们，这个圈似乎被来自遥远时代的使令驱动着。我不知道有多少个人。其中一个女人拿着棍子，连续敲击着她身上最胖部位的花纹图案。那是些很小、很奇怪的几何图案，我无法解读出来。其他女人朝着一个地方看，被一缕难以言喻的炫目光芒所打动。我猜受害者应该在那里。于是我靠过去，看到了他。他被绑在一棵树上。他是白人，全身赤裸着，他又瘦又高，用惊恐的目光看着我。

伦 敦

街上挤满了乞丐。乌云密布的天空偶尔放晴,寡淡的太阳才透出些光亮。冰冷的细雨丝毫没有停下来的意思,沉浸其中,总是勾起忧郁和难解的苦闷。泰晤士河生硬地将城市劈开来。喧闹的船只络绎不绝。马儿嘶叫着,打几个响鼻,在泥泞的街道上撒下些粪蛋儿。猪群被长杆抽打着,听从驱赶,哼唧哼唧地走向屠宰场。母鸡被猫儿狗儿的尖牙撵得贴地、胡乱扑腾着。衣冠楚楚的红男绿女,把硬币丢到乞丐手中。特奥多雷·德布里,从车窗里观察着伦敦的动态——飞快而杂乱,笼罩着秋日黄昏焕发的色彩。坐在马车中虽未闻到,下车时,腐烂的蔬果与下水道中污水散发的恶臭立马震撼了他。两个佣人帮他把行李箱和装着新印版画和图版的箱子卸下马车。德布里活动了一下旅途劳顿的身体。腐烂味令他心安。虽然气候压抑而且自己穷困潦倒,但这座城市不同于斯特拉斯堡、列日或安特卫普。新教徒才是这儿的当权者。

迁居至此有几个缘故。正式原因是要刻录菲利普·西德尼的追悼会,这位贵族不久前在荷兰被西班牙人杀害。为此德布里对葬礼表现得十分郑重。十六个身着制服的人抬着覆盖黑布的宽大灵柩。许多与逝者相熟的名流身穿长袍与斗篷,手举印着纹章的航海旗帜。德布里看着眼前的场景,思忖着如何在画作中表现风笛鼓乐带给人群的触动。但心知在这种情景下,人物对声响的反应几乎无法捉摸。另一个原因最为令人振奋,他打算为自己的作品集《伟大的远征》争取沃尔特·莱利的资助。德布里长期与地理学家理查德·哈克卢特保持书信往来,为这次为期约两年的停留作了充足的准备。

哈克卢特，也是牛津书商兼牧师，领着德布里在城市中认路。他们参观了兼具监禁与防守功能的塔楼，累建着房屋与商店的石桥，光辉宏伟的圣巴勃罗大教堂，三面高墙上所有窗户均对称分布的市政厅。哈克卢特在路上说起天主教修道院，那些包藏腐败与罪孽的魔窟不久前已被西敏寺下令封锁。他骄傲地介绍着都铎王朝国教会的权力结构以及对于改革的支持。他表示，罗马和西班牙不好说，但英国人民是完全独立于教会政令之外的，这在欧洲其他服从罗马教皇及国王统治的国家并不常见。"这二者，您知道的，"哈克卢特接着说，"都是滋长堕落与虚伪的温床。"此外他确信，从英国实用主义角度看，日益壮大的伦敦教民间的和谐关系，以及私人企业的蓬勃发展才能增强国家的经济。事实上，这些私企也正是德布里为海外旅行寻找资助时的目标。这个胶着于内乱的国家，又承受着对西班牙战争的压力，几乎无暇顾及美洲征服战争的前景。话题重回书籍，哈克卢特正在筹划一个题为《航海全书》的世界边缘之旅作品集。不久前还出版了洛多尼埃先生讲述佛罗里达的英文译本。德布里惊问如何拿到手稿的。哈特卢克告诉他，多亏一位名叫安德鲁·哈利奥特的宇宙志学者，在巴黎工作期间行了方便。聊到约翰·怀特时，二人正行至港口，晚霞映于河水之上。这位以水彩画见长的画家同样热衷于教化活动，刚刚结束他的弗吉尼亚之旅。

几天后举行的一场晚宴，怀特和友人托马斯·哈利奥特一同出席，这位数学家、地理学家兼布道者认为，在伦敦，为美洲掠夺战争而忧心之人才是上帝真言的传播者。三人聆听了德布里对于作品集的筹划。版画家变换着语言展示自己的想法，时而英语，时而拉丁语，但为了方便东道主，主要使用法语。随后怀特和哈里奥特谈及在罗阿诺克地区的故事，前者显然希望在那里建立英国殖民地。哈克卢特透露，虽然可能因英西开战的传闻推迟，莱利资助的征程已然在筹备当中。谈话不可避免地提到国际政治的影响，大家纷纷对腓力二世的极权痛下针砭。法国境内，亨利·德盖泽和凯瑟琳·德美第奇在西班牙和教皇支持下煽动起无数口诛笔伐。他们反感性格乖张的恩里克二世和他阴柔无能的朝臣，却很赞赏恩里克·德纳瓦拉的果敢。农工交易中，新教军队在英国女王、丹麦国王和德国王室操纵下毫无节制的花销简直不可饶恕。欧洲境内尚有战火频发和军火买卖引发灾祸，新大陆的境况只会更加恶劣。德布里谈及原住民的毁灭，侵略者的腐败和对金银矿产的抢掠。哈克卢特比多数乐于插手美洲事务的人更具远见，他认为很快就该英国来示范，究竟如何正义侵略与殖民。然而，德布里不以为然，他对哈克卢特明确表示，侵略只是出于掠取矿产资源的贪婪，无关其他。后者反驳道，英格兰不同于混乱的西班牙，也不像散漫的法国抑或没落的葡萄牙，时间自会证明一切。德布里趁机问众人是否读过巴托洛梅·德拉斯·卡萨斯关于原住民的书籍，怀特、哈利奥特与莱利皆道有所耳闻却不了解具体内容，反倒哈克卢特知道一些片段，也注意到了宇宙志学界对它的争论。安德鲁·特维特曾在谈话中评论此书谬误，不仅地理区划不够精确，当地人口数据也错漏百出。德布里认真听后，承认书中的部分论断确实有待推敲，但作者旨在揭露侵略者的罪恶不仁，而非当地的宇宙学数据。哈克卢特先生对此赞同，他说特维特是现今新兴学派中的一员，其中汇聚着博学广志者和雄辩家，但也不乏离经叛道的自大狂。这些想必都被详细记述在回忆录中。德布里向众人介绍了巴托洛梅·德拉斯·卡萨斯的作品概况：短暂的激愤，对基督教的虔诚，一系列爆发在身为鱼肉的原住民与人为刀俎的侵略者之间的矛盾，对和平殖民的信心，对美洲土著在某种意义上对人类共存的重要性远胜欧洲人的笃信。这也许是对西班牙在美洲恶劣罪行最大胆、直接的披露，他总结道。但也可能，德布里盯着哈克卢特说，是那些意图继续掠取美洲之人的前车之鉴。午夜时分众人告别，并约定了下次会面，好让德布里一瞻怀特的画作。

雷 利

沃尔特·雷利是英国贵族阶级中杰出的知名人士。他对征服美洲大陆有着浓厚的兴趣，甚至不惜一切代价。一直到刽子手砍下他的头颅为止，他都有一个夙愿：寻找"黄金国"。当德布里认识他的时候，他是康沃尔和埃克赛特锡矿的监工，以及伦敦酒精和纸牌游戏垄断权的拥有者。因为家族遗产之争，他被认定为好战的新教徒、天主教不共戴天的敌人。这里无需对一些相关事件进行详细的描述，这些事件最终导致他在圭亚那被西班牙当局抓捕。雷利去圭亚那是为了寻找马诺阿城，后来，西班牙当局以判处砍头的刑罚为条件将他交给了雅各布一世的宫廷。雅各布和雷利一直以来都有一笔未算清的账，雷利曾违抗他的命令从事阴谋活动。因此雅各布决定惩罚他。在雷利那段被监禁于伦敦塔的牢狱岁月上同样不值得浪费过多的笔墨，在这一时期，他完成了一本虽充满了不连贯之处，但却在那一时代为人所称颂的书，名为《世界史》。撇开他的风流倜傥和众多的暧昧关系不谈（雷利对有夫之妇十分着迷），他的情敌最终都死在某个十字路口或某个美丽花园的角落，当我们漫步于他所作的诗中，在诗句里可以隐约看到一丝阴郁的历史感。尽管轶事趣闻可能会激发任何一位作家的想象力，但我们仍要提及的是，雷利死后，他的头颅被做了防腐处理，他的妻子将它保存在一个由天鹅绒制成的黄色袋子里，并与它共度了三十多年的寡居生活。在这个故事中，雷利只是一个次要人物，因此只需讲述其与美洲的关联即可。其第一条联系在于，他对新大陆的探索因夹杂着激情与失败而显得十分突出。雷利，一个受过良好教育，有知识、有文化的贵族，却同那些最粗鄙的征服者一样有着对金钱财富的强烈渴望。另一条联系则展现了一个兴奋不已的雷利同他在弗吉尼亚烟草方面的发现：一种已被其王国的宫廷所引进的烟草，他也随之产生了一种了解美洲土著人生活习俗的兴趣。我们无法清楚地知道这些探险的资助者对美洲土著人的看法，因为他们寻找"黄金国"的强烈欲望掩盖了其个性的其他特点。但可以确定的是雷利对约翰·怀特的画作、托马斯·哈里特的故事以及列日大师德布里的计划十分感兴趣。这一兴趣促使其为《伟大的远征》一书支付了第一册的出版费用。实际上，他的形象在特奥多雷·德布里的生活中并非如此枯燥无味。但相对确定的是，当他带着被那个晚上品尝的烟草所全部占据的思绪，离开西敏近郊宫殿的时候，雷利以及他那长久以来的夙愿——在美洲大陆的一个角落，在小威尼斯和新格拉纳达之间，坐落着一座"黄金城"，无论如何都注定了一个灾难性的结局。

约翰·怀特

约翰·怀特的二十三幅水彩版画每幅都大气磅礴，笔傲山河。正是这最后一幅从一开始就给了德布里的作品强劲的助力。第一版《伟大的远征》是于1590年在美因河畔法兰克福出版的。它被翻译成四种语言：拉丁语、英语、法语和德语，这也使它得到了广泛的传播。其中以旅行神学家、无畏的军人、宇宙结构学家、浪漫主义作家和各类画家为主要群体的欧洲读者能够更清楚地了解那些阿尔贡金土著可能有的样子。特奥多雷·德布里的这些铜版画在艺术制作和民族意义的深度上都大大超越了前作，例如为汉斯·斯塔登的《伟大的远征》第一版所作的铜版画，为吉罗拉莫·本佐尼的《新大陆的历史》所作的木刻版画，为安德烈·特韦的《奇特的南极法国》和《宇宙绘制学》所作的铜版画，以及为让·德莱里的《一次巴西之旅的记述》所作的铜版画。约翰·怀特深信他的版画能够推动英国的殖民运动，因此毫不吝惜他的才情。怀特的作品受当时理想人文主义的滋养，再现了一个有着鲜明贵族和统治色彩的土著社会的生活。因此，如果有人能够欣赏到这些作品，那么他就会理解，面对着那些令人尊敬的伟人，人们不仅仅会惊叹于其局部的色彩，也会赞叹其透露出来的优美与典雅。画中出现的那些土著人，有王子、战士、牧师或者侍女，他们不可避免地被诚实地描画出来。他们面对或背对着那些殖民者，以埃涅阿斯·维科在他的书中所预言的方式，展现了当时欧洲的装备。而后面的风景则是几艘牧人的独木舟穿行在一条条平静的河流之间，舟的顶棚可见以蹼足鸟的翅膀为装饰的图案。如果将约翰·怀特原创的铜版画与特奥多雷·德布里的版画相对比，很容易便可发觉二者之间的不同。当在大英博物馆的收藏品中看到这些画时，我便发现，怀特在某种程度上，去掉了土著居民的野蛮特点。德布里并没有去除它们阴沉的色调，而是添上了一抹阿卡迪亚风格的润色，这在今天看起来，尽管并非偶然，却令人喜爱。实际上，德布里所做的事是把那些土著居民变成希腊和罗马人。他的巫师看起来像是一个带着女性阴柔气息的、会飞的赫尔墨斯。波湄克的年长者是带有一丝阴暗的西塞罗。那些红杉侍女的乳房是参照某个容易受惊的阿佛洛狄忒女神而画的。罗阿诺雅克岛的知名人士们，裸露着躯体，顶着一头剪得像雄鸡鸡冠的头发，站立着，张望着，像是一位静止的、智者时代的元老院议员。画面所展示的内容使观众发现，这片土地和它的居民们有着类似自己的庄重，那么，就为殖民提供了必要的条件。实际上，这一册的最后五幅图片着力展现了带着武器和身画彩绘的古代英国人。画面所建立起的具有影响力的联系使英国人在北美土著人身上看到了他们好几个世纪之前的发展阶段。但是，这种天真无邪的人类，以及看起来自由、体面和端庄的人们所处的恬静闲适之状指向什么呢？处于一个因战争贸易和美洲殖民掠夺而破裂的时代之中，这两位新教的画家，一位是英国人，另一位是比利时人，像是在讲述那些丢失的权利，讲述应一直保持的、高尚的自由和回归黄金时代的迫切需要。那些对这样的文化混乱知之甚少，不认识西塞罗，不认识赫尔墨斯，也不认识阿佛洛狄忒的弗吉尼亚美洲土著们完美地满足了他们的意图。此外，在没有铁也没有私有制的情况下，土著居民们置身于富饶的大自然中，依靠着一种明显的共产形式，毫无挥霍浪费，是处于原始状态的财富的象征。如此，野蛮人变成了高贵的野蛮人。怀特所画的和德布里所雕刻的那些人类，确切地说，正是那十分受人尊敬的英国国会的象征。

莫尔戈斯

没人知道他的本名，布莱克法尔街区圣安娜教区附近的人都叫他莫尔戈斯。莫尔戈斯一副饱受沧桑的躯壳下，体内某种久远的精力仍在低吟。一头浓密的黑发而今掉得只剩稀疏几缕，衬得他比实际年龄更苍老了。他说话时的声音细若游丝，要想听清，还得低头侧耳贴近他嘴边，而他嘴里却时常噏出一阵难闻的酸气。不寻常的是那双眼睛依旧炯炯有神，谁对上了都会感到惊慌。

几年前为躲避法国教会的迫害莫尔戈斯来到伦敦。画家早些年还到过美洲，狭窄的居所里藏有的一幅画作印刻了他游历美洲的见闻。这幅画莫尔戈斯本想在家乡迪耶普发表，迪耶普的宇宙学研究久负盛名，但战争灾难般爆发了，发表也因此搁浅了。曾有一位老师教他地图制作，谈起他莫尔戈斯总是充满敬意，只可惜这位恩师在莫尔戈斯从新大陆回来这里定居前就已经离世了。之后画家坚持把那个佛罗里达的印第安人算做自己的第二位老师，那人给莫尔戈斯文过身，尽管几乎没人见过画家的文身。在约翰·怀特的引荐下，特奥多雷·德布里认识了莫尔戈斯，那时想到画家有文身，他也提出想看看那些残迹，可画家从未让他见过一眼。

莫尔戈斯在伦敦住得很安心，他取得英国的合法居留证已经有一段时间了。他一个如此潦倒的外国男人也能在这里买到地，英国人的这份慷慨真叫人有些忍俊不禁。尽管十分拮据，抵上全部财物莫尔戈斯找到了一个合适的地方。他和一个叫简的女人住一起，多亏她给了画家无微不至的照顾，两个人总是一起出去，他们习惯沿着泰晤士河散步。然而画家并不钟情于伦敦，这座城市的阴暗、寒冷、广阔、污秽，让他在迪耶普的记忆如旧梦般涌现。他朋友不多，去年兴致不错的时候也嗜好出去玩乐。但分明有什么事扰乱了画家的心，难过混杂着疑虑割据了他的感受，更多的时候他一言不发，只有需要问简拿画笔或在画室总找不到某支彩铅时才会打破沉默。莫尔戈斯快五十五岁了,他感到岁月压垮了自己,肠道疾病引起的失眠更让他整日精神恍惚。

莫尔戈斯内心深处有些看不起伦敦的艺术圈,尽管这样讲有些尖刻,在他眼里这儿全是一群墨守成规的艺术家,他们无视绘画的其他表现形式,一味地推崇肖像画。缘起于几年前小汉斯·霍尔拜因在肖像画派登峰造极的影响力催生了这股艺术热潮,而伊丽莎白女王对新教的拥护更为它推波助澜。至于这位德国大师霍尔拜因,伦敦的画家无一不识他的作品。莫尔戈斯也去看过好几次他的肖像画:英王亨利八世,坎特伯雷大主教,托马斯·莫尔,还有尼古拉斯·克拉策。毋庸置疑,以上作品实在是高超技法和敏锐观察的结晶,就他的洞察力而言这群英国画家中无人能及。尤其是那幅克拉策的肖像,人物周围摆放着几样数学仪器:一个未完成的日晷多面体,几块仿古色调的三角尺,一把象限仪让人联想到开阔的天空和无边的大海。莫尔戈斯看到这里激动不已,想想以前在迪耶普他和启蒙老师也经常探究这些领域。但自己的才华有几分,莫尔戈斯心里是有数的。他比任何人都清楚以前在巴黎自己画些野生动植物,而此时在伦敦也只算一位专注花卉、水果和昆虫的画师。

特奥多雷·德布里去布莱克法尔的家拜访莫尔戈斯时,画家正聚精会神地在羊皮卷上润色一只苍蝇翅膀,他单手作业,另一只手在画技顶峰时期受伤失觉了。这小动物困在了迷迭香的枝叶间,而整幅微型画色彩精美生动,德布里赞不绝口,画家听完也卸下了心中的防备。画中不管是背景的金黄,还是花卉的苍蓝,不管是叶片背面的沙灰还是昆虫胸膛的亮黑,各个颜色都描绘得精细绵密,纤毫必致,映射着这位画家对自然界一切微小存在用时良久的温情体会。恣意纵横的迷迭香让德布里想起老友艾蒂安·德洛纳的作品中也有这样错综复杂的结构。访客的溢美之词让莫尔戈斯兴致勃发，随即给德布里看了这一组六幅微型水粉画的其他几张：三只圆润的梨，每朵粉色康乃馨上都歇着一只蝶，蜀葵撑开硕大的花瓣，刺芹上缠着毛毛虫，小葡萄藤间闹腾的赤胸朱顶雀。莫尔戈斯解释说，这只是他目前创作的冰山一角。以上六幅有画框镶嵌，画框从正蓝到深绿色调不一，黄的、白的、褐色的纹路点缀其间，似乎懂得如何让特奥多雷·德布里更为之惊喜。

"都是些微不足道的功夫"，莫尔戈斯用低迷的声音说道，"但承载了我最愉悦的时光。自从我来伦敦，每天早上都画这些"。简没话找话地说起她丈夫每天喝好几次混合药剂来抑制病情的事儿。莫尔戈斯紧接着说他目前在为玛丽·席德妮画画，她是在爱尔兰当权的英国人圈内的一位贵妇。画家为她制作了一份自然小目录，在伦敦的作坊印刷，名叫《乡村密码》。出版这个小册子旨在引导人们学习生活的本真，并为需要的人提供简单的模板教他们在刺绣、挂毯、家庭绘画中表达这方面的思索。德布里飞快地浏览着每幅作品和下方不同语言标注的教科书式的说明文字。当他念到印在封面的雅克·莱莫因，即画家莫尔戈斯的全名时，他确信这是一本中规中矩的教科书式的作品集。

怎么一间宽阔的屋子变成了画室！花朵四处散落成堆，仿佛微型城镇，动物标本贴满了墙壁，给这间屋子平添了一种独特的魔力。这儿有鸢尾花、峡谷丁香，紫罗兰和牡丹，还有白康乃馨和黄玫瑰；蝴蝶、蟋蟀、胃蝇、胡蜂挂在墙上就像等待风干的果实。冬日的阳光慵懒地流入房间抵达幽闭的角落，那里成堆的文件吸引了版画家德布里的注意。他显露的好奇，还有眼神里和自己一样的流放的印记都让莫尔戈斯决定好好了解这个人。

莫尔戈斯俯身去拿文件夹的时候差点摔倒，好在特奥多雷用双手紧紧扶住了他，这及时的帮助更加拉近了两人的距离。画家又拿了一些水彩画给特奥多雷看，是他自认为最近画的最好的几张。这组画中，水果的肌理是多么惟妙惟肖，摄人心魄，德布里简直等不及想尝一口，而观赏美的需求又将这种欲望竭力抑制住。

看那饱满的果粒胀破了石榴皮；一只香瓜下躺着澄黄的一瓣，而衬在瓜后的绿叶脉络明晰，画家的观察之细微堪比真正的自然学家；两串莹亮多汁的葡萄垂在藤蔓上；三只苹果略显青涩却依然让人忍不住想从枝头把它们摘下来；一只孤零零的榲桲，果蒂的三片叶子已褪去生气，惹人联想到肿胀的乳房；一只烂熟的香梨摊成两瓣，形态近乎淫秽；类似的，从那两只橘子仿佛可以瞥见的不止橘树，还有人类极力抑制的食欲；一颗热带状的菠萝散发出太阳的金光。到这儿这组水果画就看完了。

从最后一张画中收回目光，德布里进入了一早准备好的正题，即罗利承诺将赞助画家完成的《伟大的远征》作品集的第一部。莫尔戈斯听了却面露轻蔑。在他眼里，罗利这个人虽古怪但必是英国军人中的杰出之辈，他们那代人尽管不幸，但确确实实撼动了欧洲的政治版图，当时的青年为达目的，行事作风之潇洒果敢堪称典范，甚至压过了上级的锋芒。只是罗利看到画上描绘的法国新教运动在美洲的发展时，神情冷漠，莫尔戈斯向德布里吐露了他的担忧。德布里安慰道："您不要见怪，比起法国种种以悲剧收场的崇高殖民理想，英国人对本国的新殖民运动更感兴趣，后者能保证一种高度统一的发展。"莫尔戈斯耸耸肩，发出一声疲惫的叹息。他说："要是站在印第安人的立场，一切殖民事业都是悲剧。但在欧洲贵族和提供资助的资本主义银行家看来，任何殖民事业都大有赚头。说到底，当下和未来都是英国和西班牙在瓜分世界，而撇下因内乱国力衰弱的法国。您不要忘了，大部分的征服运动往往是贪婪的人发动的。假如说，就比如我参加的那次远征，领导者是个老实厚道的人，没有征服经验，也无意虐待原住民，这样的殖民必将以失败告终。"

话到此处，莫尔戈斯正想提起雷内·卢杜涅上校。他接着讲道："当年我们死里逃生终于与远征司令德科利尼还有查理九世会合，但对卢杜涅的行动，人们不但不理解反而指责他愚蠢，多少人把佛罗里达殖民事业的败落全归咎于他，长久以来上校都无法摆脱那些恶毒的羞辱。"德布里很疑惑，尽管之前听哈克卢特提过卢杜涅，但他不知道他究竟做了什么。莫尔戈斯解释道："几年后上校企图从西班牙人手里光复卡罗琳堡。尽管有菲利普·斯特罗奇下令庇护，但那次远征还未抵达海域就失败了。说到斯特罗奇，此人是皇家军队司令，他对西班牙仇视仅仅是出于刻板印象。但是，上校的固执非常人能比，他最终凭自己的门路，在一位有权势的教士的帮助下，登上了美洲，至于那位教士叫什么我已经记不清了。然而发生圣巴托洛缪大屠杀时，谁也不知道上校在热带雨林的哪个角落。我明白佛罗里达的历史卢杜涅还是有份儿的，而且我猜他病逝于圣日耳曼莱昂的时候可能是意识安详的，到美洲开始发作的风湿热最终把他带去了坟墓。还有人跟我说上校去世前背弃了新教，难道这不是刻意诋毁他名声的无稽之谈吗！"

这儿似乎也没有卢杜涅的那张画像了。莫尔戈斯又去翻找别的水彩画，德布里一直站在那等着殷勤地接过来。他向画家示意后便坐下来更专心地看画，有好多张篇幅不大的羊皮纸，但每张都色彩缤纷，栩栩如生。他看到的第一幅，亚瑟王向卢杜涅指着赫博设立的花冠柱；接下来的一幅幅画卷让德布里目不暇接：卡罗琳城堡的建造，战争中分尸俘虏的场面，两性人的活动，子民颂扬国王的情景。德布里知道他眼前的作品是对美洲独一无二的印刻。据画家本人说，这系列画作的第一版正是在卡罗琳城堡和蒂穆夸附近的村庄完成的，可惜西班牙人攻进来时几乎全部遗失了。德布里看到的这一版是画家辗转于巴黎和迪耶普两地那些年间画下的，下方都标注了简短的说明文字，也是方便德布里转让。

莫尔戈斯对德布里出的价并不满意。"先不说值多少钱，这些水彩画关乎多少性命。"画家辩解道，"我也认为约翰·怀特的水彩画十分珍贵，只是我的这些作品提供了美洲印第安人的相关资料，意义更大。再说，我自己的故事，我的绘画生涯也算是形象地书写在了这一系列作品里了。"德布里没有反驳画家的话。也许这几幅画真的比想象的更价值连城，尤其是画上的文字，说那是最重要的信息一点也不过分。德布里请莫尔戈斯多给几天时间来筹到他要求的金额。画家理应去法兰克福跟赞助《伟大的远征》的人谈谈，包括王宫里的保护人，印刷商魏歇尔，书商费耶兰本德。只是他需要一份誓言或是承诺，以防这本书流入德布里家族之外的人手里。莫尔戈斯又苦笑了几下自嘲道，别说法国，就在英国也没人对他的作品有兴趣。"在我的国家我就像是不存在，更像是孤魂。那位雇我工作的夫人很惧怕土著，她甚至极度厌恶烟草，您知道的烟草可是宫廷的大量消耗品。您什么时候能付钱给我呢？"画家终于问出口。我承诺他不出三个月一定再来。一阵阴沉无声后，他也只好同意了。最后他说，如果我不在的话，简会代我全部转交给你。

水彩画和金盏花

特奥多雷·德布里穿过了佛兰德地区。平原在一片断断续续的树林下延展开来，树丛中闪闪发光的枝叶引人注目。同时，那些德布里所经过的城镇建筑，在被太阳无形的手指触碰到的侧面也闪着令人愉悦的光芒。德布里想，对于一个画家来说，坐在教堂的正面，将黄昏那处于转瞬即逝与永恒之间的步态具象于图画之上，将会是一个极好的想法。暮夜微凉，空气中弥漫着刺激性花粉的气味，宁静的夜幕被蝉嘹亮的歌声刺破。当他穿过英吉利海峡的时候，天空洁净无瑕，万里无云，尽管在白天，但也还有一轮透明的月亮，如同幻觉一般，又仿佛是一份慰藉。在多佛，他乘坐了一种非常迅驰的车辆，这种车辆将他带到了伦敦。特奥多雷·德布里不知道这种感觉是由先前在港口的旅店所喝的红酒的效力所致，还是仅仅是因为马的步伐与山路的回环曲折之间完美的结合。在路途的愉悦之中，这位大师并没有停止思考雅克·莱莫因·莫尔戈斯的命运。这位画家不久前刚刚去世。他的妻子简在一封详尽列出财产清单的信函上告知了他的死讯。她发现莫尔戈斯倒在布莱克法尔的画室中，一只手中握着几朵金盏花，另一只有壁虎文身的手上，拿着那些关于蒂穆夸人的水彩画中的一幅。简怀着尊敬对德布里说："这些画儿在等着您。"在遗嘱中，莫尔戈斯将他的画作和他的旅行史著作所有权交给了他的妻子。简面对拮据的经济状况同意以任意价格出售这些东西。但德布里是一个慷慨大方的人，从不狡诈地讨价还价。他不仅仅支付了这些东西应有的价格，为了帮助这位寡妇的生计，他还在此基础上提高了不少。

这次，德布里在伦敦逗留的时间很短，因为他已经决定举家迁往法兰克福。在某种程度上，这是一个勇敢的决定，因为这座美因河畔的城市对加尔文主义者没有绝对自由的权利。在伦敦可以平静地生活，但是在法兰克福，必须处处小心，和法院的审查相周旋。最终说服特奥多雷到这座城市的是这里的经济状况。这对他十分有益，因为在这座皇城，居住着有着充裕资金、能够支持他作品的人。此外，每年的春天和秋天，这里都会举办书展，这为他出版物的传播打开了一个非常重要的市场。特奥多雷还获得了关于佛罗里达的资料，他如获至宝。他向简保证不会修改其铜版画的原稿，他对这位夭折的画家也是这样做的。他同样向约翰·怀特做出了承诺，怀特已经决定以高价出让在德布里作品选集中出版自己画作的权利，德布里在这方面总是十分慷慨。德布里所拥有的铜版画大师的名望足以让人相信他的话。可以确定的是，这种类型的铜版画的制作技术在出版者中很少有人使用，这也引起了那些依赖印刷品运费维持生计的人的不满。成本变得更高了。文章和插图应该以两种不同的方法进行独立印刷。但是和木刻版画不同，蚀刻画不仅仅使大批量的印刷成为可能，还保证了印刷品良好的清晰度。

美因河畔的法兰克福

在两个儿子和凯瑟琳的陪伴和照顾下，特奥多雷·德布里晚年在位于法兰克福的印刷作坊工作。无论是在对买来的水彩画的仿造，在铜版画的制作中，还是在对意大利语、西班牙语或法语的编年史的选定片段进行德语和拉丁语翻译的复查过程中，或在书页的印刷和装订中，他总是固执地将个人色彩注入到他的作品里。即使他对自己人的能力很有信心，但他还是事必躬亲，要亲自检查工作进行的各个阶段。他总说八只眼睛比两只看得更清楚。虽然大家彼此尊重，但时不时也会有摩擦，而这些摩擦使家庭关系变得紧张了起来。特奥多雷·德布里没有公平分配收入，而且确实只有他自己包揽了所有的荣誉，对他的合作伙伴们也只有书前寥寥几句感谢之言，再无其他。但是，他的儿子们对父亲极为钦佩，并把他视为大师。当他们聚在一起时，每个工作日总要以阅读一篇颂诗起始，让·以色列总是熟练地弹着鲁特琴为诗词配乐。之后，他们穿上工作时的围裙，上面满是颜料和墨水的污迹。作坊内不准喝水，不准吃东西，这已然成为所有作坊人员要遵守的规矩。然而，他们经常谈论世界上的时政新闻，并总是对其做出评价。费利佩二世的"无敌舰队"愈渐惨败，法国内部也遭受苦难。国王①由胡格诺派教徒变为现在的天主教徒，并坚持说应该为巴黎做一场弥撒，从而能获得加冕成为一国之主，并为国家带来和平。还有那些发生在美洲的大屠杀，也是每天必说的话题。让·特奥多雷说能住在像法兰克福这样宁静的城市真是上帝给予的福分，但是他的父亲却认为，对他人苦难抱有同情的人的心里没有任何平静可言。他时常说道，在这些罪过的土壤中，所有人都难辞其咎。此外，特奥多雷·德布里还提醒他们，新教徒的身份不能保证他能得到任何一方的庇护。有时他的宗教信仰不得不受城里当权者的控制，并且特奥多雷并没有舍弃居住在哈瑙的可能，在那里菲利普·路德维希二世

---

① 亨利四世。文指法国宗教战争这一事件。

能给予新教徒以保护。他也考虑过莱比锡,因为那里有一个极好的集市,并且他的书也十分畅销。但特奥多雷感到非常劳累,再加上疾病缠身,他不想在一个陌生的城市度过最后的时光。他的妻子利用她在法兰克福金银匠行业的亲属关系让特奥多雷安定了下来。另外,这位大师还有几位他十分赏识的朋友,并与他们共同度过了诸多时光。这座小城十分美丽,美因河畔的小路给予他抚慰,还有美因河的景色,在任何一个季节都能抚平他因人生逆境而产生的痛苦。他又怎能忘记他的儿子们呢,虽然他们之间存在分歧,但儿子们仍是他真正的合作伙伴。他们的性情如此不同——让·特奥多雷健谈风趣,并且了解这个纷争的世界,因为他原来是为一位土耳其苏丹人工作的火枪手,并且具有无可争议的艺术天赋;让·以色列,沉默寡言,习惯久坐,并且负责所有家族企业的财务事项——他们在父亲指引的行当中找到了工作热情。从另一个方面看,他们也是唯一能让他的工作继续下去的人。

本佐尼

在最后阶段有三个至关重要的计划。第一个计划是《伟大的远征》选集中的三部书,吉罗拉莫·本佐尼的著作《新大陆的历史》为该选集提供了创作基础。第二个计划是巴托洛梅·德拉斯·卡萨斯的插图版《西印度毁灭述略》。这两部书是"黑色神话"[①]的代表性著作,

---

[①] 16世纪始,一些欧洲或西班牙本土作家和历史学家发表大量著作反映西班牙征服美洲的残酷暴行,引起众多殖民者及其辩护者的不满,因此他们使用"黑色神话"一词来抨击这类书籍,意指无根据的谣传。

描述了西班牙征服史，德布里夫妇也对书中呈现的证据确信无疑。本佐尼的书虽然没有在审查方面出现严重的问题，但德拉斯·卡萨斯的书因其内容具有煽动性而难逃审查的魔爪。也正因如此，《西印度毁灭述略》一书没有入选《伟大的远征》，这本选集成为家族企业订购和出售最多的书。第三个计划是卡萨斯的朋友艾蒂安·德洛纳于去世前不久提出的一个想法，他卒于1595年，因此这也是唯一一个没能具体化的计划。

自1565年发行第一版起，吉罗拉莫的书籍就取得了巨大成功。人们纷纷品读他的书，但因不知道书中讲述的内容是否有纰漏和夸张的成分，还是只是残酷现实的真实写照，他们感到十分沮丧。这种抨击西班牙征服美洲的文章并不是第一次被发表出来，但本佐尼文风独特，措辞易于被读者理解和接受。作者并没有把自己摆在神学家或宇宙主义者的位置上，而是不加掩饰地表明自己是一个有商业判断力的冒险家。因此，他的叙述具有新闻报道的特点，浅显易懂。可以说，在当时感觉缺少文采的书现如今却被广泛阅读。另一个比较引人注目的因素是本佐尼曾在这片土地上旅居近十五年，因此，这是一个值得被关注的见证人，因为他所讲述的都是亲眼所见的事实。首先，特奥多雷·德布里认为尽管本佐尼漫不经心地讲述了自己遭遇的波折，也没有过多地关注时间上的连贯性，却反映出了美洲之行的复杂境况。他理解天主教拥护者们对这个意大利人的叙述所进行的诽谤乃至诋毁。他们指责他含糊其辞，歪曲事实，而且满口谎言。他们认为，他几乎所有的内容都是从洛佩斯·德哥马拉的《西印度群岛史》这本书中抄袭来的。此外，西班牙人民从不会接受一部诋毁他们国家形象的作品。很明显，这与是否敢于揭露征服者与传教士之间的勾当有关系。那么，如果说这些无休止的羞辱背后有一个推动者的话，那就是天主教会。那些在本佐尼书中出现的教士化身埃拉斯莫·德鹿特丹，他们是战争真正的始作俑者。

找到这位冒险家的足迹是一件很难的事。除了他在书中讲述的事情外，人们对他知之甚少。而对于他放弃自己的商业梦想，转而热衷于揭露殖民者暴行这一行为，人们曾对其背后的原因提出假设。经让·特奥多雷调查，首先，本佐尼的事迹是一群日内瓦新教徒杜撰出来的文学作品。因此，他到达库瓦瓜岛，并于十四年以后在哈瓦那结束旅行，这一系列的行程也都是虚构的。更不必相信本佐尼的生活充满了惊心动魄的冒险经历。但让·特奥多雷也了解到，本佐尼本人回到欧洲后遭遇了不幸。有传言称他失去了在美洲多年积攒的所有财富，加上一些所见所闻让他真正认清了欧洲征服者，这些因素促使他放弃了发财致富的强烈愿望，开始著书讲述他在新大陆的故事。看起来本佐尼本应该在马德里悲惨地死去，一群由小职员和律师组成的乌合之众站在街上嘲笑他，向他喊道："你这个混账骗子，滚出西班牙！"特奥多雷·德布里不禁思考是什么原因促使本佐尼移居马德里，这个他在书中无情鞭挞的国家的中心点。他没能找到一个令自己信服的答案，不管怎样，他想，本佐尼是一个意大利人，这一点就足以让他在西班牙立足。但是还有另一个引人注目的特点，本佐尼是一个地地道道的天主教徒。

随着《伟大的远征》选集中的第四、五、六部书分别于1594、1595和1596年问世，情况发生了变化。人们进入了检举揭发的时代。通过对德布里前期作品的简要回顾可以看到大自然对其未开化的孩子的优待。根据新教徒对人类社会的观念，至少在文明进程的早期阶段，北美印第安人的生活是远离虐待和不公正的。随后才出现了食人的行为。在这三部书中，新大陆在一边为像亚当般存在的人们唱赞歌，一边拒绝他们的一些极端行为这两种状态中摇摆不定。

巨大的灾难随同本佐尼一起涌入新大陆。在一些特定的地方，血腥的暴力行为，混杂着各种腐败肆虐横行。贪得无厌的西班牙人自相残杀。欧洲大陆的战争转移到了印第安人的活动地盘。法国人和西班牙人因丰富的矿产资源而大动干戈。印第安人一方出现了两种应对方式，一种是用同样残暴的方式奋起反抗，有一幅插图表现的就是一群印第安人将熔化了的金子灌进几个被俘的征服者的嘴里；另一种是默然忍受肢解、绞刑及火刑等屈辱的死亡方式。征服者在那些新建立的美洲城市进行抢劫和毁坏性的行为。他们到处抓捕印第安重要首领，并把他们处决。在讲述他们所作所为的短篇故事中纷纷列出了那些著名的无耻之徒们的名字。征服古巴的克里斯托弗·哥伦布和巴托洛梅·哥伦布，征服库马纳的冈萨洛·德奥坎波，征服贝拉瓜的迭戈·德尼奎萨，征服卡塔赫纳的阿隆索·德奥赫达，征服乌拉巴的瓦斯科·努涅斯·德巴尔博亚，征服墨西哥的埃尔南·科尔特斯，征服苏克雷的迭戈·古铁雷斯，征服佛罗里达的埃尔南多·德索托，征服巴拿马的佩德罗·德阿尔瓦拉多，还有征服秘鲁的弗朗西斯科·皮萨罗。

相　遇

十月总是阴雨连绵，天色灰蒙蒙的，天气寒冷。我到法兰克福的圣巴托洛缪大教堂避雨。我了解到大教堂和这座古城的其他地方一样，都曾在1944年遭遇过轰炸。但在几年前，令人难以置信的是这座大教堂被重建了，在它红色的墙里几乎没有什么可以透露出它是中世纪的教堂。游客络绎不绝，他们在不停地拍照。从某种程度上说，我也是一名游客。尽管我跟他们不同，我这样试图为我自己辩护，是因为我被授予了一份奖学金，用以完成小说的写作。几天前我和一个吉森大学的西班牙文学老师在美因河畔吃午餐，我跟他说，在法兰克福几乎没有发现与特奥多雷·德布里有关的文件，特奥多雷·德布里的家在古老的舒彭嘉塞，一些16、17世纪的历史档案被同盟国的炸弹摧毁，因此他问我为什么在这儿停留这么长时间。或许他是有道理的。三个月的时间待在那儿做调查是太久了，在那儿只有这位版画家模糊的回声。但是我知道一遍遍走过翻新的历史主城区，就会有一些关于特奥多雷·德布里的东西进入到我的意识中。或许是我在这方面的直觉，过去、现在和将来的人们都一直沿着时间的洞口融入我们的路线。我在教堂一侧的中殿坐下。我看着那个管风琴，在它对面，我产生了巨大的声音幻觉。在这之前，我驻足在不同的、以人类的痛苦为主题的哥特式祭台前。多么神圣令人着魔的基督教啊：面对肉体的毁灭，透过痛苦忍受的白纱窥视一切——流泪不止的处女、悲伤的救世主、殉道的使徒、掠过天空的神秘莫测的鸽子。当我感觉到光亮的时候，我在想圣灵的复杂含义。是圣灵让我理解了痛苦是确定存在的方式，某一天会到达尽头。为什么不能得出这样的结论：以前的工程师知道那是光的现象，通过彩色玻璃窗滤镜，可以向信徒们反映永生行善的慰藉。在我面前有耀眼的树枝进入视线。但是，我的眼睛因它们而湿润，水和光总是充满同情地拥抱，黄昏的光通过缝隙潜入并穿越玻璃丝，给人恍惚之感，我又一次确定没有比这更短暂的对物质的感受了。是的，永恒只不过是面对物质经历的脑力钻研。之后便是寂静，它在这些空间里清晰地回响，还有那红色的柱子和墙壁之外的炽热色彩。某段时间，声音和颜色、光芒和卵石的结合，让我想到生活是永久的燃烧，只有当我们在绝望地冲向它时，我们才能真正理解它。当我感觉到有什么在空气中震动，我转移了思绪，或者仅仅是停止了困惑。就好像是有某个看不见的人在蹭我的鼻子，或者是在轻轻吹我的鼻子。我看向了四面八方，直到看到一个人坐在巨大的乐器风箱旁边。我如果说我们的眼神在交汇可能有些夸张，但我没有说谎的是，我确定他身体微微摇晃地站了起来，向我走来。我猜他会跟我打招呼或者至少问我点什么，因为那看起来像是他的意图。但是过了一会儿，他还是站在远处。我不费力就能认出他。我不是指他的服装，就好像是从一台戏剧或者一部电影中拿出来的，而是指他眼中的光芒，当他紧闭双唇的时候就会勾画出那个表情。不知道过去了多长时间，我被一股力量推走，转身回去了。我离开了。在空气中弥漫着忧郁。我完全没有茫然，因为外面仍然是我的，不是他的。我看到雨伞上印着"精神"一词，人们都穿成了我的样子。但是德布里一瘸一拐地驼着背上路了，走向了罗马广场。我跟着他，我感觉到我们的距离是不变的，因此我加快了脚步，大约几分钟，我就可以赶上他。特奥多雷从一个巨大的路牌下面经过，上面写着："巴西人。1960年立牌至今。施恩库思索尔。"在这个受人欢迎的广场上，它超过了正义女神的雕塑，它警示市政府成员，让他们明智地对待市民，并且它和圣尼古拉斯教堂入口一般的高度，让它比起一个旨在表明当选人高贵品质的神殿，看起来更像是一个仙女故事的出处。他和某人相遇。双方都表明认出了对方。他们交谈、微笑。他可能是谁？我扪心自问。我毫不犹豫地回答了这个问题，我对自己许多这类的回答感到满意。特奥多雷·德布里用拉丁文掺杂着法文和德文的单词和他交谈，他是书商西格蒙德·费耶兰本德，或者植物学家、翻译家卡罗斯·克拉西斯，或是古董商让·雅克·柏萨德，抑或是诗人雅努斯·格鲁特鲁斯。我想弄懂点什么。谈话内容是日常的打招呼，语言幽默，在谈论身体的伤害时有安慰的话语，某个关于下一个书展的消息，我猜在书展上将要出现《伟大的远征》新的分册。显然他们没有看到我，也没有看到从身旁经过的人们，人们努力地寻找一个避雨的地方，雨突然下大了。好像对于我们来说大雨滂沱，对于德布里和他的朋友来说是在下着微不足道的毛毛雨。我意识到这种出现幻觉的情况是对我有利的。我利用这种情况来仔细地看他总是颤抖的手，因为他职业的烫伤而变得粗糙。帽子用三根鹦鹉的羽毛来装饰，让人看到了满头白发。当两个朋友告别的时候，教堂的钟声响起。德布里并没有从离家最近的路回家，而是从圣巴勃罗教堂经过，走向了河边。我们沿着法兰克福历史博物馆散步，在那里我也没有发现他的任何踪迹，我们到达了河边。我差点碰到他。所以我能听到从他嘴里说出的话：莫纳斯河。我们在河边逗留了一会，没有互相看，也不需要，特别是当我们面前有相似的情境。没有河流的城市在地理上是不完整的，和幻想无关。我知道他会同意我的想法。我们呼吸着温和的鞭子般敲打在我们脸上的空气。特奥多雷·德布里收回了脚步。他现在要去哪儿？我问自己。我看见他沿着连接圣莱昂纳多教堂的一条街道迷失了方向，找不到回家的路。在格罗本·赫希格拉贝街和孔马克特街上，他的家可能还在木头和石头搭出的幻想中存在。或许他沿着某个河岸，像往常一样迈着轻松的步伐走向陈旧的痛苦之门，时不时用眼睛打量着墙壁的壮丽。多么神奇啊，不管怎样，他不知道他的加尔文教派，以及尽管因为是新教徒而多有不便但他还是深爱的这座城市，已经因为纳粹分子的过错被摧毁了。可怕的辩护词：一个几代人精致建造的、极富价值的要塞，却在几小时内被毁于爆炸和火焰。因此我大胆想象特奥多雷·德布里会如何回复我，如果我跟他讲述我这个时代的一些事件，不是为了让他苦恼，而是为了安慰他。集中营、饥饿、艾滋病、原子弹、基因操纵、核工业、肉类食品跨国公司、贩卖武器、国际卖淫、毒品贸易、水资源短缺、人口爆炸、两极解冻。确实，我可以向他充分地证明，尽管科技带来舒适便利，我的时代和他的时代一样恐怖。但是，或许他会说人类从过去、现在到未来一直都是一个破坏性强的生物，因此苦难由此而生，因为一个或是另一个原因，不断在历史上出现。我想拦住他谈一谈那些话题。我想告诉他，和我们的想法不同，有很多乐观者认为随着每个人的出生，生命的周期会更新，在人类中有一个我不知道是什么的精致的物质，作为最重要的陪伴，有音乐，绘画，哲学和诗歌。某些知识分子认为在永恒的暴力周期面前，理性是不断占上风的。我甚至想邀请他穿过铁质人行桥梁，去萨克森豪森的一个酒吧，我们去喝美味的德国啤酒，去跟着一首歌曲的节奏吃香肠，比如说巴西的歌曲，因为它现在在这个国家很流行，邀请他去参加今年的书展。但是这是不可能的，因为特奥多雷·德布里和我不可能交谈，并且永远也不会交谈。我只看到了他最终从教堂侧面逐渐消失。在某个时刻，我知道我在桥中央，孤独地，因为寒冷而颤抖着。在那边，在秋天的薄雾中，矗立着那些法兰克福银行的摩天大楼，就如同高利贷傲慢的标志。

日内瓦的木板画

这就是艾蒂安·德洛纳的提议。为了将它付诸实际，他和老朋友们恢复了联系。从奥格斯堡到法兰克福，从帝国之都到独立之城，消息迅速传播开来。痛风和长期的关节疼痛使德布里行动不便，无法到处走动。但是德洛纳对于此次旅行没有丝毫犹豫，尽管他的身体状况也不是很好。此外，他很开心能有机会再见一见他的老学生们，和他们一起分享奶酪，喝杯小酒，听听约翰·伊思拉尔里恩演奏的诗琴。他的想法是编一本关于圣巴托洛缪大屠杀的书。在这本检举暴行的书中，他想使用一篇简短但却至关重要的文章，并配以几位在大屠杀中幸存下来的画家的肖像作为插图。德洛纳提议："这本书的作者可以是日内瓦几位长官中的一位。"比如说，特奥多雷·德贝泽，不愧为那位既豁达又崇拜加尔文口才的先生最喜爱的学生，其文笔可以说是最清晰、准确的了。抑或是散发着朝气和热情的西蒙·古拉特，他总能动之以情，晓之以理，以德服人。不过，作为所谓的天主教教徒米歇尔·德蒙塔涅作品的崇拜者，特奥多雷·德布里想到可以从他的随笔中节选一些批判暴行、宗主权和苛求的片段。一个和谐的讨论就这样在两人的闲谈中开始了。尽管德洛纳很欣赏蒙塔涅犀利的语言，但是却并不赞同他当时屈己逢迎的做法，那时很多人都因为坚守信仰而遭祸。相反，德布里却认为这恰恰是他睿智的最好体现。这位列日的大师觉得，蒙塔涅并不是一位真正的天主教徒，成为天主教徒只不过是他出于自身利益的考虑罢了。一方面，蒙塔涅更像是一位法学家或者政客，而不是一位学者。因此，他认为学术争论的地位不应该高于国家事务。另一方面，他处在一个介于忧伤和幸福之间的时代，不像我们的时代那么极端，德洛纳耸了耸肩以示不屑并要求给他一点时间好好思考一下有关作者的事情。但是，为了表明他的理解并没有错，德布里开始高声朗读由作家的养女玛丽·德古尔奈不久前在巴黎整理好的其生前未出版的论文集中的作品。无论如何，两人都决定把邀请函随信一起寄出。他们给特奥多雷·德贝泽和那位古尔奈的小姐各寄去了目前已出版的六册《伟大的远征》。一切都进行得很顺利，然而伴随着德洛纳的离世，他们的热情也随之结束。

"那么，那些画家都是谁呢？"德布里问道。"我认识一些，"德洛纳回答说，"他们其中的一位已经辞世了，不过我有一幅他最重要的木板画的摹本，这可能是他仅存的作品了。最初，我们俩是很好的朋友。"好奇心驱使德布里再次问道："那位去世的人是谁？"德洛纳直了直身子。他很喜欢戴鲜红色的头巾，也一直保持着戴嵌有蓝宝石和红宝石项链的奢华习惯。他的手总是不住地颤抖，有几次喝酒时，酒都从杯子里撒了出来。当注意到他的老朋友像他一样会抑制不住地颤抖时，德布里说："这样不自觉颤抖的双手和他们退休后享受特殊津贴的职业并不相称。"接着，他又补充道："任何一个初学者都可以教我们如何用笔。"于是，德洛纳以一种激昂的语气让仆人从旁边的房间把木板画的摹本拿过来。在等待的过程中，他讲了一些有关画家的事。"他是亚眠本地人。几年前在日内瓦去世。我们的友谊源于年轻时在巴黎的那段日子。""您刚说他叫什么？"德布里问道。"杜波伊斯，弗朗索瓦·杜波伊斯，他仅有的几个朋友称呼他为小西尔维于。"德洛纳回答。对于这个名字，德布里困惑地摇了摇头。他闭上眼，仿佛在努力地回忆着什么。过了一小会儿，他在记忆中搜寻到了一张面孔，那是一个模糊而又沉默的人影。他是在其中一次去日内瓦的时候认识了他，那时他去那边是为了看看从拉丁文译为法语和德语的《诗篇》印得如何了。那些年，在日内瓦的印刷作坊里，一直有着这么一件令人兴奋的事儿。《圣经》，《新约全书》，加尔文、特奥多雷·德贝泽和皮埃尔·维雷特的著作，以及同等数量的诽谤文章和圣诗集都在这些小作坊里被加工印刷之后，流向欧洲和美洲。德布里又仔细回忆了一下，于是，在他的脑海中出现了这样一个形象——瘦削的身躯，稀疏的头发，宽宽的额头，略微红润而又粗糙的双颊，一双介于灰色和绿色之间的双眸。在大教堂附近散步的时候，他们什么话也没有说。德布里仍然记得那个人走路时的样子。他走得很慢，看上去很疲惫，仿佛比实际的年岁要老很多。但是，胆小怯懦以及优柔寡断的个性使他无法在和这位列日的雕刻家谈话时敞开心扉。"会是一个人吗？"德布里问德洛纳，"因为我所认识的那个人是难以捉摸的，而且我不太确定他的长相。他曾说他不会再画画了。甚至，我记得他曾悄悄地告诉我他巴黎的房子失火了，而他相对来讲比较有价值的作品都在那场火灾中被焚毁了。""是同一个人，"德洛纳说，"事实是您提到的那些画，或者至少我在大师克鲁埃的俱乐部里认出的那些画，依然是很杰出的作品，我们曾去那儿学习肖像画的技巧。那里有一些杜波伊斯的初稿，画的是凌乱的床铺，我喜欢称它们（这些初稿）为'真实的杜波伊斯'。我觉得我从没在其他任何地方看到过如此大胆的尝试。""我不太明白。"德布里说。"那么，请您想象一下，不整洁的床单，丢得到处都是的枕套，以及没有任何装饰但弹簧却露在外面的坐垫。在这个杂乱的爱情之中，您想象一下，一只玉足被细腻地画在纸上的一角。"德布里听着他朋友的话语，唇角勾起一抹坏笑，德洛纳已经有很多年没有这样的热情了。

仆人敲门请示之后，进入房间，小心翼翼地把木板画放在桌上。德洛纳一边展开画，一边说："这是他最后一次去日内瓦时在外国人济贫院得到的摹本。好像杜波伊斯自从来到了这座城市，就和这座济贫院有着一些工作上的往来。我必须得承认，我们敬爱的院长西蒙·古拉特以一个合理的价格同意我临摹，因为他拒绝把原件卖给我。您看一下这幅摹本，然后告诉我您觉得它怎么样。"特奥多雷·德布里向前迈了一步，丝毫不知道自己将要面对什么。他心头为之一震，随之心跳加速，口干舌燥，喉头仿佛打了个结，一双眼睛瞬间变得通红。画家通过精心的安排以及合理的布局，展现了一幕幕惨烈场景中的暴行。一看到画，他整个人便深深地陷了进去，仿佛有一记重拳出其不意地打在他脸上。德布里闭上双眼，用手作盾捂住脸。不过，随后他又重新睁开了眼睛并看到了画作延伸出来的那部分，上面画着湛蓝如洗的天空，就像是遗忘症的写照（仿佛什么都没有发生过一样）。他的视线从那些笼罩在可怕而静谧氛围中的建筑物上逐渐下移。德布里的呼吸凝滞了，恐怖的场景出现在他眼前。教堂旁边的卡车里堆满了尸体。名媛淑女们在桥上被棒打，身上到处是紫青瘀痕。一位女士脚前有一堆尸体，不知她是在严厉斥责他们还是在为他们祝福祈祷。河上飘着废物，水已经被鲜血染成了红色。婴儿像垃圾一样被扔在地上。男人们被吊死在绞刑架上，身体近似一个十字。骏马的主人仿佛在讨论后续的发展以及装死的结果。刑场上，没有一个人阻止行刑，没有哀求声，没有祷告声也没有哭泣声。刑场旁，一些人由于背着地毯、华丽的服饰和偷来的首饰箱而弯腰走着。德布里问自己，那个被画在右上角、里面还关着一只试图逃跑的奇怪动物的笼子是干什么用的，但是没有找到答案。之后，他看到画卷左边画有一个磨坊，几位男士，好像其中还有杜波伊斯，成功地从那里逃跑了。德布里试图在杜波依斯画中的死亡场景和他在大洋彼岸所经历的屠杀之间找到某种联系。就好像人类所经历的灾难有着同样的外表，同样是以自发而又残忍的方式，同样是看似无序而实则有序。这位痛苦的列日大师表达了歉意。德洛纳察觉到他朋友的情绪，看到他瘫倒在椅子上，不知道该说些什么。他低下头，羞愧之情溢于言表，不禁潸然泪下。

美 洲

我从来没去过美洲，我想我永远也不会去。我通过阅读想象着它的地貌，我从没有渴望过它的财富。我曾触摸过几次它的金子，我感到我的手想要留下它们。然而，我知道这些矿物质也许已经以最好的方式从它的周边运走。但是我曾见过一次美洲的人民。那是在鲁昂，大约五十个图皮南巴人被带到国王恩里克二世和王后凯瑟琳·德美第奇面前。在塞纳河岸边，人们复制了一个印第安村庄，村庄里有用枯树枝、枯树干搭成的茅草屋和挂在小溪旁边柳树上的吊床。我插进了一个想要采访那些印第安人的游行队伍。在队伍中走着一个波尔多绅士，他头发稀疏，蓄着黑色络腮胡，目光敏锐。他叫米歇尔·德蒙田，以博学著称，负责提问题。我打听着他英勇的事迹，他的生活方式，他的信仰以及他所参加的战争。我们听着那些简短且充满相似性的回答，听着他那些质疑我们行为合理性的提问：为什么我们的国王不最先奔赴战场？为什么街上有这么多的乞丐？为什么女人们总处在地位低下的位置？面包和红酒中怎么可能有一个既是人又是神的躯体？随后我们走向翻译，他试图加强这些问题带来的不适。后来我尽力在书写印第安人的书中寻找他们，然而，他们的外貌被我们的理解所玷污了。蒙田先生后来写了印第安文明，我认为他是少数可以教我们在新大陆土著人身上看到其他存在方式的人。如果我们把他们的行为与我们的对比一下，也许事实上他们并不野蛮。通过理解他们，蒙田得以更好地观察我们残忍的面孔，他以权利、公正和那些身处残暴时代却不想成为残暴的人的名义，去支持这片土地的人民，去反对它的侵略者。这对于一些人来说是一种安慰，因为那是由被少数人阅读的文字制成的缓解良药，但是蒙田为我们所犯的巨大错误做了一些补偿。我知道我对美洲和美洲人民的接触有限，但是当我考虑到那里所发生的事，我认为我最好还是从没到过那个大洲。当我知道我没有触碰它的小岛和坚实的土地，我的双手没有被罪行直接玷污时，一种可疑的安慰感涌上心头。即使蒙田寄希望于对印第安人使用道德秩序而不是宗教秩序为基础的柔和而激进的教育方法，我仍然要说，我认为只有当欧洲人给予他们自由意志的时候他们才会享有光明。我的结论有时就是应该停止干涉新大陆，因为没有任何一个侵略或者殖民行为是理智的，无论是西班牙人和葡萄牙人已经做的、法国人曾要做的、还是那些英国人无疑将要做的。但是历史最终让这些人与我们汇合，就像是在河口混合了来自不同源头的浑水。最小的支流的浑浊也许会掩盖大支流的光芒，也许对一个病态宗教的祈祷会带来和解，从谎言与欺骗中出现一句话可以开启一场对话。但是也很有可能我的话语只是一个画家脆弱的期望。我知道，无论如何，意识的平静是不可能的，因为它从来不存在于人类之中，那有时是我们行动唯一中心的软弱意识，不容贿赂也不容欺骗。意识应该是自私的，但这也不是绝对的，它总是与人类行为所联系，不仅仅是现在的，还有过去的以及将会发生的。我们不可避免地被卷入这在人类心中被人的愚笨所摧残的意识。我们所做的，在这儿或者在那儿，公开或者私密，早晚会由意识来负责，这是肯定的。

我的目的不是要玷污西班牙和天主教的名声，因为在我的书出版并传播到法兰克福和莱比锡的集市之前，他们就已经臭名远扬了，我只试图通过我的版画去控诉罪行。最近一段时间，我在美因河附近的工作室度过，我不停地问自己，如果把我要随《西印度毁灭述略》一同出版的十七幅版画与这么多人的死亡相比，它们的意义在哪儿？它们分别意味着什么？什么是绘画？什么是被杀害？什么是暴力死亡以及这种死亡代表着什么？如何让流出的血警示生活在舒适中的我们？在我的内心深处有一种东西拒绝接受一份版画可以描绘一个事件的影响，事实总是比描绘它的那些方式更加残忍或崇高。我认为所有希望重塑过去的尝试在一开始就被宣判失败了，因为我们只负责塑造踪迹，照亮黑暗，武装生活和本质触摸不了的死亡的那些片段。我一直在追求美，它因此变得可怕、恶心、不吉利、该被惩罚、道德败坏和可耻，因为它仅仅是那些由破布、文字、石头、声音组成的分散片段的组合体。我们试图重组它们，结果却是徒劳。

十七幅版画足以弥补暴力所造成的可耻行径吗？也许不够，所有我们今后可以做的也都不够，我们已经造成了一个永远不会愈合的伤疤。相反，我们所有的行为都不可避免地让伤疤更深。回到过去是不可能的，因为所有的过去都不可弥补。现在总是很不稳定的，即便我们试图建立短暂的欢愉。未来就像是依靠他所走的绳子和帮他保持平衡的细杆走钢丝的人，总是对未来充满恐惧与憧憬。那么，处在这样的圈子里，或者说更像是一个向前走的并且不忽视推动它前进力量的绳子上，我们该做些什么？我试图相信我做出了回应，虽然我渴望和寻找的是脆弱的安慰。我仅仅是描绘了一次毁灭的图景。

毁　灭

　　第一幅画中的两个刽子手正做着每天都重复的动作。左边的那个以脚为支撑，手里举着一个小孩，打算将他朝某个方向扔出去。没人知道他要扔向哪里。或许这是一种视觉上的欺骗，这个征服者只是用后退的动作来获取力量，想把这个小孩扔到火中。火里不知烧着多少男男女女，看上去版画里有不少人，他们赤裸着身体，或者只穿着遮羞布。尽管德布里试图用轻微的悬留雕刻来掩饰那些躯体的裸露，但杀人场面中出现的裸体往往带有猥琐意味。只要把目光停驻在女人们的脚上、私密部位，就会意识到在我们面前的是带有粗俗挑逗意味的细节，那便是一个被雕刻刀完美地轻度加深的私处，它带有一丝挑逗地隐藏在两腿中间。文艺复兴时期的人们没有想过死者的视觉粗俗，而如今它时常出现在我们面前，甚至让我们感到是一种骚扰行为。好几个土著人已经死了，另一些等待着火舌将他们吞噬。另一个征服者让火烧得更旺了，他如同在耍杂技一般。他身上有一种令人费解的本领，或许这个面无表情、没有名字的凶手就是这幅版画的精髓所在。事实上，巴托洛梅·德拉斯·卡萨斯在他的著作《西印度毁灭述略》中也没有给他们命名，只是称他们为残暴者，他赋予罪犯的不是无名氏的模糊轮廓，而是一个适用于所有征服者的、清晰的共性特点。在杀害小孩和烧死成年人的主场景后方，有一处多岩山丘上的浮雕。在这些殖民地与貌似茅屋的平滑边缘之间，建立起一条立体空间的小巷。那儿有许多裸体人在逃跑。还有一艘象征着旧大陆的宏伟的三桅帆船，正展开桅和帆，缓缓前进。

  在第二幅版画中，火作为毁灭的象征出现。事实上，它是几乎整个雕刻系列的内涵所在。大多数西班牙人认为他们消灭魔鬼和侵犯基督教躯体的异教徒王国。他们认为他们在从陆地和精神的地缘学说中清除不相融的对立面。事实上，殖民主义流派与土著主义者相抗争。殖民主义者以两方人民的肉体共存为基础强加了它掠夺性质的政治。土著主义者基于陈旧的人道主义提出将殖民者和土著居民分开，以此来阻止不公平。希内斯·德塞普尔维达凭借令人敬畏的亚里士多德主义论证了那些艰难战争是正义的，殖民者们有权利征服那些可以被奴役的人。弗朗西斯科·德维多利亚不接受那个解释，而为了使西班牙在美洲的武装干涉合法化，他提出了一系列以自然权和人权为基础的公平条例。弗朗西斯科·德维多利亚用从圣托马斯、圣奥古斯丁、圣西尔维斯特的引言中汲取的无耻神学和精心准备的法律来支持这一思考。但事实是，实施那些酷刑是为了找到黄金白银的所在之处。维多利亚成为了著名的国际法之父，这法律仅仅只是约束最强大国家的人民对弱国领土的干涉。美洲土著部落首领给了希内斯·德塞普尔维达丰厚的报酬，这些首领是当时的新富人。新大陆的财富是在卑鄙行径的基础上建立的。在版画展现的场景里，为了让西班牙统治时期的土著首领招供，他们对他实施火刑。巴托洛梅·德拉斯·卡萨斯说烧首领的火并非熊熊烈火，而是温和之火。把小细棍做成的烤架搭在树杈堆上方，而被害者的身体就在其中一个的上面扭曲着。在此，让火烧旺的方法有了改善，他们用手有条理地操作风箱，而不是用豁牙、腐烂的嘴去吹风。

"安娜卡欧娜,被俘房种族中的一位印第安女性。原始地区的安娜卡欧娜。安娜卡欧娜听到了你的声音,听到了你如何哭泣、如何呻吟。安娜卡欧娜,听到了你心里痛苦不堪的声音。你永远不会得到自由。"德拉斯·卡萨斯没有写这些话,是乔·费利西亚诺在几个世纪之后按照孔加舞的节奏,伴着优美凄楚的钢琴和弦,将它们唱出来的。安娜卡欧娜将黄金比喻成花朵,但是尼古拉·德奥万多并不知道,或者说也许他不知道。理解了这些话的含义后,他从字面意思认为女王是诸多镀金花园的主人。安娜卡欧娜是加勒比地区的游唱歌手,她在阿雷托舞曲中歌颂他们人民的英雄事迹。但是德奥万多和他的手下寻找着财富,没太理解那些神秘的抒情诗。之后安娜卡欧娜反抗他们,她明白了土著居民村落是什么样子,村落里尽是强奸妇女、奴役男人等现象,并且向他们宣战。后来她和德奥万多之间有一个和平协议,女王举办了一些庆祝活动。西班牙人受邀来参加这些活动,而这些西班牙人利用这个机会展开了大屠杀。版画中出现的那个草屋,差役们把最显赫的印第安人关到里面,然后用火烧、用烟熏他们。一个看似代表着编年史家们赞叹的权力的伟大人物,他手握戟,昂首站立,目睹这一切的发生。两个士兵又带来一些供火的薪柴。印第安人安娜卡欧娜哭着死去,但死不瞑目。我的眼睛注视着塔依诺女王的身躯,我所祭献的美洲女王的身躯。安娜卡欧娜身体里的安娜卡欧娜。安娜卡欧娜的白鸽般的灵魂。你被挂上的那棵树像狂怒的树根从地下钻出来。

西班牙统治时期,土地被重新分配。西班牙人靠鞭子和棍棒逼迫当地人长时间地劳作。田地由印第安女人耕作,男人们被派往矿井。年纪最大的那些因为疲劳过度,很快就死了。家人们被迫分离,孩子们被抛弃。基督上帝打算作为一个慰藉者进入到这场集体不幸之中，但是印第安人决定自杀。他们或者反抗，然后欧洲的武器在眨眼之间将他们消灭，或者自我了断。其他人失去了生存的意志。有人消极怠工、消极性行为、消极生存。记录这些的版画由几个不同的部分组成。印第安人屈服的场面在曲折起伏的荒地上伸延。貌似奴隶住房的草舍出现在场景的两侧。从后向前可以看到劳作的人们，烤具的制作，挖地道的石工凿。五个身无任何遮羞物的女人在田地里劳作着，因被主人虐待而恼火。有两个西班牙人戴着羽毛帽子，在她们受伤的背上撒下什么东西，让溃疡处更加疼痛。第一幅画中，一位女性受害者在受着鞭打，她望向天空，我们疑惑了一阵子，她在向上帝哀求吗？但是她在向哪个上帝乞求怜悯呢？向那些施虐者的上帝吗？向那个特奥多雷·德布里信奉的上帝吗？特奥多雷·德布里不得不表达一个新教徒的同情之感，让我们认为这个印第安人像是圣徒圣塞巴斯蒂安或者是一个受鞭笞的救世主。

在插入《西印度毁灭述略》的版画中，一切都展现得令人眼花缭乱。在这种透视法中，编年史与印象派之间有一种无法缓和的关系。背景中的土著人总是带着恐慌在奔跑，噩梦般的现实总是与田园般的场景相悖。西班牙征服者们有种紧迫感，而这绝非意味着笨拙。征服者们的脚看起来像许多个赫尔墨斯的脚。整个景象是在一种充满魔术气息的环境里，逮捕和致残不存在于这场视觉表演中。一次又一次观察这些雕刻品，我们也没有找到任何停歇、宁静、沉默。对这些征服者来说，欲望就是号令。的确，就好像这种欲望促使他们产生尽快执行种族灭绝的想法。首当其冲地进行人类毁灭是卑鄙的行径。但是16世纪的天主教西班牙征服美洲的迅速是足以吸引人的。有必要拿出数据来证明这一点吗？至少有必要提出一份数据证明巴托洛梅·德拉斯·卡萨斯所讲的诸多故事实际上对应了数百万的死者。西班牙征服者到达美洲的时候，当地大概有八千万人口，五十年后仅仅剩下一千万。但是我们明白，那个出现在版画中间的酋长哈土依没有被这死亡的速度吓倒，事实上，他很镇静。他已经走投无路，正被绑在一根棍子上用火烧。哈土依是海地人，从一场大屠杀的浩劫中逃出来，到了古巴。不幸的是，他还是难逃一死。他旁边是一位方济会修士，巴托洛梅说他是一个好人，或许带有一点讽刺。这个修士带着一个奇异的、向后戴的帽子，小小的细节里带有当地腓利门的特点。他一手拿着耶稣受难像，另一只手拿着《圣经》。火开始烧起来的时候这两个人进行了一段对话，左边的那些征服者忙着他们自己的事，对于他们谈话的内容没有太在意。但如果从更好的区域观察这一幕的话，可能会听到两人的声音。一个修道士用西班牙语掺杂着塔依诺语[①]对哈土依说，如果他接受洗礼的话就能进天堂享受天福和永远的安息，相反他就不得不被打入地狱遭受无穷无尽的折磨。哈土依想了想，看起来没有理解最后那句话。他问那些基督教徒是不是也会进所谓的天堂，那个方济会修士朝两边看看，不情愿地说是这样，于是这个酋长发了发牢骚，并回答说他更喜欢地狱。

"下地狱"这个动词是醒目的。德拉斯·卡萨斯额外写了一本书。事实是，人们衡量这本书或者他自己评价时，如果纯粹从语法角度或者华丽的想象力来看，这本书写得并不好。它的叙述节奏很仓促，比如叙述性纲要或者发生的场景，书中清单式的描述很单调粗陋，不受

[①] 安的列斯群岛的土著居民使用的语言。

拘束，而且不考虑这位"好读者"的要求。在这本书中提出了很少的观点，相反地，用怪癖的念头反复强调相同的话题。但《西印度毁灭述略》却掐住了读者的脖子，用暴力压迫它，让他睁开眼睛看看西方历史长河中早年间诸岛上和新大陆的坚实土地上发生的事。没有任何的畏怯，也没有拐弯抹角的言辞，更不带有任何偏见。德拉斯·卡萨斯知道，他的这本小册子在记叙暴行的时候从头到尾都不是文雅精致的风格，也不讲究语法，只需一些简明却有决定性的观点，文学性的称赞在恶行面前一点作用都没有。概括地说，对于德拉斯·卡萨斯而言，恶行在于西班牙基督教徒们在杀了印第安人后因没有为其洗礼而下地狱。更糟糕的是，他们仍将不知情的土著人派到同样的地方，以实施这种恶行。"让上帝之子以血腥的方式重新判定的鬼魂们下地狱"，这句话使这位僧侣用来写尤亚帕里湖的段落达到了高潮。这个从前是土著村落领主，后来成为印第安人维护者的修士产生了极大的同情，他的心灵像所有同年代的人一样受到暴虐宗教精神的侵蚀。他沮丧，不仅因为他领教了教条主义所带来的苦难，就像人们所理解的人类社会所创造出的恶行一样，也因为他认为受害者们正被判处永久性的惩罚。这或许是《西印度毁灭述略》所展现的最大胆敢言的特征。他认为这场对刽子手和受害者来说的人间惨剧会在那里延续下去。名叫佩德雷里亚斯·达维拉的专制者坐在一个与雕刻的场景中的农村氛围完全不符的椅子上，周围是他的雇佣兵。他在给一个酋长做终身的训诫，继续用棒打和火刑折磨着这个印第安人。佩德雷里亚斯和达里恩的无名酋长两个人总是不断地陷入新的争吵，又互相请求永远不会被应允的宽恕或仁慈。

乔卢拉是一个有着超过三万居民的大城市。年轻人身上穿着上好的衣料，装饰着闪闪发光的羽饰，耀眼的金子。但是在特奥多雷·德布里的版画中，所有人都被夺去了衣服，身上粗糙的内裤让人想起耶稣穿的卑微短裤。这种联系不是偶然的，因为在这些版画中，死去的土著人使人回忆起基督教殉教者名册的历史。这本是所有名册里最像启示录的，更确切地说，是最积极的。每当看到这本名册，人们就会想起海乌姆诺、贝尔热茨、索比堡、特累布林卡、奥斯维辛集中营。在画面的后部，有很多印第安人正在踏入熊熊燃烧的烈火之中，他们被很多官兵用戟押着，排队走进烈火。那简直就像是一个小型的正在燃烧的火葬场，也是一部人民和文艺复兴时代走向灭亡的投影仪。近景中的人群分成两部分。有十二个表情惊讶的人在火中燃烧，就像是美洲的十二门徒。更近一点，就是我们所看到的产生浓烟的火堆，但这次散发出来的烟雾形成了一朵巨大的蘑菇云，升腾到天空。

有关西班牙人与土著人之间早期的接触引出了一个新的画面。皇帝壮观的随从队伍坐在金色的架子上，出来迎接侵略者的军队。他们可以是一群领路人，是猪倌和挤奶工，是一种多彩流行文化的主人。在历史上他们也被称为全副武装的家神。巴托洛梅·德拉斯·卡萨斯曾说过，西班牙人到达印度时，衣衫褴褛，身上长满了虱子，他们迫切希望满载金银珠宝回到祖国。特诺奇蒂特兰在靠后一些的位置——右后方的远处。一些象征着这座城市财富的东西浮现在远处。尽管这座城市的建筑只是单纯的阿拉伯式堡垒，但为了体现两种文明的相遇，以山峦和棕榈树为基础的自然景象被不断扩大。一些果实、纺织品、罐装的清凉饮料和阿兹特克人在一个风和日丽阳光明媚的日子中所展示的舞蹈，都是外来的因素。与之相反的是，埃尔南·科尔特斯的手被拉长。可以说那只伸开在空中的手占据了版画的中间位置，这标志着骗人的友谊。

画面中央那个杀手的形象是敏捷与强壮的结合。他的紧身衣上的装饰非常显眼,尽管无法确定那是丝绒斑块还是用于保护自身的金属装饰。这个人非常引人注目,因为他有一种不容置疑的优雅气质。他戴了一顶宽檐帽,佩戴了一个很漂亮的褶皱领。如果借助一个放大镜仔细地观察他,会发现他的构造看起来就像一只猎兔狗。这种联想也许由于他在画面中比较明显,他向那个他即将刺杀的土著人微微俯身。但是尽管用放大镜也只能看出一个轻微俯身的轮廓而已。多么希望未来能有一个设备,可以用来在照片中找到线索,就像雷德利·斯科特的《银翼杀手》,一个能看清这个孤傲的伊比利亚人特点的设备。通过这个工具可以找到他的家庭族谱,知道他来自哪里,谁是他的父母、朋友和爱人,知道他会有多少财富。但是这必须要与他瘦削的身形、长长的颌骨以及嘴周围短小的胡子等特征相符合。现在,这幅版画中存在一个异常的特征,一个与其他图画所展现的不同的困惑。在其他画中,令我们心生不安的是露骨的暴行,这些暴行不断冲击着我们对于直白的界定。但是在这里有一个提供信息的关键因素。为了解释它,我们必须要好好观察一下第二个杀手。他处在画面的底部,在一扇窗户下面,透过那扇窗户露出两座墨西哥火山的山头。那个人并没有杀人而是在跳舞。他好像在跳加亚尔达舞的动作,然后用剑刺穿他跟踪的那个土著人。

"于是,印第安人在路中间挖了一些洞,用稻草覆盖上就像什么也没有一样。当马经过的时候就会掉进去,会有尖桩扎破他们的肚子。"德拉斯·卡萨斯这样描述这些很快就会变成坟墓的陷阱。这幅版画描绘了那个时代两个重要的镜头。西班牙人的马掉到那些被伪装的陷阱底部。先看到的是印第安人报复。视角从画面的边缘转移到画面的中心。那是一个充满阴沟的山坳。德拉斯·卡萨斯没有在文章中进行具体的描述，但西班牙人不大可能花很多时间去找到那些他们丢弃在那里的土著人的尸体。也很难想象有人可以找到那些尸体，然后为他们搭建基督教的墓穴，那些像坟墓一样的陷阱与现代坟墓之间是有关联的。这种看似常见的坟墓，堆满了无数不知姓名的死者和碎石，暴露着不可否认的罪行，在美洲的历史上留下了长久且肮脏的影响。你会觉得自16世纪以来，从阿拉斯加到巴塔哥尼亚的新大陆的领土只不过是一件巨大的带有侮辱性的寿衣。确实，滋养这片土地的是那些被分解的尸体。化石在那些遥远腐烂物中的出现就像一个黑暗的奇迹，在那个时代舒缓我们的忐忑。但是那些连名字都没有留下的土著居民的尸骨，随着时间的推移被不断分解。剩下了什么呢？一具只剩下骨头，然后变成粉末，最后甚至会消失不见的尸体能留下什么呢？德布里对这些集体场景的处理方法堪称典范。在一片恐慌之中，有一个背着孩子的女人，掉入了布满尖桩的坑里。她努力地用双脚和那只空出来的手去自救，但那并没有用。相反，那些尖锐的长棍就像锐齿等待着母子的掉落，等待刺穿他们的身体。

这同样是一个迷幻错觉的中心。为了创造一个看似华丽的图像，不真实和看似滑稽的虚构都被应用其中。德布里在他的人生经历当中第一次作为描绘征服美洲的插画家，他选择逃避现实，做出了一个属于他自己谵妄想法的总结。巴托洛梅·德拉斯·卡萨斯说，佩德罗·阿尔瓦拉多领导的入侵危地马拉的战争实际是建造了一个"真正的人肉屠宰场"。这种做法令人气愤，并被记录在卡萨斯的散文中。这幅版画综合概括了德布里已经显示出的关于食人习性的观点。即使在这方面的解释比较单一，但事实上，每一幅图像都能说明这种情况。没有什么事实能解释我们所看到的一切，也没有任何东西能告诉我们事实。我们只是在试探性地猜想和表达，并不能十分确定。我们看一幅图，读一首诗，听一个有声片段，我们只是正在穿过虚无缥缈，去创造它的界限、轮廓和地貌，然而这些只不过是人们早晚会在遗忘中抹去的概念。但我们并不会屈服于这种迷幻现象，毕竟这是一个针对如此庞大规模体系而提出的怀疑性理论，并且我们认为在这幅版画的中央的确有一个屠宰场。它是德布里从法兰克福带来的，或是少年时期在列日的旅行中经历的，现在他将这个屠宰场搭建在中美洲的海洋和周围的土地之间。在屠宰场里有一个大案板，它四周的钩子上挂满了残破的四肢。如果说这种屠宰场的原型来自法兰克福和列日，那么在这里，屠夫就是西班牙人。案板上有裸露的人背、人头和人的臀部。这是一种颠倒了的奇怪买卖。它带有一点儿胡格诺派的幽默。土著人要用金项链去买他们同胞的肉。在这张从欧洲进口的案板不远处，可以看到人们有不同的分工。在另一个拿着利戟的西班牙人的监督下，三个土著人正在肢解他们的一个族人。他们切开他的后背，把内脏掏出来，然后把他的胳膊和脑袋展示给那个西班牙人看，以得到他的认可。举个例子来说，一个小孩被烤得没有剩下多少肉了。他的族人们向他靠近并且用一些其他的物品来买他的肉。版画中的西班牙人并不吃人肉，但他们却赞成这种吃人肉的习性，他们甚至利用这种习性进行贸易。这是非常令特奥多雷·德布里无法直视的行为。尽管我们不该忘记参与吉罗拉莫·本佐尼图书出版的翻译尤尔巴·肖维顿牧师曾经说过，天主教西班牙征服者与食人族并无二异。除此之外，各种航海道具散落的到处都是，这给整个画面带来了一种令人不快的不真实感。比如说，很常见的就是，在一个睡在火上方的孩子旁边，有一个当地土著人，他的肩上扛着一个像十字架一样的锚。德布里并没有在这幅作品上添加什么新的东西，只是沿袭了有关食人主题的一些传统说法。这些传统主要受到佛兰德人马丁·德沃斯、法国人安德烈·西维、德国人汉斯·斯塔登和英国人理查德·福斯根的影响。在他们的支持下，或许可以说对于欧洲基督新教而言，没有什么可以威胁到他们。感谢上帝，由于法国在美洲殖民扩张中的失败，新教已经与暴力因素分离，这种暴力因素已经决定将新大陆作为他们施展暴力的舞台。

美楚瓦肯距离墨西哥四十里。据德拉斯·卡萨斯说，它是一个人口众多的省份。但是在纳诺·德古兹曼掌权以后，这里的人口就开始以不寻常的速度在减少。现在，在版画中哪里还能看到古兹曼？当然哪儿都没有。所以，我们很难想象，德布里会知道德拉斯·卡萨斯提到的那位无名独裁者的名字。但如今根据我查询的史书和马丁内斯·托雷洪所做的页脚注，我们知道了这个名字。这个场景中也没有提及人口骤减的情况。这是一个和另一部分关联的问题，尽管没有什么直接的联系。展现在我们眼前的是多方面的折磨。而事实就是，《西印度毁灭述略》中出现的是十七幅版画，给我们留下了一种印象，就是他们所反映的内容都是相似的，也许是因为他们的主角——不管是殖民者还是土著居民之间有很多的相似性。每幅版画之间没有很明显的差别。因为这些场面中的大部分都发生在恐慌的氛围里。也许，可以解释得通的原因是这些不同版本的故事都是通过女巫传递到了法兰克福。另外，德拉斯·卡萨斯本人在叙述中并没有给出名字，因为他不想再引发更多的问题，对于这些问题他通常持有一种控告的态度。

那么，更加仔细地观察这些画，人们就开始察觉到很多细微差异，在版画中用它们来表现残暴与凶狠。这种充满了痛苦与折磨的暴行到处都有，更普遍地用在酋长们的身上。这样做是为了让他们顺从。画中不可见的纳诺·德古兹曼吩咐他的手下用尽一切办法，让当地人说出金子是从哪里来的。酋长被困在一根木头上，他的手被吊起来绑在头顶。第一个行刑人牵着一只狗，让狗从左到右地朝他吼叫，用这种方法来恐吓他。第二个人给他戴上脚镣。第三个人用一把弩瞄准他的心脏。第四个是一个孩子，他用蘸了油的黄花香薄荷使土著人脚上的火烧得更旺。另外四个人会观看这个行为并表示认可。他们中的最后一个在队伍里显得比较特殊。从他的相貌和服饰就可以看出，在完成文化同化的决定性阶段，他是一个关键要素——土著合作者。

"哈里斯科是一个令人非常向往的人群聚集地，因为它是肥沃的并且令人羡慕的印第安群岛之一。"啊！大声朗读巴托洛梅·德拉斯·卡萨斯的这句卡斯蒂利亚语句子，很多回忆便油然而生：烤箱里的全麦面包、蒜油里的油橄榄、中央带有精致水池的宽阔花园、被风吹过的石头小巷，风中夹着酸味水果香料和葡萄粒的气味。在这些感官的记忆中，只有一门语言的抒情诗可以捕捉哈里斯科冷酷的现实。从那时起，人类迁移就开启了一场到现在都没有停止的穿越。人们离开他们美丽土地上的村庄，搬去了其他陌生的地方。为了在新的地方生存，他们带上了西班牙的家具，装上金银、水果和蔬菜。女人们也要付出力气。德布里毫不犹豫地把这些女人放在了他版画的近景画面中，因而接受着指责和抨击。一个孩子摔倒了，同族人的脚从他身上踩过，结束了他的生命。征服者们更加生气地喊叫着，并猛烈攻击试图休息的人。对于那些因为劳累不能坚持的人，征服者们就用剑和匕首将他们杀死。枷锁捆绑着这些受尽凌辱的人们，为声援他们，德拉斯·卡萨斯呼吁免除类似的折磨。抗议的声音传到了西班牙，并成功让国王和神学家聚集到一起，重新制定从属法令，并在其中加入了一丝人性的善良。布尔戈斯的法律在1512年强制要求在毁灭和奴役之前阅读《法令》，那个法律的戏谑之文是帕拉西奥斯·卢比奥斯提出的。后来，面对无法终止的大量死亡，当权者采取了行动，法律对于那些不服从的人有了更加严厉的判处。直到1530年8月2日皇家法令的颁布，奴隶制度被禁止。随后，巴布洛三世在1537年5月29日颁布《萨布里米斯·德斯》圣谕，将那些奴役印第安人的基督教徒开除教籍。再后来，《1542年新法》在卡洛斯五世的宫廷通过，并被萨拉曼卡大学和阿尔卡拉大学的神学家认真地校阅，这大大地帮助了当时作为印第安人委员会顾问的巴托洛梅·德拉斯·卡萨斯，禁止领地永属权，退还印第安人上缴的赋税，并停止武装侵略。但是西班牙试图激发觉悟的这种浮夸的条文主义，等到了美洲，却没有人去服从实施。分配的份额、封地和赋税的指数所对应的比例损害了他们经济的利益。对印第安人的剥削持续进行着，西班牙人的侵略和殖民自成一格。从那时开始，在大量支持土著人的法律面前，又出现了另一系列的审判官：总督、州长、总统、法官、地方法官、市长、成千上万的中尉和法警，他们轻蔑地耸耸肩，或朝地面吐一口，并讲出那句我们一直在反抗的著名言论：遵从，但不执行。

然后是狗。怎么能忘记狗呢？听不到狗叫声和它们大舌头的喘气声，闻不到令人不快的、与疥疮相似的身体气味，能预测到征服吗？贝赛里约和莱昂西科是西班牙狗群中的佼佼者。狗爸爸贝赛里约的优点是能够一眼认出哪些印第安人是温顺的，哪些是不能被驯服的。狗宝宝莱昂西科在侵害之路上与巴尔博亚并肩作战。这些狗是吞食印第安的禽兽。它们靠主人扔给它们的小块食物存活，体重甚至达到上百公斤。它们追逐女人为了将饥饿的嘴脸伸进她们的两腿之间。尤卡坦王国的一位女性成功逃脱了。当然，没有人知道她的名字。她失去了活下去的勇气，她疯狂地呕吐并伴有发烧，她的身体从未经历过如此的不适。狗没有把她撕成碎块，而她自己却拿起绳子，选择了自尽。但是有一个孩子，可能是她的，巴托洛梅·德拉斯·卡萨斯也不确定，他没死在女人的身旁。虽然他之前有些运气，但那只是在被扔进狗群和被牧师洗礼之前。在数以千计的死者中，可能只有一个了解永恒的和平。这是特奥多雷·德布里在另一幅版画中再现的一个故事。不容忽略的是在画面中间所展现出的博学和智慧。有一个征服者，他得胜的态度给人留下深刻印象，将孩子的肉一块块地分给他忠诚的猎犬。

下面是这个系列中最难理解的、也是效果最差的一幅版画。因为有大量的人物，画面显得很乱。近景中有十五个人，没人知道在近景中有多少个。放大镜没有办法从在远处看见的人群中识别某个个体。表面上看这是一场战争，这一画面和文艺复兴的某个作品有关联，尤其是在展现战争中的军队时。但这里没有任何的战争，人群是跟随阿塔瓦尔帕的印加居民，阿塔瓦尔帕是将要和皮萨罗见面的人。这次著名的逮捕是通过一扇巨大的窗户被看见的，透过它来看，画面就像是电影的场景，或像一个巴洛克风格的戏剧舞台。前面的十五个人没有在看发生的一切，因为他们以及他们现在所做的事就是这次逮捕和随后的屠杀。从这个方面来看，此类版画是喜剧作品和连环画的先例了。但在这种行为中没有任何的幽默可言，有的只是更加令人厌烦的关于秘鲁历史的事实。由于阿塔瓦尔帕把一本当时他完全看不懂的《圣经》扔在地上，他被监禁了。西班牙人发动突袭并导致了那场令人震惊的大屠杀。这带有一些魔幻现实主义色彩。或者还有其他的什么方法可以体现一百多个饥饿的西班牙人仅仅在一个下午就打败了成千上万的印第安人。历史上是否有事实？这是否只是一系列可操作的杜撰？事实是这些印第安人手无寸铁，而征服者们却残酷地进攻。持续几个世纪的英雄主义的残暴蒙蔽了征服者们的视线。后来是以金子作为赎金来换取印加的自由。皮萨罗和他的手下虽然已经有了足够的金子来平息一切贪欲，但他们不会释放阿塔瓦尔帕。最后，为了表现皮萨罗家族的行为的仁慈，他们对阿塔瓦尔帕处以绞刑，而不是焚烧。这些如今已经为人详细了解的重大事件，是巴托洛梅·德拉斯·卡萨斯通过耳闻将其记录下来的，因为他从没去过秘鲁。因此他写的故事比较普遍，也同往常一样，较为仓促。也许，这也在版画中被忠实地传递出来。

这幅画描绘的是对博格达实施一种名为反剪吊起的刑罚。国王是那些正在繁衍的金子和祖母绿的所有者。这种肉刑将罪犯的手反绑到后背上，悬挂在半空中并突然下降，但不允许身体接触地面。有些人说下令行刑的人叫热罗姆·勒布朗，还有人说他是希门尼斯·德克萨达。而在画中他的形象是受人尊敬的。他着装精致，姿势优雅，站在场景中间。在倒数第二幅画中，我们再一次置身于特奥多雷·德布里的完美艺术领域。欧洲服装细节上的华丽和整洁都被刻画出来。头盔、帽子和袜子，还有带着如几何图形、花瓣形、蝴蝶形装饰物的西班牙人的紧身套装都被画得惟妙惟肖、令人惊叹。可以说远方似乎能和其他树木枝叶讲话的椰枣树，也同样体现出他的精湛技艺。天空晴朗，不难想象是一种透明的蓝色。严刑拷打也是极度清晰地进行着。

画面深处,博格达被悬挂在一棵树上,两个士兵或者正在用绳子将他吊起,或者用绳子将他吊下来。在靠近观众,挨着勒布朗和希门尼斯·德克萨达的地方,他被再次折磨。三个刽子手同时施刑。一个人添加树枝、加旺火焰,来灼烧博格达的脚。在他被捆绑后,中间的那个人用链条将他的手系到脖子上。另一个将灼热的油脂泼到他身上。身体的扭曲刻画得非常生动,画家现实主义的手法让我们感受到博格达的痛苦。有一个激发好奇心的信息。德布里在后景中画了两个茅屋。一个裸体的印第安人正在进入其中的一间茅屋,不经意间能看到他的臀部,他是正在被里面的人用力拉进去,还是刚从博格达经历的拷打中死里逃生呢?也许,没必要去弄清楚这些。

我们再一次,幸运的是也是最后一次陷入满满的恐惧之中。因为作为一个巴托洛梅·德拉斯·卡萨斯的读者和特奥多雷·德布里版画的观看者,我认为在某个时刻,这必须终止。因为不应该在这种反复重复和令人眩晕的残酷马术表演上花费太多的时间。当看到《西印度毁灭述略》的旁白处时,我们因不公正而窒息,因历史的沉渣而不知所措,我们期待一个停顿。但是在这之前,应该描述一下最后一幅画。西班牙对土著人犯下的所有罪行都集中在这里。我自问:为什么做这个特殊的概括和明显的精缩?也许是因为要叙述一个地区"最残酷的暴行"(该表述来自于德拉斯·卡萨斯的文学天赋),一个后来像现在的哥伦比亚一样饱经社会不平等的国家?这个假设是诱人的。然而,不该迷失在世俗的比较中和谋划一国暴力的永恒的假设中。最好我们只限于思索图中最醒目的三个行为。第一个,我们从前向后看,是掌握在一个暴怒的刽子手中的宫廷。这个发型竖立的绅士在旷野上一边嚎叫一边将斧子砸向地面,而后踉跄地爬起来。这种人性是多么的讽刺。第二个场景是一个土著人举起他残废的胳膊，展示着，并用他的语言说了一些话，巴托洛梅·德拉斯·卡萨斯是这样翻译的："基督教徒们，你们为什么这样对待我们？"有一个理由可以解释为什么波哥大人的脸上有着幽灵的容貌。一看到他们，我就想起米兰大教堂的雕塑：马科·迪阿格雷特的《圣巴托洛缪》。意大利的巴塞洛缪的惊奇之处在于我们看它就像是一个幻景，不知道他的不真实感从何而来。但之后我们反复观察雕像，然后发现那件搭在肩膀上并向后面及两侧滑落的衣服，像一种恐怖的披风，那是他自己的皮肤。哥伦比亚土著居民经历了这样的遭遇。我一次又一次地观察他们，我确定西班牙人切掉了他们的鼻子，并用匕首切开了他们的嘴唇。然后，再往后面看，那么必须先跳过狗群，它们正追逐着已经被咬残的人们，再穿过河流，来到第三个场景中。在珂卡的内华达山系中，有个地方叫死人山。多年前，当我年少无知的时候，我就去过那里。我在它前面停下来，望向那片真正空旷的空地。导游是一个圭坎的小伙子，他给我讲了印第安人面对到来的侵略者集体自杀的故事。我向下看，没有找到任何人的踪迹。但是特奥多雷·德布里在版画中清晰地描绘了这些印第安人从巨石山坡滚下的场面。不同的是，他们没有自杀，而是西班牙人挥着剑和戟驱赶着他们。巴托洛梅·德拉斯·卡萨斯说被扔下去的土著人有七百个。我相信他，我不敢在画面中数出他们，也没有力气去这样做。

蜡 烛

当他们完成这本书时，天色已晚。检查完拉丁文译本并给雕版画抛完光后，他们要做的最后一个任务就是为画面所表现的场景写下说明性的文字。他们已感到筋疲力尽了，连着好几个星期从黎明一直工作到傍晚。作坊里已杂乱不堪，工人们也离开有一会儿了。炉火温暖着房间，屋里满是未干的墨水、剪切的纸张和酸性物质的气味。让·以色列递给他父亲一件毛毯，因为特奥多雷太冷了，他的骨头都隐隐作痛。他还递给了父亲一杯凯瑟琳准备的热饮，这能稍微减轻他愈加猛烈的发烧症状。这个女人几分钟后就清理好了那些雕版，并把不同规格的雕刻刀放在装有油的容器里。让·特奥多雷用扫帚扫了扫新买的印刷品下面的毛刺碎屑。这个物品着实庞大，占据了作坊不小的空间。小儿子马上要去德国不同的城市，意在把《伟大的远征》这本选集推广到新教贵族圈儿里，从而获得资助。他的报告满怀热情，似乎这本选集会有一个光明的前景。下一批书的题目已经定好了：乌尔里希·施密德尔美洲行记以及弗朗西斯·德雷克，托马斯·卡文迪什和沃尔特·罗利的旅行记述。事实上，这两个儿子已经和父亲重归于好，并且向他承诺要继续一起为家族的企业效力。特奥多雷·德布里又咳嗽了，每咳一次就会吐出一口发绿的浓痰，身体也跟着哆嗦。让·以色列帮他抬起身，并拿开了痰盂。小儿子有着和特奥多雷一样的眼睛，锐利且深邃；跟他一样，个头不高，弱不禁风；又像他一样，受到日常工作使用的液体的影响，他的头发日益变白；他同样也有一双伤痕累累的手，上面满是烧伤还有常常会长出的、无法医治的肉刺；他甚至有着一样紧密的口风，该闭嘴的时候就一言不发，该说话的时候就思忖着如何用恰当的语言说出来。他父亲不清楚为何会这样，不过这种印象使他觉得大部分时候是容易惹麻烦的，他觉得比起让·特奥多雷，让·以色列更合乎他的心意。大儿子自小就表现出对战争的喜爱，青年时代他是如此受到火炮发明和军队里彩色服装的鼓舞，即使特奥多雷恳求他不要去碰那些火器，但他最终成为了一名为土耳其服务的、训练有素的士兵。但是几年的冒险生活中,他愈发喜爱颂诗和十四行爱情诗,于是便听从家人的召唤,加入了法兰克福印刷作坊这个大家庭。的确,为了讨论他的年代的热点问题:欧洲各国之间的战争和对美洲人民越来越有效的征服;在边境附近出现的土耳其近卫军,他们手持弯刀、长矛,身披毛皮,显得格外突出;来自威尼斯和罗马的意大利人的肖像,以及来自法国的服装和香水的新潮艺术设计,他的大儿子总是兴致勃勃。另外,让·特奥多雷确实继承了他在雕刻方面的天赋。小儿子极其温和的性格,弹奏鲁特琴的技艺,能轻而易举地说出几种不同的语言并背出颂诗,所有这些已经赢得了他所有的信赖。

"我认为我们已经完成了。"特奥多雷有气无力地说,他终于可以松一口气了,让·以色列温和一笑表示肯定。他正抚弄着头上细碎的白发,这时,突然又一阵咳嗽发作,让他身体晃动了起来,这次,痰里夹杂了血丝。小儿子摸了摸他的额头,并用沙哑柔和的声音安抚着他。一番大功告成的欣喜之后,父亲用他那断断续续的声音问道:"现在我们该做什么呢?"所有人不发一语。特奥多雷满眼忧虑,将视线停在屋子里最昏暗的角落。"休息吧,父亲,"让·特奥多雷回答,"休息一会儿,先别想这些事儿了,一会儿再打起精神继续工作。"屋外的风吹得窗户在摇晃,让·以色列趁机用力关上了窗。当他回来的时候,四个人也凑齐了,父亲想到他们该做些什么了。"你去拿一支蜡烛,然后你去拿另一支。"他指挥着两个儿子,"凯瑟琳,你一会儿点上蜡烛来悼念神父德拉斯·卡萨斯[①]。他给予我们的这本书是这不祥黑夜中的指路明灯,教会了我们要拒绝暴力。另一支我来点,虽然我知

[①] 特奥多雷·德布里曾出版了德拉斯·卡萨斯1552年关于残害新大陆土著暴行的报告。

道这是不够的,我们也不能仅凭几根蜡烛就能减轻他的伤痛。就算有这样的蜡烛,我也觉得不足以在这儿用来纪念我们遭受迫害的兄弟姐妹。让·特奥多雷,一会儿再按你说的做,我们休息一下,并努力去忘却,因为在最后一天到来之前我们应该这样做。"两支白蜡烛烧完了,照亮屋子的残光也渐渐黯淡了下来。这位父亲,他的妻子和儿子们享受地待在两个烛心前。教堂的钟声从城中心开始响起,仿佛所有人都沉浸在这低沉的钟声中。当最后一声的回响消散时,风声又起。风仍在强劲地刮着,但在那一瞬间,它的响声像音乐一样,渐行渐远。

      巴黎 埃尔雷蒂罗 法兰克福 恩维加多
      2011 年 3 月至 2014 年 7 月